La promesse de l'été

NORA ROBERTS

La promesse de l'été

Titre original : LOVING JACK

Traduction française de JEANNE DESCHAMP

Photos de couverture

Fond : © ROYALTY FREE/PHOTODISC
Fleur : © HEIKE KAMPE/ROYALTY FREE/ISTOCKPHOTO

83-85, boulevard Vincent-Auriol 75646 PARIS CEDEX 13.

Service Lectrices — Tél. : 01 45 82 47 47
www.harlequin.fr

ISBN 978-2-2802-1796-5

Chapitre 1

Dès le premier regard, Jackie tomba amoureuse de la maison. « Un coup de cœur parmi tant d'autres », ne manqueraient pas de dire ses proches. Mais, si ses passions étaient nombreuses, Jackie ne se considérait pas comme un cœur d'artichaut pour autant. Elle était tout simplement très réceptive. Et plus perméable que la moyenne aux émotions qui circulaient. En elle et chez les autres.

Or cette maison était riche en messages émotionnels divers. Tous n'étaient pas sereins, d'ailleurs. Mais Jackie n'aurait pas voulu d'un endroit qui n'inspirait *que* le calme. Une sérénité totale l'aurait ravie un jour ou deux. Mais l'ennui aurait fini par s'installer. A une harmonie trop parfaite, elle préférait les contrastes marqués, les angles mordants et les lignes audacieuses. Le tout adouci ici et là par l'arrondi d'une fenêtre, le charme inattendu d'une arcade.

Le blanc des murs inondés de soleil était souligné par le noir profond d'un revêtement en ébène. Elle savait que, dans la vie, rien n'était jamais ou tout à fait noir ou tout à fait blanc. Mais la maison prouvait que ces deux forces opposées pouvaient faire bon voisinage.

Grandes et généreuses, les fenêtres étaient ouvertes sur le paysage et sur la lumière. Et les fleurs abondaient dans le jardin et dans les grandes vasques en terre cuite qui ponctuaient le pourtour de la terrasse. Au premier coup d'œil, Jackie apprécia l'harmonie des formes, des combinaisons et des couleurs.

Il faudrait prévoir de dégager du temps pour arroser et désherber, bien sûr. Mais elle ne craignait pas de mettre la main à la pâte. Ou plus exactement à la terre. Et la beauté du jardin la récompenserait de ses efforts.

Par les portes-fenêtres ouvertes, elle admira les eaux cristallines d'une piscine en forme de lagon. Là encore, il faudrait compter des heures d'entretien. Mais la contrepartie serait intéressante. Elle se voyait déjà assise, les pieds dans l'eau, à regarder le soleil se coucher au milieu d'une débauche de fleurs.

Seule.

Au cœur de ce tableau idyllique, la solitude constituerait un léger couac. Mais ce n'était pas l'homme de sa vie qu'elle venait chercher ici, en l'occurrence. Elle était juste en quête de calme, de concentration et d'isolement créatif.

Après la piscine venait une étendue de pelouse en pente douce. Puis les eaux sombres et mystérieuses d'un canal. Un petit bateau à moteur passa lentement sous ses yeux et Jackie sourit en écoutant le son calme et régulier. Le trafic sur le canal lui permettrait de voir du monde. Mais à une certaine distance. Elle pourrait de temps en temps faire signe aux plaisanciers de passage sans se laisser distraire de son indispensable solitude pour autant.

Ici, à Fort Lauderdale, le réseau compliqué des canaux lui rappelait Venise où elle avait séjourné quelques mois lorsqu'elle était adolescente. Venise où elle avait flirté avec des hommes aux yeux noirs et navigué des heures durant sur la lagune. Même si les charmes de la Floride au printemps n'étaient pas ceux de la cité des Doges, Jackie se sentait en phase avec le paysage.

— Je l'adore, annonça-t-elle en se détournant de la vue pour inspecter le salon.

Deux canapés jumeaux de couleur fauve se faisaient face sur un tapis en laine rouge tissé main. Pour le reste, le mobilier était sobre, sombre et d'une élégance plutôt masculine.

Jackie adressa un sourire rayonnant à l'homme en blanc qui se tenait adossé à la cheminée en marbre clair. Le costume de style tropical semblait avoir été conçu tout exprès pour s'accorder avec le lieu, l'ambiance et la pose de son propriétaire.

Connaissant Frederick Q. MacNamara comme elle le connaissait, Jackie était persuadée que ni le complet ni l'attitude n'étaient le fait du hasard.

— Je peux emménager tout de suite, alors ?

Le sourire de Fred illumina son visage rond, au charme juvénile. Personne, à le regarder, n'aurait pensé à associer le terme de « requin » à une physionomie aussi désarmante.

— C'est bien de toi, Jackie, de prendre une décision pareille en moins de cinq minutes. Tu fonctionnes toujours à l'impulsion, je vois ?

Tout était rond, chez Fred, y compris sa silhouette. Sans être à proprement parler en surpoids, il manquait de fermeté et de muscle. Le seul sport qu'il pratiquait au quotidien consistait à lever le bras pour héler les garçons de café ou les chauffeurs de taxi.

Il se dirigea vers elle avec une grâce languide qui avait été calculée au départ mais qui était devenue, petit à petit, une seconde nature.

— Tu n'as même pas encore visité les chambres, au premier étage.

— Je les verrai lorsque je déballerai mes valises.

— Attention de ne pas trop t'emballer avant de déballer, fillette. Tu ne veux pas t'accorder une heure ou deux pour réfléchir ?

Fred lui tapota la joue, jouant admirablement son rôle d'aîné responsable face à son écervelée de petite cousine. Mais Jackie était trop excitée par la maison pour songer à prendre ombrage de son attitude.

— Je ne voudrais pas que tu regrettes ta décision au bout de deux jours, poursuivit-il gravement. Songe quand même que tu te prépares à signer pour trois mois. Et que tu seras seule dans cette grande propriété.

Elle passa la main dans ses courts cheveux bruns bouclés et le soleil joua sur les pierres de couleur de ses bagues.

— La solitude est le but de l'opération, Fred. Pour que je puisse écrire mon livre dans de bonnes conditions, il faut que je m'isole. Et, comme je n'ai pas franchement envie de m'enfermer dans une mansarde pour trois mois, quoi de plus idéal qu'une maison comme celle-ci ?

Jackie se tut, consciente qu'elle se montrait sans doute un peu trop confiante avec Fred. Même si elle avait toujours eu un faible pour son cousin, il convenait de multiplier les précautions avec un homme qui avait toujours considéré l'humanité en général et sa famille en particulier comme autant de vaches à traire.

— Tu es certain que cela ne pose pas de problème, vis-à-vis du propriétaire, que tu me sous-loues sa maison ?

— A Nathan ? Oh, pas du tout, non, répliqua Fred d'une voix aussi lisse que son front dépourvu de rides. Tant qu'il touche son loyer, il se fiche éperdument de savoir qui le paye. Il n'occupe les lieux qu'en hiver. Et encore… de façon épisodique. Mais il n'aime pas laisser la maison vide en son absence. Je lui avais promis que je resterais jusqu'en novembre. Mais on ne maîtrise pas toujours son emploi du temps. Et mes affaires m'appellent à San Diego de toute urgence. Tu sais ce que c'est, n'est-ce pas ?

Jackie savait, oui. Une « affaire urgente », pour Fred, pouvait signifier deux choses : soit il fuyait un mari jaloux, soit il était dans une situation délicate avec ses créanciers. Malgré son physique peu impressionnant, Fred avait toujours collectionné les aventures. Et, en dépit d'un nom de famille qui, lui, faisait impression, il lui arrivait tout aussi régulièrement d'avoir des problèmes avec la loi.

Avec un individu comme Fred, Jackie aurait eu toutes les raisons du monde de se montrer prudente. Mais elle n'avait pas toujours envie d'être raisonnable. Et le charme de la maison lui était déjà monté à la tête.

— Si le propriétaire tient à avoir un occupant, il a trouvé son homme, si je puis dire. Montre-moi ce contrat que je le signe, Fred. J'ai hâte de sortir mes affaires de ma valise et de m'affaler au bord de la piscine.

Fred extirpait déjà un dossier de sa serviette.

— Tu es sûre, alors ? Je ne veux pas avoir de scènes comme la fois où tu as racheté ma Porsche.

— Tu avais oublié de me préciser que la boîte de vitesses ne tenait plus qu'à grand renfort de colle superadhésive.

— Il revient à tout acheteur de se montrer vigilant, rétorqua Fred d'une voix suave en lui tendant un élégant stylo plaqué or.

En parcourant le contrat des yeux, Jackie connut une nouvelle bouffée d'inquiétude. Fred étant Fred, pouvait-elle se lancer aveuglément dans l'aventure ? Etait-il avisé de conclure un arrangement avec le roi de l'embrouille, le spécialiste absolu de « l'affaire en or sans risque » ? Elle ouvrait la bouche pour exprimer ses doutes lorsqu'un oiseau se percha en haut d'un arbre du jardin et lança ses trilles printaniers.

Estimant qu'il s'agissait d'un augure favorable, Jackie oublia toute considération de prudence et signa le contrat d'un trait avant de sortir son carnet de chèques.

— Ce n'est pas donné, commenta-t-elle avec une légère grimace en découvrant le montant mensuel de la sous-location.

— Tu ajouteras mille dollars de caution.

— Entendu.

Sans doute devait-elle s'estimer heureuse que le cher cousin Fred ne lui facture pas une commission.

— Tu peux me laisser un numéro de téléphone au

cas où j'aurais besoin de joindre le propriétaire ? On ne sait jamais.

Pendant une fraction de seconde, Fred parut décontenancé. Mais, très vite, il retrouva son plus beau sourire. Le sourire MacNamara typique. Garanti cent pour cent charme.

— Tu n'as aucun souci à te faire, Jackie. J'ai déjà averti Nathan du changement de locataire. Il m'a dit qu'il se mettrait en rapport avec toi.

— Parfait.

Ce n'était pas le moment de se torturer l'esprit avec des détails pratiques. Le printemps venait de commencer. Et elle avait une nouvelle maison et un nouveau projet. Or Jackie n'aimait rien tant que les commencements.

Elle effleura le grand vase chinois sur la cheminée et se promit d'y placer un bouquet de fleurs.

— Tu es pressé de partir pour San Diego, Fred ? Je t'offre l'hospitalité jusqu'à demain matin, si tu veux.

Son cousin tapota le chèque déjà logé dans la poche intérieure de sa veste.

— Rien ne me ferait plus plaisir que de passer la soirée avec toi et de parler du bon vieux temps. Mais, à présent que tout est réglé, je ferais mieux de filer. Il faudra penser à te réapprovisionner assez vite, Jackie. Je n'ai pas eu le temps de remplir le frigo.

Tout en parlant, Fred se dirigeait vers la pile de valises qu'il avait entassées dans le vestibule. L'idée de proposer à sa cousine de monter ses bagages ne lui vint même pas à l'esprit. Tout comme Jackie, de son côté, n'aurait jamais songé à lui demander ce genre de service.

— Les clés sont sur la table. Amuse-toi bien.

— C'est ce que je compte faire.

Dès que Fred eut récupéré ses valises, Jackie le précéda pour lui ouvrir la porte. Elle avait été sincère lorsqu'elle lui avait proposé de rester jusqu'au lendemain. Mais elle était tout aussi sincèrement réjouie qu'il ait choisi de décliner l'invitation.

— Merci, Fred. C'est sympa d'avoir pensé à moi, pour cette maison.

— Tout le plaisir est pour moi, ma belle.

Fred se pencha pour l'embrasser et des effluves d'eau de toilette de luxe lui caressèrent les narines.

— Transmets mes amitiés à tes parents lorsque tu les auras au téléphone.

— Je n'y manquerai pas. Bon voyage !

Debout sur le pas de la porte, elle attendit que son cousin soit monté dans une voiture décapotable basse et blanche, assortie à son costume. Il démarra, lui adressa un salut nonchalant de la main, et disparut de son champ de vision.

Jackie regagna le salon à pas lents et s'avança jusqu'aux portes-fenêtres. Cette fois, le sort en était jeté. Elle était seule. A pied d'œuvre. Et prête à se lancer.

Pas pour la première fois, d'ailleurs. A vingt-huit ans, elle avait l'habitude de fonctionner en solo. Elle avait sa vie, son appartement et son indépendance. Et les voyages en solitaire ne lui avaient jamais fait peur. Mais, chaque fois qu'elle s'attaquait à un nouveau projet, elle avait le sentiment de recommencer sa vie entière de zéro.

En cette journée ensoleillée de mars, elle entrait officiellement dans une phase décisive de son existence. Un tournant définitif s'amorçait : à partir d'aujourd'hui, elle serait Jacqueline R. MacNamara, romancière de son état.

Estimant que le nom et le titre s'accordaient à merveille, elle décida de déballer son nouvel ordinateur portable sur-le-champ et de s'attaquer à son premier chapitre. Riant toute seule dans la maison vide, Jackie entreprit de transporter son barda au premier étage et de se mettre à la recherche d'une chambre à coucher à son goût.

Il ne lui fallut pas longtemps pour s'acclimater. Très vite elle adopta le Sud, la maison d'architecte ainsi que son nouveau rythme de femme de lettres. Elle se levait tôt et prenait le temps de savourer le calme du petit matin en buvant un jus d'orange et en grignotant un toast. Ou, tout aussi bien, en avalant une part de pizza froide avec un coca éventé lorsque le réfrigérateur était vide et qu'elle avait la flemme de bouger.

Sa maîtrise du clavier s'améliorait d'heure en heure. Au bout de trois jours, elle avait atteint un débit de frappe tout à fait honorable. Les après-midi, elle s'accordait une pause pour piquer une tête dans la piscine. Puis elle s'allongeait au soleil et, les yeux clos, méditait sur sa scène en cours ou sur les tournants inattendus que prenait son roman.

Jackie bronzait vite et facilement. Un don du ciel

qu'elle attribuait à une lointaine ascendance méditerranéenne. Deux générations plus tôt, en effet, son arrière-grand-père avait épousé une Italienne, dérogeant ainsi à la sacro-sainte tradition familiale qui voulait que, chez les MacNamara, on ne se marie qu'entre Irlandais.

Le hâle doré de sa peau plaisait beaucoup à Jackie. Une fois sur deux, elle faisait un effort et pensait à appliquer les filtres solaires et les crèmes hydratantes que lui envoyait sa mère. « Il faut toujours prendre soin de ta peau, Jacqueline, recommandait patiemment Patricia MacNamara à sa fille. L'important, c'est la perfection du teint et la structure du visage. C'est ça qui fait la beauté d'une femme, pas le maquillage ou les vêtements. »

Le teint et la structure, elle les avait l'un et l'autre. Mais même sa mère était forcée d'admettre que ces deux atouts ne suffisaient pas à faire d'elle une vraie beauté. Jolie, elle l'était, en revanche. Avec un charme que l'on s'entendait à qualifier de frais, d'authentique et de piquant. Mais la géométrie de son visage tendait vers le triangulaire plus que vers le pur ovale. Sa bouche était grande plus que pulpeuse. Ses yeux étaient aussi bruns que ceux de sa fameuse arrière-grand-mère italienne. Alors que le reste de sa famille avait hérité de regards d'un bleu intense comme le ciel ou d'un vert profond comme la mer.

Même ses cheveux étaient banalement châtain foncé. Adolescente, elle avait essayé toutes sortes de bains et de teintures dans des nuances plus ou moins criardes qui avaient consterné sa mère. Mais avec le temps elle avait fini par se réconcilier avec la couleur que la nature lui avait donnée. Même ses boucles folles, elle en était venue à les considérer comme un avantage appréciable. Renonçant à vouloir lisser ses cheveux coûte que coûte, elle les portait assez courts et les laissait friser à leur guise. Le halo qu'ils formaient autour de son visage lui ressemblait assez, au fond. Et elle évitait ainsi de perdre un temps précieux dans des salons de coiffure.

Ses séances de natation quotidiennes ne lui compliquaient pas trop la vie, du coup. Il lui suffisait de passer les doigts dans sa tignasse rebelle et de la discipliner un peu pour être coiffée, parée et prête à se remettre à son ordinateur.

Les matinées, Jackie les prenait comme elles venaient, plongeant directement dans son travail d'écriture au lever pour mieux plonger vers midi dans les eaux bleues de la piscine.

Puis, après un déjeuner vite expédié, elle se remettait à son roman et travaillait jusqu'au soir. Ensuite, c'était quartier libre. Elle consacrait une partie de son temps au jardinage. Mais il lui arrivait également de lire sur la terrasse. Ou de paresser, tout simplement, en regardant les bateaux glisser sur le canal.

Si elle fermait sa porte à clé tous les soirs, c'était plus par respect pour le propriétaire que par souci de sa propre sécurité. Chaque nuit, elle se glissait entre les draps dans la chambre à coucher qu'elle avait investie avec un sentiment d'appartenance profond. La maison lui allait comme un gant.

Au soir du quatrième jour, après une journée particulièrement productive sur le plan de l'écriture, elle se laissa choir dans le Jacuzzi et se détendit dans les bulles et la chaleur humide.

Chaque fois que ses pensées se tournaient vers Fred, Jackie souriait toute seule. Elle en venait presque à croire que son cousin avait fini par s'amender, avec l'âge. Il avait certes entraîné plusieurs membres de la famille dans des aventures désastreuses. Et s'était toujours arrangé pour se défiler à la dernière minute, en les abandonnant dans les situations les plus inconfortables.

Mais il lui avait tout de même rendu un fieffé service en lui trouvant cette maison en Floride. Mollement allongée dans les eaux bouillonnantes du spa, Jackie ferma les yeux et se promit d'envoyer des fleurs à Fred.

Elle se sentait une dette morale envers le mal-aimé de la famille.

Nathan tombait de fatigue mais son long périple, Dieu merci, touchait à sa fin. Il mourait d'impatience de s'effondrer enfin dans *son* lit. Le retour en avion d'Allemagne lui avait paru interminable. En débarquant à New York après six mois passés à Francfort, il avait été heureux de toucher de nouveau le sol américain. Mais son impatience de rentrer chez lui, en Floride, s'en était trouvée encore accentuée.

Pour la première fois depuis des mois, il s'était autorisé à penser de nouveau à sa maison. A son espace de vie. Son sanctuaire. Et il ressentait un besoin presque viscéral de réinvestir son territoire personnel.

Apprendre que le vol à destination de Fort Lauderdale avait une heure de retard l'avait mis d'humeur noire. Il avait arpenté la salle d'attente de l'aéroport en se retenant de grincer des dents. Même après le décollage, il n'avait cessé de regarder sa montre et de calculer le nombre d'heures qu'il lui restait à passer avant d'arriver chez lui.

A Fort Lauderdale, il avait retrouvé la douceur de l'air et les palmiers. Mais, même s'il était ravi de laisser enfin les rigueurs de l'hiver allemand derrière lui, il était trop fatigué pour apprécier les charmes du climat. Il n'aspirait plus qu'à une seule chose : poser ses bagages et savourer le calme qu'il ne trouvait que chez lui.

Sa voiture, par chance, l'attendait à l'aéroport. Une fois au volant de son véhicule, il poussa un soupir d'aise. Dans cet espace clos, agréablement familier, il recommençait à se sentir lui-même. Déjà les retards, les attentes, les longues heures de vol semblaient s'éloigner pour se fondre dans un passé révolu.

Dans vingt minutes, il tournerait la clé dans la serrure, respirerait l'odeur indéfinissable qui était celle de sa maison et trouverait des draps propres et fraîchement repassés. Fred MacNamara lui avait promis qu'il s'arrangerait avec Mme Grange, l'employée de maison, pour qu'elle vienne faire le ménage juste avant son arrivée.

Nathan ressentit une petite pointe de culpabilité au sujet de Fred MacNamara. Il était conscient qu'il l'avait bousculé en lui demandant de libérer les lieux avant son retour. Mais après six mois de travail acharné en

Allemagne il n'était pas d'humeur à avoir un inconnu dans les jambes.

Une fois qu'il aurait récupéré de sa fatigue, il passerait un coup de fil à Fred pour le remercier de s'être chargé de la maison en son absence. La solution qui consistait à prendre quelqu'un pour occuper les lieux et gérer les problèmes éventuels lui avait paru commode à tous points de vue. Avec Fred MacNamara aux commandes, il n'avait pas eu à s'inquiéter de l'entretien de la piscine ou du jardin. Le savoir chez lui pendant ces six mois lui avait considérablement simplifié l'existence.

Avec un soupir de soulagement, Nathan introduisit sa clé dans la serrure. Plus tard, il se soucierait de reprendre contact avec ses amis et de réorganiser un peu son existence. Mais il voulait commencer par s'offrir vingt heures de sommeil d'affilée. Puis passer deux ou trois jours au calme à profiter de la piscine et du Jacuzzi sans voir âme qui vive.

Nathan poussa la porte, actionna les interrupteurs et laissa glisser sur le séjour un regard presque amoureux. Etait-ce parce qu'il l'avait imaginée, dessinée, aménagée ? Mais il entretenait avec sa maison un rapport exceptionnellement possessif.

La pièce était exactement telle qu'il l'avait laissée. Ou du moins… Non, pas *tout à fait* telle qu'il l'avait laissée six mois plus tôt, rectifia-t-il, sourcils froncés. Il frotta ses yeux que la fatigue rendait brûlants. Et examina les lieux avec une attention accrue.

Qui avait posé son vase Ming devant la fenêtre pour y arranger un bouquet d'iris ? Et pourquoi la coupe verte en porcelaine de Saxe avait-elle atterri sur la table au lieu de se trouver à sa place consacrée sur l'étagère près de la cheminée ? Nathan était pointilleux de nature. Et une demi-douzaine d'objets au moins avaient été déplacés.

Il faudrait qu'il en touche deux mots à Mme Grange. En attendant, il ne laisserait pas ces contrariétés mineures gâcher son retour. En moins d'une demi-heure, le lendemain matin, il aurait tout remis en place. Et le séjour recouvrerait son aspect familier.

Nathan résista à la tentation de passer directement dans la cuisine pour se servir un grand verre de thé glacé. En homme d'ordre qu'il était, il avait coutume de ranger d'abord et de se détendre ensuite. Soulevant ses valises, il gravit l'escalier qui menait à l'étage. Mais la vue de sa chambre à coucher lui procura une seconde mauvaise surprise, nettement plus violente que la première. Lentement, il posa ses bagages et s'avança vers son lit. Non seulement il avait été fait à la va-vite, mais il avait manifestement servi à quelqu'un d'autre.

Adieu, rêve de draps propres et fraîchement repassés.

Sa commode — une authentique Chippendale qu'il avait achetée aux enchères chez Sotheby cinq ans plus tôt — était couverte de pots, de tubes et de flacons. Même l'odeur de la pièce avait changé. Et pas seulement à cause du bouquet de roses thé arrangé dans le vase en cristal de Waterford qui n'aurait normalement jamais dû quitter la salle à manger.

Le mélange de senteurs qui avait envahi *sa* chambre était de composition subtile mais indiscutablement féminine. Des émanations d'huiles essentielles, de lotions, de poudre. Rien de lourd ni de capiteux, cela dit. Mais si l'odeur était légère elle n'en restait pas moins intrusive.

Nathan plissa les yeux en détectant la tache rouge sur le couvre-lit. Haussant les sourcils, il brandit un minuscule bas de Bikini.

Mme Grange ? Non, l'idée même était absurde. La volumineuse femme de ménage ne rentrerait même pas un doigt de pied dans ce bout de string. « Si cet âne de Fred a eu le culot d'introduire une femme ici… » Avec un profond soupir, Nathan éleva le microscopique maillot de bain à la lumière et s'exhorta au calme. C'était idiot de sa part d'imaginer que l'ami Fred avait passé les six derniers mois cloîtré dans une solitude ascétique. Mais, s'il pouvait tolérer que son gardien de maison ait eu des invitées féminines, rien ne l'obligeait à accepter pour autant qu'il les héberge dans *sa* chambre.

Et pourquoi cette femme était-elle partie en laissant toutes ses affaires sur place, d'ailleurs ? Une image se forma dans sa tête. Peut-être était-ce l'architecte en lui qui ressentait le besoin de remplir les blancs pour leur donner une forme et un contenu. Mais il eut soudain une vision très nette de la propriétaire du Bikini : une grande fille mince, sexy. Avec une voix légèrement rauque. Un peu gouailleuse. Une fille qui aimait se montrer et faire la fête. Probablement une rousse. Querelleuse et narcissique.

Si ce genre de femme était du goût de Fred, tant mieux pour lui. Mais l'arrangement qu'ils avaient passé était clair : la maison aurait dû être entièrement libérée à son retour. Et il n'était pas d'humeur à recevoir la rousse le lendemain, ou dans quelques jours, lorsqu'elle s'aviserait de venir récupérer son petit bazar.

Il jeta un regard sur les flacons alignés sur sa commode. Dès le lendemain, il demanderait à Mme Grange de venir faire un ménage de fond et de le débarrasser de tous ces produits. Machinalement, il fourra la culotte de Bikini dans sa poche. Et sortit faire le tour de la maison pour constater quels autres dégâts avaient été commis.

Les yeux clos, la tête reposant sur le bord écarlate de la baignoire à remous, Jackie fredonnait gaiement un air country. Non seulement son roman avait démarré sur les chapeaux de roue, mais elle avait battu tous ses records de productivité aujourd'hui. L'histoire dans sa tête prenait forme à une vitesse presque effarante. Et elle se félicitait tous les jours d'avoir planté son décor dans les déserts du Far West. L'Arizona aride, désolé, poussiéreux et désertique différait en tous points du paysage de Floride qu'elle avait sous les yeux. Mais elle s'était longuement documentée avant de démarrer son livre. Et sa riche imagination faisait le reste.

L'Ouest viril formait une toile de fond idéale pour ses deux personnages principaux : son héros, Jake, toujours le doigt sur la détente. Et son improbable compagne de route, la naïve Sarah, une jeune fille éduquée au couvent et très à cheval sur les bonnes manières.

Déjà un début d'attirance se dessinait entre eux. Mais ni l'un ni l'autre n'en avaient encore conscience.

Optant par goût pour le roman historique, Jackie avait situé son intrigue en 1800. Il lui suffisait de fermer les yeux pour sentir la chaleur écrasante du désert et respirer l'odeur de cuir et de sueur qui émanait des hommes. Et naturellement l'aventure et le danger étaient présents à chaque pas. Son héroïne sagement élevée parmi les sœurs se trouvait confrontée à toutes sortes de situations terrifiantes. Mais, pour une jeune vierge un peu bégueule, Sarah ne manquait pas de répondant. Toute inexpérimentée qu'elle était, cette fille avait de l'énergie et du caractère.

Même si elle l'avait désiré, d'ailleurs, Jackie aurait été incapable de se mettre dans la peau d'un personnage de femme faible. Quant à son héros... Il suffisait qu'elle pense à lui pour qu'un sourire lui monte aux lèvres. Elle le voyait aussi clairement que s'il s'était matérialisé là, sous ses yeux, juste à côté du bain à remous. Ses cheveux noirs comme la nuit luisaient d'un éclat bleu au soleil. Il les portait suffisamment longs pour qu'une femme amoureuse puisse les rassembler dans sa main. Jake avait un corps dur et mince ; la démarche d'un homme qui passait sa vie en selle ; les cicatrices d'une forte tête qui ne manquait jamais une occasion de se jeter dans une mêlée.

Son caractère emporté se lisait sur son visage mince, osseux, assombri par le début de barbe qu'il ne prenait pas souvent la peine de raser. Sa bouche était sévère et pouvait être inquiétante. Mais il lui arrivait aussi de sourire. Et, lorsque ses lèvres s'écartaient sur ses dents fortes et saines, le cœur des femmes s'affolait malgré elles.

Et ses yeux… Ses yeux étaient extraordinaires. Gris ardoise, rehaussés par des rides d'expression, ils étaient froids et implacables lorsqu'il se servait de son arme. Brûlants et passionnés lorsqu'il prenait une femme.

Et il n'y en avait pas une, dans tout l'Arizona, qui ne fût amoureuse de Jake Redman. Déjà au bout de quatre jours de fréquentation Jackie, pour son plus grand plaisir, commençait à en être un peu éprise elle-même. Si elle avait un tel faible pour lui, n'était-ce pas le signe que son personnage avait une réelle consistance ? Autrement dit, qu'elle faisait son travail d'écrivaine ?

Jake, cela dit, n'avait rien d'un ange. Il se disait cynique et ne défendait aucune cause hormis la sienne. C'était un voyageur qui prenait la vie et les femmes comme elles se présentaient. Il passait des heures à jouer aux cartes dans des lieux infréquentables et ne comptait plus les morts qu'il avait sur la conscience. Ce serait à Sarah de découvrir la mine d'or qu'il cachait tout au fond de lui-même. Et d'accepter la roche brute qui allait avec.

Jackie avait hâte d'être au lendemain pour se remettre au travail et s'asseoir de nouveau en compagnie de ses deux personnages. Elle était curieuse d'apprendre d'eux ce qui se passerait dans le prochain chapitre. Par moments, elle n'avait rien d'autre à faire que de laisser l'action se dérouler selon sa logique propre. Si elle se concentrait assez fort, elle pourrait presque entendre Jake lui parler.

— Qu'est-ce que vous fichez dans *mon* solarium, bon sang ?

Entre rêverie et réalité, Jackie ouvrit les yeux et vit que le visage de son héros imaginaire s'était concrétisé devant elle. *Jake* ? s'étonna-t-elle en se demandant si l'eau chaude lui avait ramolli le cerveau. Que diable venait-il faire ici, en Floride ? Non, c'était absurde. Son Jake ne portait ni costume ni cravate. Et pourtant, c'étaient les mêmes yeux. Le même regard étincelant. Et il avait cette expression inquiétante qu'il arborait toujours lorsqu'il se préparait à faire feu sur l'adversaire.

Les cheveux de l'apparition étaient un peu plus courts que ceux de son personnage. Mais pas tant que ça, quand même. Et l'ombre de barbe masquait bel et bien les joues. Se frottant les yeux, Jackie sentit la piqûre du chlore sous ses paupières closes. Mais lorsqu'elle les rouvrit Jake se tenait toujours devant elle. Un peu plus près, cette fois. Le son du moteur du Jacuzzi semblait soudain avoir augmenté et résonnait dans sa tête de façon lancinante.

— Je suppose que je rêve ? s'interrogea-t-elle à voix haute.

Nathan lui jeta un regard noir. Elle ne ressemblait en rien à la rousse tapageuse qu'il avait imaginée. C'était une jolie brune délicate avec d'immenses yeux de biche. Mais brune, rousse ou blonde, cette fille était une intruse. Et il était pressé de l'éjecter de chez lui.

— Vous ne rêvez pas, vous empiétez sur mon territoire. Qui êtes-vous, mademoiselle ?

Sa voix. Aussi incroyable que cela puisse paraître, même la voix était rigoureusement semblable à celle de Jake Redman. Jackie secoua la tête et fit un effort pour revenir sur terre. Même si ses personnages avaient pris une réalité pour elle, ils n'existaient que sur le papier. Dans la vraie vie, les héros de romans historiques ne s'incarnaient pas au XXIe siècle, vêtus de costumes à mille dollars. La réalité — alarmante — était la suivante : elle était seule et en fort délicate posture dans une maison isolée où venait de s'introduire un inconnu.

Jackie réfléchit frénétiquement à la meilleure façon de se sortir de ce traquenard. Elle avait bien pris des cours de kung-fu pendant deux ans. Mais elle avait oublié la plupart des prises. Et, compte tenu de la carrure de son pseudo Jake, sa pratique martiale ne la mènerait de toute façon pas loin.

— Peut-on savoir qui vous êtes ? lança-t-elle d'une voix hautaine qui aurait fait la fierté de sa mère.

— Ce serait plutôt à vous de répondre à cette question, rétorqua l'inconnu d'un air féroce. Mais je suis Nathan Powell.

— Nathan Powell ? L'architecte ? Je connais et j'apprécie votre travail. J'ai vu le Ridgeway Center à Chicago et…

Rassurée sur l'identité de son inconnu, Jackie allait se redresser. Mais elle se rappela juste à temps qu'elle avait omis d'enfiler un maillot de bain.

— Vous avez un talent très sûr pour combiner l'esthétique et le pratique, poursuivit-elle en s'affalant de nouveau dans l'eau.

— Merci. Et maintenant vous allez m'expli…

— Mais le fait que vous soyez Nathan Powell ne me dit toujours pas ce que vous faites ici, dans cette maison, à 11 heures du soir !

Il la considéra avec une expression tellement menaçante qu'elle lui trouva, de nouveau, un air de parfait flingueur.

— Il se trouve que cette maison m'appartient.

— Cette maison vous appartient ?

Jackie se frotta pensivement le front.

— Mais bien sûr, j'y suis ! Le Nathan dont Fred m'a parlé, c'est vous ! Voilà qui explique tout.

Lorsque la jolie brune dans le Jacuzzi lui décocha un sourire ravi, une fossette se creusa dans sa joue gauche. Nathan nota le phénomène mais le chassa aussitôt de son esprit. Il avait toujours été rationnel, ordonné et méticuleux. Autrement dit, pas le genre d'homme à nouer d'aimables conversations avec des inconnues allongées en pleine nuit dans *sa* baignoire.

— Pour ma part, cela ne m'explique rien du tout. Je vais me répéter, là, mais qui êtes-vous donc ?

— Oh, désolée. Je suis Jack.

Devant son air perplexe, elle sourit de nouveau et lui tendit la main.

— Jackie. Ou plus précisément Jacqueline MacNamara. La cousine de Fred, autrement dit.

Il jeta un rapide coup d'œil sur les doigts couverts de bagues mais s'abstint de les serrer. Furieux comme il l'était, il risquait de la tirer d'un coup hors de la baignoire s'il s'aventurait à prendre cette jolie main délicate dans la sienne.

— Et comment expliquez-vous, mademoiselle MacNamara, que vous soyez assise dans *mon* spa et que vous dormiez dans *ma* chambre ?

— Ah, c'est la vôtre que j'ai choisie ? Désolée. Fred

ne m'a pas précisé laquelle je devais prendre. Alors j'ai opté pour celle qui me plaisait le plus. Il est parti pour San Diego, vous savez.

Toute sa vie, Nathan s'était considéré comme un homme patient. Et rien jusqu'à ce jour n'était venu contredire sa conviction.

Mais ce soir…

— Je me contrefiche de ce que devient votre cousin Fred, hurla-t-il. Je n'en ai rien, strictement rien à foutre, même ! Tout ce que je vous demande, c'est de m'expliquer ce que vous faites ici, chez moi !

— Ce que je fais ici ? Mais je sous-loue la maison à Fred. Il ne vous en a rien dit ?

— Vous *quoi* ?

— Ce n'est pas facile de s'entendre avec le bruit du moteur.

Il avait déjà le doigt sur le bouton pour l'éteindre lorsqu'elle l'arrêta d'un geste.

— Non, attendez ! Je n'avais pas prévu de recevoir de la compagnie ce soir, donc je ne suis pas… euh… très décente. Cela vous ennuierait-il de sortir quelques instants ?

Son regard se porta machinalement sur l'eau brassée et opaque qui tourbillonnait à la frontière de ses seins. Nathan serra les dents.

— Je serai dans la cuisine. Tâchez de ne pas me faire attendre.

Avec un profond soupir, Jackie s'extirpa de la baignoire.

— Fred la Menace a encore frappé, marmonna-t-elle, résignée, en attrapant un drap de bain.

*
* *

Nathan se prépara un gin tonic, sans lésiner sur la quantité d'alcool. Dans la série des heureux retours, celui-ci laissait passablement à désirer. Trouver une femme nue dans sa baignoire en rentrant chez soi après des semaines de travail acharné répondait peut-être au fantasme de maints célibataires. Mais ce n'était sûrement pas le sien.

Il porta le verre à ses lèvres, but une lampée de son cocktail et s'adossa au comptoir en décidant de procéder par ordre. La première chose à faire était de se débarrasser de Jacqueline MacNamara en la mettant proprement à la porte avec toutes ses affaires. Ensuite…

— Monsieur Powell ?

Il leva les yeux pour la regarder entrer dans sa cuisine. Sa peau hâlée était encore humide. Son court peignoir en éponge, plus bariolé que le manteau d'Arlequin, dévoilait des jambes minces, brunes et longues. Sous la frange de cheveux mouillés, ses yeux paraissaient immenses et étrangement fascinants. Et il nota que la fossette était de retour.

— Je crois qu'une discussion au sujet de votre cousin est à l'ordre du jour, mademoiselle MacNamara.

— Le cher Fred, oui.

Sans cesser de sourire, Jackie se percha sur un tabouret au comptoir. Pendant qu'elle se séchait, elle avait réfléchi rapidement à la conduite à suivre. Et décidé de se montrer calme, détendue et sûre d'elle-même. Si elle laissait transparaître la moindre faiblesse, le moindre doute quant à la légitimité de sa position, elle se retrouverait à la porte, dans les cinq minutes, avec ses valises et son ordinateur sous le bras.

— Fred est un personnage à part, n'est-ce pas ? observa-t-elle sur le ton de la conversation. Comment l'avez-vous connu ?

— Par une amie commune. A qui je vais devoir dire deux mots, d'ailleurs. Un projet architectural en Allemagne m'a retenu en Europe pendant quelques mois. Et je voulais que quelqu'un garde la maison en mon absence. Fred m'avait été recommandé par cette amie, donc. Et comme je connais également sa tante…

Le visage de Jackie s'éclaira.

— *Patricia* ? Patricia MacNamara est ma mère.

— Je ne connais pas de Mme MacNamara. Il s'agit d'Adèle Lindstrom, en l'occurrence.

— Ah, tante Adèle ! C'est la sœur de ma mère.

Une étincelle malicieuse dansa dans le regard de la jeune femme.

— Ma tante Adèle est une très jolie femme.

Nathan choisit de ne pas relever.

— J'ai eu brièvement l'occasion de travailler avec Adèle sur un projet de restauration à Chicago. Dans la mesure où j'avais une double référence, pour Fred, j'ai décidé de lui confier cette propriété pour qu'il s'en occupe pendant quelques mois.

Jackie se mordilla la lèvre. C'était le premier signe de nervosité qu'elle laissait paraître. Elle-même n'en eut pas conscience mais la gêne qu'elle trahissait plaida largement en sa faveur.

— J'en conclus que Fred ne vous payait pas de loyer ?

— Bien sûr que non. Pas un centime.

Elle se mit à jouer avec ses bagues, les tournant une à une autour de ses doigts fins.

« Ne commence pas à lui poser de questions, surtout, se dit-il. Tu ne veux rien savoir de son histoire. Ordonne-lui juste de boucler ses valises et de vider les lieux. Sans explications et sans excuses. Si tu t'y prends bien, tu peux être au lit dans dix minutes. »

Nathan réprima un soupir. Peu de gens savaient que Nathan Powell cachait un cœur faible sous ses dehors sévères.

— C'est ce que vous a dit Fred ? Qu'il était locataire ?

— Le plus simple, je crois, c'est que je vous raconte toute l'histoire… Je pourrais en avoir un aussi ?

Lorsqu'elle pointa le doigt sur son verre, Nathan faillit jurer à voix haute. Il avait toujours été attentif à ses manières. Et cela ne lui ressemblait pas de manquer à ce point de politesse. Même si on pouvait difficilement considérer Jacqueline MacNamara comme une invitée.

Sans dire un mot, il se leva et mixa le cocktail avant de le placer devant elle.

— J'apprécierais que vous soyez concise. Gardez les détails pour vous et donnez-moi juste les temps forts.

— Entendu, je serai brève.

Elle prit une gorgée de sa boisson, comme pour y puiser du courage.

— Fred s'est mis en rapport avec moi la semaine dernière. Via le téléphone arabe familial, il avait appris que je cherchais un endroit tranquille pour y passer quelques mois. Je voulais un lieu où je pourrais travailler à mon roman sans être dérangée... Je suis écrivain, précisa-t-elle, non sans fierté.

Comme sa révélation ne suscitait aucune réaction, elle reprit une gorgée et poursuivit son récit.

— Quoi qu'il en soit, Fred m'a dit qu'il avait peut-être quelque chose d'intéressant à me proposer. Il m'a expliqué qu'il était l'actuel locataire mais que ses affaires l'obligeaient à quitter la Floride. Lorsqu'il m'a décrit la maison, j'ai eu très envie de la visiter. Et j'ai immédiatement été sensible à l'esthétique des lieux. A présent que je sais qui vous êtes, je comprends mieux pourquoi je suis tombée sous le charme. Si je n'avais pas été aussi préoccupée par mon projet d'écriture, j'aurais sans doute reconnu d'emblée votre style. J'ai étudié l'architecture quelques semestres avec Lafont, à l'université de Columbia.

— Venons-en aux faits, O.K. ? lança-t-il avec impatience. Euh... *Lafont*, vous dites ?

— Vous le connaissez ? Il est merveilleux, ce vieux bouc, non ? Si pompeux, si pénétré de sa propre valeur.

Nathan haussa un sourcil perplexe. Il avait lui-même suivi les cours de Lafont, il y avait de cela une éternité. Et il savait que le « vieux bouc », pour reprendre le terme employé par Jackie, n'acceptait dans ses cours que les étudiants les plus doués.

Il résista cependant à la tentation de l'interroger sur la question. S'il voulait en finir rapidement avec l'envahisseuse, il devait éviter de se laisser entraîner dans ce genre de digression.

— Revenons-en à votre cousin, mademoiselle MacNamara.

— Jackie, rectifia-t-elle en lui adressant une nouvelle version de son redoutable sourire. Eh bien, si je n'avais pas été aussi désireuse de me mettre rapidement à mon roman, je l'aurais sans doute envoyé promener. J'ai une certaine affection pour Fred, mais je sais qu'il convient de se méfier de lui comme de la peste. Toujours est-il que je suis quand même venue jeter un coup d'œil à la propriété… et que j'ai eu le coup de foudre au premier regard. Fred m'a expliqué qu'il devait partir pour San Diego et que le propriétaire — vous, donc — ne voulait pas que sa maison reste vide en son absence. Mais j'imagine que vous ne venez pas ici « de façon épisodique et seulement pendant les mois d'hiver » ?

Nathan tira une cigarette de sa poche. Il avait quasiment arrêté de fumer. Mais les circonstances étaient atténuantes.

— Non. Je vis ici en permanence. Sauf quand mon travail m'oblige à m'absenter, bien sûr. J'avais passé un arrangement avec Fred pour qu'il s'installe ici pendant la durée de mon séjour en Allemagne. Il y a deux semaines, je l'ai appelé pour le prévenir que je rentrais et je lui ai demandé de libérer les lieux. Il devait prévenir Mme Grange et lui laisser sa nouvelle adresse.

— Mme Grange ?

— L'employée de maison.

— Fred ne m'a rien dit au sujet d'une Mme Grange.

— Comme par hasard… Ce qui nous ramène au problème de votre présence ici.

Jackie prit une profonde inspiration.

— J'ai signé un bail de sous-location. Pour trois mois. Et j'ai payé le loyer d'avance. Y compris la caution.

Nathan réprima un soupir. Il était hors de question qu'il prenne en compte le sort de cette fille. Pourquoi se sentirait-il concerné par ses déboires ? Elle les avait bien cherchés puisqu'elle connaissait son escroc de cousin par cœur.

— C'est malheureux pour vous, mais je n'y peux pas grand-chose. Vous n'avez pas signé avec le propriétaire.

— J'ai signé avec le propriétaire par procuration… C'était du moins ma conviction, se hâta-t-elle de rectifier. Mon cousin Fred a un talent certain pour filouter son monde. Et je suis tombée dans le piège la tête la première.

Il ne souriait pas, nota Jackie. Pas même l'ombre d'une lueur d'amusement ne transparaissait dans son regard gris. C'était vraiment dommage qu'il ne sache pas voir l'humour de la situation.

— Ecoutez, monsieur Powell. Nathan. Il est clair que Fred nous a joué un tour à sa façon. Mais il doit y avoir moyen de trouver une solution acceptable. En ce qui concerne les treize mille dollars, je…

— Treize mille dollars ? l'interrompit Nathan. Il vous a extorqué *treize mille* dollars ?

Elle fut tentée d'esquisser une moue boudeuse en réaction à son ton moqueur. Mais il était clair qu'avec un homme comme Nathan Powell ce genre de mimique ne la mènerait pas loin.

— Le montant ne paraissait pas déraisonnable. La maison est superbe, avec une piscine, un solarium, un sauna… Quoi qu'il en soit, si je mets le reste de la famille à contribution pour exercer une pression sur Fred, je pourrai sans doute récupérer une partie de la somme. Mais le plus urgent, en attendant, est de régler la situation.

— Régler la situation ?

— Le fait que nous soyons ici l'un et l'autre, je veux dire.

Nathan écrasa sa cigarette. Au nom de quoi se sentirait-il coupable parce qu'elle avait perdu de l'argent ?

— La solution au problème est toute trouvée : je peux vous indiquer quelques excellents hôtels dans la région.

Jackie sourit de nouveau. Qu'il connaisse de bons hôtels, elle voulait bien le croire. Mais elle n'avait pas l'intention de se laisser mettre dehors pour autant.

— Cela résoudrait le problème de votre côté mais pas du mien. Et j'ai tout de même signé un bail.

— Un morceau de papier dépourvu de toute valeur.

— C'est possible.

Elle tapota des doigts sur le comptoir.

— Vous avez étudié le droit, Nathan ? Lorsque j'étais à Harvard…

— Vous étiez à Harvard ?

D'un geste nonchalant de la main, elle indiqua qu'elle ne tirait aucune gloire du séjour qu'elle avait effectué dans la vénérable institution.

— Je n'y suis pas restée très longtemps. Je me suis vite aperçue que le droit n'était pas ma voie. Mais j'ai quand même acquis quelques bases. Et, si je me souviens bien des grands principes du droit des contrats, vous pourriez avoir des problèmes si vous m'expulsiez de force.

Elle fit tourner pensivement son gin tonic dans son verre.

— Naturellement, si vous ameniez cette affaire devant les tribunaux en impliquant Fred, vous obtiendriez gain de cause.

Avant qu'il puisse objecter quoi que ce soit, Jackie enchaîna avec une parfaite décontraction.

— Mais je suis certaine que nous pouvons parvenir ensemble à une solution beaucoup plus satisfaisante… Vous devez être épuisé, ajouta-t-elle avec un naturel qui le stupéfia. Le plus simple serait que vous montiez vous coucher et que vous vous accordiez une bonne nuit de sommeil. Les choses paraissent toujours tellement plus simples lorsqu'on est reposé, vous ne trouvez pas ? Nous reparlerons tranquillement de tout cela demain matin.

— Il n'y a pas à reparler *tranquillement* de quoi que ce soit, mademoiselle MacNamara. Tout ce qu'il vous reste à faire ici, ce sont vos valises.

Il enfonça les mains dans ses poches et ses doigts rencontrèrent la minuscule culotte rouge. Les mâchoires crispées, il la lui agita sous le nez.

— C'est à vous, je crois ?

— En effet, oui. Merci.

Jackie accepta le sous-vêtement avec la plus grande décontraction.

— Il est un peu tard pour appeler la police et leur expliquer toute l'histoire. J'imagine que vous pourriez me jeter dehors de force. Mais ce ne serait plaisant ni pour vous ni pour moi.

L'éjecter *manu militari* ? Il ne se voyait effectivement pas en arriver là. Et elle en avait conscience. La désarmante Jacqueline avait peut-être plus de points communs avec son cousin que leur seul nom de famille.

Il n'avait pas le cœur de la jeter à la rue à une heure pareille. Et il était tellement fatigué qu'il n'avait plus la force de soutenir une conversation. Le plus simple serait donc de laisser courir — pour le moment, en tout cas.

— Je vous accorde quarante-huit heures, mademoiselle MacNamara. Cela me paraît raisonnable.

— Tout à fait. Montez donc vous coucher. Et ne vous inquiétez de rien. Je me charge d'éteindre les lumières.

— Vous êtes dans mon lit.

— Pardon ?

— Vos affaires sont dans ma chambre.

Jackie se frotta pensivement une tempe.

— Ah oui, c'est un fait. Si vous y tenez vraiment, je peux transbahuter mon barda dans une autre chambre dès maintenant…

— C'est bon, c'est bon, laissez tomber.

Sa présence ici n'était peut-être qu'un mauvais rêve. Il allait se réveiller au matin et découvrir qu'il avait fantasmé toute la scène.

— Pour ce soir, je me contenterai d'une des chambres d'amis, annonça-t-il de guerre lasse.

— Cela me paraît préférable. Vous avez l'air épuisé. Passez une bonne nuit, Nathan.

Il la regarda fixement et en silence. Puis se détourna sans un mot et quitta la pièce. Lorsqu'il fut sorti, Jackie posa la tête sur le comptoir et se mit à rire sans bruit. Oh, elle se vengerait de Fred pour ce coup bas. Mais, en attendant, il y avait des mois qu'elle n'avait pas vécu quelque chose d'aussi hilarant.

Chapitre 2

Lorsque Nathan ouvrit les yeux, le jour était déjà levé depuis longtemps. Mais son cauchemar ne s'était pas dissipé pour autant. Il en fit le triste constat en scrutant le décor gris-bleu de sa chambre d'amis. Il était de retour entre ses murs mais se trouvait relégué au statut d'invité. En exil dans sa propre demeure. Un comble !

Ses valises — ouvertes mais pas encore défaites — étaient placées sur une grande commode de bois de cerisier. Il n'avait pas tiré les rideaux et le soleil qui entrait à flots éclairait des piles de chemises soigneusement pliées. Nathan en détourna les yeux avec impatience. Il était hors de question qu'il déballe ses affaires ailleurs que dans *sa* chambre.

Jacqueline MacNamara avait néanmoins eu raison sur un point : il se sentait effectivement beaucoup mieux à présent qu'il avait dormi. Et il avait l'esprit bien plus clair. Les mâchoires crispées, il passa en revue les événements de la veille, entre le moment où il avait franchi le seuil de la maison et celui où, mort de fatigue, il s'était effondré dans un lit qui n'était pas le sien.

Avec le recul, Nathan avait le plus grand mal à comprendre pourquoi il n'avait pas évacué l'intruse à la seconde même où il l'avait surprise dans son Jacuzzi. Mais, même s'il avait eu un moment de faiblesse la veille, l'erreur serait vite réparée.

Nathan se leva, s'étira et passa dans la salle de bains en emportant sa trousse de toilette avec lui. Mais il prit soin de replacer rasoir et brosse à dents dans le nécessaire. Il se refusait à déballer quoi que ce soit avant d'avoir réintégré sa chambre.

Une fois rasé et vêtu d'un pantalon en lin clair et d'une chemise assortie, il se sentit apte à contrôler parfaitement la situation. S'il n'était pas capable de se débarrasser rapidement de la charmante foldingue qui dormait dans son lit, il aurait du souci à se faire quant à sa propre santé mentale. Mais pour commencer il lui fallait une tasse de café ou deux pour se mettre en train.

Il avait à peine posé le pied sur la première marche de l'escalier que l'odeur vint lui caresser les narines : du café. Du vrai. Fait maison. Corsé et fraîchement moulu. Les arômes en étaient si tentants qu'il faillit sourire. Mais il se rappela juste à temps *qui* devait se tenir aux commandes de la cafetière.

Résolu à en finir au plus vite, Nathan négociait la marche suivante lorsque d'autres senteurs vinrent se mêler aux premières. Du *bacon* ? Oui. Indiscutablement du bacon. Elle se sentait chez lui comme chez elle, de toute évidence. Même la radio était allumée. Jacqueline MacNamara appréciait le rock, semblait-il. Et bruyant, de préférence.

Non, le cauchemar ne s'était pas encore dissipé. Mais il allait prendre fin et rapidement. Hâtant le pas,

Nathan poussa la porte de la cuisine, prêt à dégainer et à tirer à bout portant.

— Hello, Nathan ! Bien dormi ?

Jackie l'accueillit avec un sourire aussi radieux que le soleil qui illuminait la piscine.

Sans lui laisser le temps d'ouvrir la bouche pour hurler, elle baissa obligeamment le son de la radio.

— J'ignorais à quelle heure vous comptiez vous lever, mais j'ai pensé que vous n'étiez pas du genre à traîner au lit toute la matinée. Alors, j'ai lancé le petit déjeuner. J'espère que vous aimez les crêpes aux myrtilles. Je suis sortie tôt faire les courses et j'ai acheté des fruits frais.

Avant qu'il puisse répondre, elle lui glissa une myrtille entre les lèvres.

— Asseyez-vous. Je vous sers votre café.

— Mademoiselle MacNamara…

— Appelez-moi Jackie… Vous voulez du lait ?

— Non, merci. Nous avons laissé les choses plus ou moins en suspens hier soir. Mais je souhaiterais régler le problème sans attendre.

— Absolument. Vous aimez votre bacon bien croustillant ?

Jackie posa un plat sur le comptoir où elle avait déjà placé deux assiettes de son plus beau service. Ainsi que deux serviettes repassées de près et artistiquement pliées. Elle nota qu'il s'était rasé. Sans l'ombre noire sur ses joues, il ressemblait un peu moins à son Jake. Mais le regard, lui, restait toujours aussi redoutable. Ce serait une erreur — une grave erreur — de sous-estimer un tel adversaire.

Déposant une louche de pâte dans la poêle, Jackie baissa le gaz d'une main experte.

— J'ai longuement réfléchi à la situation et je crois avoir trouvé la solution idéale. Vous avez bien dormi, Nathan ?

— Très bien, oui.

En se réveillant, il s'était même jugé en grande forme. Mais à présent qu'il se retrouvait en présence de Jackie, il se crispait à vue d'œil. Se sentait envahi et un peu ébloui. Elle lui faisait l'effet d'un rayon de soleil qui se serait introduit dans une pièce où il aurait eu envie de tirer les volets et de s'endormir pour la sieste.

— Ma mère dit toujours qu'on ne dort jamais aussi bien que chez soi. Pour ma part, ça ne s'est jamais vérifié. Je peux trouver le sommeil facilement et n'importe où… Vous voulez le journal du jour ?

— Non.

Il prit une gorgée de café, scruta le contenu de sa tasse, puis y replongea les lèvres. Son imagination lui jouait sans doute des tours, mais il avait l'impression de n'en avoir jamais bu d'aussi bon.

— Je l'achète en grains chez un torréfacteur, précisa-t-elle, répondant à la question qu'il n'avait pas posée.

Sans lui laisser le temps de donner son avis, Jackie lui prit son assiette et lui servit une crêpe. Puis elle se versa un café et vint s'asseoir à côté de lui.

— Vous avez une vue extraordinaire dans cette cuisine, commenta-t-elle. Cela fait de chaque repas un événement.

Nathan se surprit à attraper le sirop d'érable pour

en arroser sa crêpe. Au point où il en était, autant manger d'abord. Il serait toujours temps de la jeter dehors une fois qu'il serait rassasié.

— Vous êtes ici depuis longtemps ?

— Quelques jours seulement. Fred a toujours eu un excellent timing… Les crêpes sont bonnes ?

Prétendre le contraire aurait été aussi mesquin qu'inutile.

— Excellentes. Vous ne mangez pas ?

— J'ai grignoté en cuisinant.

Ce qui ne l'empêcha pas de porter un morceau de bacon à ses lèvres et de l'avaler avec une moue appréciative.

— Vous cuisinez ? s'enquit-elle avec un de ces sourires engageants qui avaient le don de l'inquiéter.

— Seulement lorsqu'il y a des instructions sur l'emballage.

Jackie ressentit un premier frisson de victoire.

— Il se trouve que je suis une cuisinière d'exception.

— Vous avez fait des études hôtelières poussées, je suppose ?

Elle sourit, amusée qu'il commence à si bien la connaître.

— Seulement pendant six mois. Mais cela m'a suffi pour acquérir les bases. A partir de là, j'ai préféré poursuivre à ma manière. La cuisine, c'est avant tout une question d'expérimentation, vous ne trouvez pas ? J'estime qu'il faut que cela reste une aventure.

Pour Nathan, cuisiner était une corvée généralement vouée à se terminer par un désastre. Il se contenta d'émettre un grognement.

— Dites, votre Mme Grange…, poursuivit Jackie sur le ton de la conversation. Elle est censée venir tous les matins ?

— Non. Une fois par semaine, seulement.

Les crêpes étaient absolument fabuleuses. Nathan avait une longue expérience de la nourriture servie dans les hôtels internationaux. Irréprochable, dans l'ensemble. Mais aussi anonyme que le décor des chambres. Et sans comparaison avec la cuisine maison telle que semblait la pratiquer Jackie. Elle avait raison au sujet de la vue, par ailleurs. C'était un vrai bonheur de prendre un pareil petit déjeuner en se détendant devant un panorama incomparable.

— Mme Grange fait le ménage, les courses pour la semaine et prépare généralement un ou deux plats à l'avance. Et je me débrouille le reste du temps.

Il se figea soudain, fourchette en main.

— Pourquoi cette question, au fait ?

— Elle a un rapport avec notre petit dilemme.

— *Votre* petit dilemme.

— Nommez-le comme vous voudrez. Etes-vous un homme juste, Nathan ? Quand je regarde vos réalisations architecturales, je vois que vous avez le sens du beau et de l'ordre. Mais je n'arrive pas à déterminer si vous êtes fair-play.

Elle se leva pour aller chercher la cafetière et les resservit l'un et l'autre. Nathan sentait son bel appétit le quitter à vue d'œil.

— Pouvez-vous préciser où vous cherchez à en venir ?

— J'ai perdu treize mille dollars dans l'affaire,

expliqua Jackie en mâchonnant son bacon. Je ne dis pas que je me retrouve à la rue, avec mon baluchon, à vendre des petits bouquets de violettes sur le trottoir. Mais c'est pour le principe. Vous êtes un homme de principes, je crois ?

Prudent, il se contenta de hausser les épaules sans se prononcer sur la question.

— J'ai payé, de bonne foi, pour un endroit où je comptais vivre et travailler pendant trois mois, Nathan.

— Que voulez-vous que je vous dise ? Intentez un procès à votre cousin.

— Les MacNamara ne lavent pas leur linge sale en public. Ce qui ne veut pas dire que je n'aurai pas ma revanche. Je réglerai mes comptes avec Fred à ma façon. Et au moment où il s'y attendra le moins.

Notant la lueur dans son regard, Nathan comprit qu'il ne s'agissait pas là de vaines menaces. Non seulement elle mettrait son projet de vengeance à exécution, mais elle trouverait le moyen de le faire avec panache. Il dut réprimer un élan d'admiration.

— Je vous souhaite de réussir. Mais je ne suis pas concerné par vos histoires de famille.

— Vous l'êtes par la force des choses puisque c'est de votre maison qu'il est question… Encore une petite crêpe ?

— Non… Non, merci, précisa-t-il avec un temps de retard. Mademoiselle… Jackie, je vais être très franc avec vous.

— Oui ?

Décidé à être raisonnable mais ferme, il constata avec satisfaction qu'elle avait tourné ses grands yeux vers lui et qu'elle le regardait avec une attention teintée de gravité. Aurait-elle enfin décidé de se montrer coopérative ?

— Je reviens d'un séjour harassant en Allemagne. J'étais sur un gros projet qui m'a laissé sur les rotules. Aujourd'hui, j'ai deux mois de congé devant moi que je compte passer ici, seul, à lire et à me détendre.

— Que construisiez-vous ?

— Quoi ?

— Votre projet ? En Allemagne ?

Il soupira.

— Un centre de loisirs. Mais ça n'a strictement aucun rapport avec ce qui nous occupe. Je suis désolé si je parais manquer de sensibilité, mais je ne me sens pas responsable de votre situation.

Jackie lui tapota la main d'un geste rassurant.

— Je ne trouve pas que vous manquiez de sensibilité. Au contraire, même. Et j'aimerais beaucoup que vous me parliez de votre projet en Allemagne. Mais, voyez-vous, Nathan, il me semble que nous sommes dans le même bain, vous et moi, si je puis dire. Nous nous préparions l'un et l'autre à passer quelques mois seuls ici à réaliser nos envies respectives. Mais Fred a tout fichu en l'air. Vous aimez la nourriture orientale ?

Elle gagnait du terrain. Nathan n'aurait su dire quand et comment le sable avait commencé à lui glisser sous les pieds. Mais le fait était qu'elle progressait et qu'il reculait. Les coudes posés sur le comptoir, il se prit la tête entre les mains.

— C'est quoi, ces questions décousues, bon sang ? Où voulez-vous en venir, à la fin ?

— Mais à mon idée de base, bien sûr. C'est pour ça que je me renseigne sur vos goûts culinaires. Personnellement, j'aime toutes les cuisines. Mais la plupart des gens ont des préférences marquées.

Sa tasse entre les mains, Jackie s'assit en lotus sur son tabouret de bar. Elle portait un short d'un bleu éclatant avec un flamant rose dessiné sur une jambe. Pendant quelques secondes, Nathan regarda fixement le drôle d'oiseau avant de lever de nouveau les yeux sur son visage.

— Bon… Cette idée, si vous la formuliez une fois pour toutes, pendant que je suis encore à peu près en état de suivre le cours tortueux de vos pensées ?

— L'objectif, c'est que nous obtenions tous les deux ce que nous désirons — ou que nous parvenions, en tout cas, à une solution qui s'en approche. La maison est grande.

Lorsque le regard de Nathan se fit menaçant, Jackie fut saisie de nouveau par son incroyable ressemblance avec Jake, son héros. Non seulement elle était déjà amoureuse de son personnage, mais elle trouvait sa copie conforme assez irrésistible.

Et si l'arrivée inattendue de Nathan dans sa vie prenait la forme d'un cadeau du destin ? Une chose était certaine : elle avait toujours eu pour politique de saisir les opportunités au bond.

— Je suis une très bonne colocataire. Je pourrais vous donner plusieurs références. J'ai entamé toutes sortes d'études dans toutes sortes d'écoles et universités différentes. Donc j'ai partagé des chambres avec plein de gens. Je peux être ordonnée quand on me le demande. Et me faire oublier lorsqu'il le faut.

— Vous faire oublier, *vous* ? Permettez-moi d'être sceptique.

— Vous seriez surpris de voir à quel point j'arrive à me faire discrète lorsque je suis absorbée par un projet. Et c'est le cas en ce moment. J'écris quasiment du matin au soir. Je vous raconterais volontiers l'intrigue de mon roman, mais nous verrons cela plus tard.

— J'apprécie que vous soyez prête à différer.

— Vous avez de l'humour, Nathan. Ne le perdez pas, surtout. Quoi qu'il en soit, je crois beaucoup aux ambiances. Vous devez y être sensible aussi, en tant qu'architecte.

— Vous sautez toujours du coq à l'âne ainsi ?

D'un geste délibéré, Nathan repoussa son café. Autant éviter un excès de stimulation, vu les circonstances. Une tasse de plus et il pourrait être en danger de commencer à la comprendre.

— La maison, expliqua patiemment Jackie.

« Le problème, c'est son regard », diagnostiqua Nathan. Quelque chose dans ses yeux bruns vous forçait à la regarder, à l'écouter. Même si on n'avait qu'une envie : se coller les mains sur les oreilles et fuir en courant.

— Eh bien ? Qu'a-t-elle, la maison ?

— Il émane d'elle une atmosphère particulière. Dès l'instant où j'ai posé mes valises ici, j'ai pu commencer à écrire. C'est magique : l'histoire coule quasiment toute seule. Si je partais, mon inspiration pourrait retomber comme un mauvais soufflé. Et je ne veux pas prendre ce risque. Voilà pourquoi je suis prête à faire quelques concessions.

— *Vous êtes prête à faire quelques concessions*, répéta lentement Nathan. Voilà qui est fascinant. Vous squattez chez moi, sans ma permission, mais vous voulez bien me faire la grâce de m'accorder un compromis. Vous savez que vous êtes saisissante, dans votre genre ?

— Ce n'est que justice que je fasse un effort, non ?

De nouveau, le redoutable sourire de Jackie surgit.

— C'est simple : vous ne cuisinez pas et moi si. Je suis d'accord pour préparer tous vos repas à mes frais pendant la durée de mon séjour ici.

Pourquoi pas, après tout ? L'arrangement n'avait rien de déraisonnable. *Rien de déraisonnable ?* Nathan faillit s'étrangler avec la portion de crêpe qu'il venait de porter machinalement à la bouche. Par quel phénomène incongru commençait-il à trouver *raisonnable* l'idée que cette fille décide de s'installer chez lui ?

— C'est très aimable de votre part. Mais je n'ai besoin ni d'une cuisinière ni d'une colocataire.

— Comment le savez-vous ? Jusqu'à présent, vous n'avez eu ni l'une ni l'autre.

Il articula soigneusement en se forçant à ne pas élever la voix.

— Je n'aspire qu'à une chose : la tranquillité.

— Mais naturellement que vous voulez être tranquille ! s'écria-t-elle d'un ton conciliant, comme si elle avait affaire à un gentil vieillard capricieux.

Nathan faillit grogner tout haut.

— O.K. Je vous propose le pacte suivant : je respecterai votre tranquillité et vous respecterez la mienne.

Elle se pencha vers lui et couvrit sa main de la sienne.

— Nathan… Je sais que vous n'avez aucune raison de m'accorder une faveur. Mais ce livre est vraiment très important pour moi. Pour des raisons qui me concernent, je tiens absolument à aller jusqu'au bout de ce projet d'écriture. Et j'ai la certitude que je peux y arriver. Ici.

— Si vous essayez de me culpabiliser parce que je vous empêche d'écrire le futur grand roman du siècle, vous…

— Non, je n'essaye ni de vous culpabiliser ni de prétendre que je m'apprête à commettre une œuvre de génie. Je l'aurais peut-être fait si j'y avais pensé, mais l'idée ne m'a pas traversé l'esprit. Tout ce que je vous demande, c'est de m'accorder une chance. Donnez-moi deux semaines. Et, si je vous complique trop la vie, je partirai sans regimber.

— Jacqueline, je vous connais depuis douze heures à peine et vous me compliquez *déjà* la vie.

Jackie comprit qu'elle avait gagné. A quoi elle le sentait, elle n'aurait su le dire. Peut-être aux inflexions de sa voix. Ou à l'expression déjà résignée qui assombrissait ses traits.

Quoi qu'il en soit, elle poussa aussitôt son avantage.

— Vous avez mangé toutes vos crêpes.

Vaguement déconfit, Nathan baissa le nez sur son assiette.

— Pendant vingt-quatre heures, je n'ai rien avalé d'autre que de la nourriture d'aéroport.

— Attendez d'avoir goûté mes lasagnes. Vous ne vous en remettrez pas.

Comme il ne répondait pas, Jackie se mordilla la lèvre.

— Imaginez que vous n'aurez pas à ouvrir une seule boîte de conserve tant que je serai ici. Un luxe inespéré, non ?

Presque malgré lui, Nathan songea aux repas de fortune qu'il avait l'habitude de se concocter. Aux sinistres préparations qu'il rapportait régulièrement dans des barquettes en plastique. Il soupira.

— Je prendrai mes repas à l'extérieur.

— Et votre sacro-sainte tranquillité, que devient-elle ? Vous vous voyez, entouré d'inconnus bruyants dans des restaurants bondés, à essayer désespérément d'attirer l'attention de serveurs survoltés ?

Nouveau soupir. Il fallait reconnaître qu'il avait les restaurants en horreur. Et qu'il en avait soupé pendant les six derniers mois. L'arrangement proposé par Jackie présentait des avantages non négligeables. Du moins… tel qu'il le voyait maintenant, alors qu'il était encore sous l'impact de ses divines crêpes aux myrtilles.

— Je veux récupérer ma chambre. Sur-le-champ.

— Cela va sans dire.

— Et je déteste faire la conversation de bon matin. Pas un mot avant le petit déjeuner.

— Mes lèvres resteront scellées. J'aimerais bénéficier d'un créneau piscine.

— Va pour la piscine. Mais si je trébuche sur vous ou sur vos affaires, ne serait-ce qu'une seule fois, vous giclez.

— C'est d'accord.

Jackie lui tendit la main, certaine que pour un homme de principes comme lui une poignée de main aurait valeur d'engagement. Le voyant hésiter, elle porta le coup de grâce.

— Vous vous haïriez si vous me chassiez, et vous le savez.

Nathan lui jeta un regard noir. Mais il se surprit à presser sa paume contre la sienne. La main de Jackie était fine et légère. Mais sa prise était ferme. S'il devait regretter amèrement leur arrangement temporaire dans quelques jours, il aurait un compte de plus à régler avec cet escroc de Fred.

— Je vais faire un tour au solarium, annonça-t-il.

— Bonne idée. Tâchez de détendre tous ces muscles contractés… Vous avez des souhaits particuliers pour le déjeuner, au fait ?

Il ne tourna même pas la tête.

— Surprenez-moi.

Jackie prit son assiette et exécuta une brève danse guerrière d'un bout à l'autre de la cuisine.

Frappé de démence passagère.

Nathan se demanda s'il serait sage de plaider cette circonstance atténuante.

Restait qu'il était désormais affublé d'une locataire. Ou d'une occupante à titre gratuit, pour être exact. Lui, Nathan Powell, citoyen respectable et respecté, jeune architecte de génie, inscrit au *Who's Who* parmi les cinq cents plus grosses fortunes d'Amérique, se retrouvait avec une inconnue farfelue naviguant librement dans sa chère maison.

Et farfelue, Jacqueline MacNamara l'était sans l'ombre d'un doute. Il avait fini de s'en convaincre lorsqu'il l'avait vue méditer sur le bord de la piscine après le déjeuner. Les yeux clos et assise en lotus, les mains, paumes ouvertes, reposant sur les genoux. Encore une chance qu'elle ne se soit pas mise à psalmodier des mantras à voix haute. Il avait été sidéré de découvrir qu'il se trouvait encore des illuminées pour se livrer à ces singeries, à l'heure où les derniers hippies avaient déjà atteint l'âge de la retraite.

Sa seule chance dans son malheur, c'est qu'il ne s'était engagé que pour deux semaines. Une fois ce délai écoulé, il pourrait l'éconduire gentiment mais fermement. En attendant, il était grand temps qu'il procède à une vérification en règle. Il allait s'assurer immédiatement qu'il n'avait pas une mythomane — ou pire encore — sur les bras.

Jackie était au premier étage et travaillait à son roman — si roman il y avait. Ouvrant le répertoire de son mobile, il chercha à la lettre L. Dans une première étape, il vérifierait qu'elle était bien qui elle prétendait être. Et il serait toujours temps, après cela, de définir une ligne de conduite.

— Adèle ? Ici Nathan. Nathan Powell, précisa-t-il en sortant sur la terrasse avec son verre de thé glacé à la main.

Il devait reconnaître que la boisson maison préparée par Jackie constituait un net progrès par rapport aux mixtures chimiques qu'il avalait habituellement.

— Nathan ? Quelle bonne surprise ! Comment allez-vous ?

— Bien. Très bien... Et vous-même ?

— Ça irait mieux si le printemps ne tardait pas tant. Que puis-je faire pour vous ? Vous êtes de passage à Chicago ?

— Pas du tout, non. Je viens d'arriver à la maison, en fait. Et votre neveu Fred était... euh... chargé de garder les lieux.

— Ah oui, bien sûr. Je me souviens.

Il y eut un silence un peu prolongé sur la ligne. Puis Adèle reprit avec une pointe d'inquiétude dans la voix.

— Fred n'a pas fait de bêtises, au moins ?

Des bêtises... Perplexe, Nathan se passa la main sur le visage. Et décida de ne pas envoyer la triste réalité à la figure d'Adèle, mais de lui présenter une version édulcorée des faits.

— Il y a eu un petit souci, en fait. Votre nièce est également sur place.

— Ma nièce ? J'en ai plusieurs, de nièces... Ah, Jacqueline ! Bien sûr, j'aurais dû m'en douter. Notre Jackie a toujours eu l'âme vagabonde. Mon pauvre Nathan, vous avez une maison pleine de MacNamara, ma parole !

— Euh... Fred est à San Diego.

— A San Diego ? Mais que faites-vous à San Diego, tous les trois ?

Nathan tenta de se souvenir si Adèle avait été aussi évaporée du temps où ils travaillaient ensemble à Chicago.

— Seul Fred séjourne à San Diego. Enfin... il est

censé être là-bas, en tout cas. Et je vous appelle de ma maison de Fort Lauderdale où je me trouve avec votre nièce.

— Chez vous avec ma nièce ? *Ah bon* !

Le « ah bon ! » était si enthousiaste que Nathan frémit.

— Je suis ravie, Nathan. J'ai toujours pensé que la seule chose qui manquait à notre Jackie, c'était un compagnon stable et solide. Ma nièce a un côté papillon. Mais elle est très talentueuse. Et elle a un cœur en or.

Nathan s'éclaircit la voix. Il s'agissait d'interrompre le flot et de remettre les pendules à l'heure.

— Je ne doute pas qu'elle ait de grandes qualités, Adèle. Mais la présence de Jacqueline ici est le résultat d'un malentendu avec Fred. Votre neveu avait... euh... oublié que je rentrais d'Allemagne. Et du coup il a proposé ma maison à sa cousine.

— Ah, je vois... C'est ennuyeux. Et vous avez réussi à trouver une solution acceptable, Jackie et vous ?

— Plus ou moins, oui. Vous êtes la sœur de sa mère, si j'ai bien compris ?

— Tout à fait, oui. Jackie ressemble beaucoup à Patricia. Physiquement en tout cas. Le type même de la belle brune piquante. J'ai toujours été jalouse de Patricia lorsque nous étions jeunes... Mais sur le plan du caractère nous n'avons pas réussi à déterminer de qui Jackie tient, dans la famille. Cela reste un mystère pour nous tous.

Avec un léger soupir, Nathan porta son regard sur les eaux calmes du canal.

— J'avoue que je ne suis pas surpris de l'entendre.

— Quelle est sa vocation du moment, au fait ? La peinture ? Mais non, qu'est-ce que je raconte ! Jackie est passée à l'écriture. Cette année, notre Jack est romancière.

— C'est ce qu'elle affirme, oui.

— Jackie a toujours eu un réel talent pour inventer des histoires. Peut-être que l'écriture est bel et bien sa voie.

— Espérons-le, acquiesça-t-il poliment.

— Quoi qu'il en soit, je suis sûre que vous vous entendrez à merveille, tous les deux. Ma nièce a très bon caractère. Et elle n'est vraiment pas compliquée à vivre. Tout le monde l'adore... Cela dit, nous persistons à espérer, Patricia et moi, que Jacqueline se stabilisera. Je pense que son inépuisable énergie trouverait à s'employer au mieux dans une vie de famille. C'est une fille vraiment formidable. Vous êtes toujours célibataire, Nathan ?

Les yeux au ciel, il secoua la tête.

— Plus que jamais, oui. J'ai eu plaisir à bavarder un moment avec vous, Adèle. Je dirai à Jacqueline de vous donner des nouvelles dès qu'elle aura trouvé un nouvel endroit où s'installer pour écrire.

— Entendu. A bientôt, Nathan. Et pensez à me faire signe la prochaine fois que vous passerez à Chicago.

Sourcils froncés, Nathan coupa son téléphone. Il avait la certitude désormais que sa locataire indésirable était bien qui elle prétendait être. Ce qui le ramenait à la case départ : il était parti pour quinze jours de cohabitation.

Sauf s'il parvenait à la faire changer d'avis, bien sûr. Il pouvait remettre la question sur le tapis. Et tenter de la convaincre de plier bagage. Mais le bref essai qu'il avait fait à midi ne l'avait pas mené loin. Non seulement Jackie avait campé résolument sur ses positions. Mais la conversation lui avait procuré un mal de tête léger mais insistant.

Alors tant pis si c'était une solution de lâche. Mais il comptait passer le reste de la journée comme s'il était seul chez lui. En se laissant aller à la douce illusion que Jacqueline MacNamara avec son sourire étincelant et ses jambes interminables n'existait que dans son imagination.

Installée devant son ordinateur, au premier étage, Jackie, elle, avait entièrement oublié Nathan.

Elle avait le nez sur son histoire. Et travaillait en état d'immersion totale. Lorsque ses doigts ralentissaient leur course sur le clavier et qu'elle revenait brièvement au présent, Jackie faisait le constat merveilleux et troublant qu'elle écrivait réellement. Et qu'elle ne se contentait pas de jouer à faire semblant. Comme ça avait été le cas pour ses activités précédentes.

Elle savait que sa famille la trouvait dispersée. Inconstante. Ses parents se désolaient de voir qu'elle avait tout : le talent, les aptitudes, l'énergie et le niveau d'études. Et que, malgré cela, elle multipliait les faux départs sans jamais aller jusqu'au bout des pistes qu'elle amorçait.

Mais elle aurait le plaisir de leur annoncer, cette fois,

qu'elle avait rencontré l'écriture. Et que l'écriture l'avait rencontrée elle. Le tout dans une totale réciprocité.

Le bout de la langue coincé entre les dents, Jackie se renversa contre son dossier et relut la scène qu'elle venait d'écrire. Avec une excitation croissante, elle constata que l'intrigue fonctionnait, que le rythme était bon, ses dialogues captivants.

Problème : la réussite de ses trois premiers chapitres ne suffirait pas à convaincre les siens. Lorsqu'elle s'était lancée dans la restauration, trois ans plus tôt, elle avait acheté une immense maison délabrée. Elle avait gratté, récuré, poncé, peint et tapissé. S'était initiée à la plomberie et avait acquis des notions d'électricité. Avait fréquenté les grandes surfaces de bricolage et appris à scier et à clouer. Le rez-de-chaussée qu'elle avait entièrement terminé avait été une réussite. De l'avis de tous, elle était créative, compétente et alignait ses carrelages comme une pro.

Le seul problème, c'est qu'elle avait interrompu les travaux alors qu'elle avait à peine commencé à s'attaquer au premier étage. Parce que la restauration avait cessé de l'intéresser et qu'elle s'était passionnée pour la photo d'art. Elle avait revendu la maison bien plus cher qu'elle ne l'avait achetée. Donc elle n'avait perdu ni son temps ni son argent. Mais elle n'était pas allée au bout de ce qu'elle avait entrepris.

Avec l'écriture, elle était entrée dans une autre phase, toutefois. Elle avait réellement trouvé sa vocation.

Du moins… Jackie se prit le menton dans la main et songea au nombre de fois où elle avait déjà eu le sentiment d'être sur la bonne voie. Il y avait eu l'atelier photo. Les cours de danse. Le tour du potier. Cela dit, ces pistes suivies puis abandonnées ne représentaient-elles pas autant de galops d'essai qui avaient fini par la mener à sa destination véritable ? Ce roman, il fallait coûte que coûte qu'elle l'écrive jusqu'à sa dernière ligne. Peu importe si sa famille et ses amis la considéraient comme changeante et excentrique. Elle *était* changeante et excentrique. Mais elle voulait donner un sens à sa vie.

Le grand roman du siècle. La pensée même qu'elle pourrait avoir l'ambition d'écrire une œuvre immortelle fit sourire Jackie. Rien ne lui paraissait plus ennuyeux, d'ailleurs, que de s'atteler à une telle tâche. Tout ce qu'elle voulait, c'était raconter une histoire et la raconter bien.

Si elle parvenait à ce résultat, elle serait ravie. Elle n'avait pas encore vraiment réfléchi jusqu'ici au genre de livre qu'elle souhaitait écrire. Mais elle savait désormais que son but serait simplement de captiver et de distraire.

Et l'histoire venait vite. Si vite même qu'elle avait de la peine à suivre ! Elle procédait à l'instinct et avec facilité. Aussi loin qu'elle se souvienne — et sa mémoire était excellente — elle ne s'était jamais sentie aussi heureuse que depuis qu'elle passait ses journées à aligner des mots sur un écran.

Elle ferma les yeux pour réfléchir à Jake. Mais le cours fantasque de ses pensées dévia sur Nathan. Quel hasard incroyable, tout de même, qu'il lui soit apparu comme l'incarnation de son personnage. De là à penser que le destin avait son mot à dire dans leur rencontre...

Or Jackie n'était pas femme à plaisanter avec ce genre de choses. De sa formation en astrologie, elle avait gardé une propension marquée à observer et à décrypter tous les signes.

Cela dit, Nathan — à la différence de Jake — n'avait rien d'un cow-boy sans foi ni loi. Il était classique dans ses goûts comme dans son allure. Et l'excentricité était aux antipodes de sa nature. Elle était certaine qu'il se considérait comme quelqu'un de sobre et d'organisé, avec un esprit avant tout pratique. Sans doute n'avait-il même pas conscience d'être un grand artiste. Alors qu'il faisait indubitablement partie des créateurs les plus talentueux de sa génération.

Même si elle n'avait jamais été capable de fonctionner de façon structurée, Jackie n'avait aucune objection de principe contre les plans et les listes. Elle admirait également chez Nathan le fait qu'il savait ce qu'il voulait. Et qu'il faisait bon usage de son talent.

Le regarder, d'autre part, était un plaisir pour les yeux. Surtout lorsqu'il souriait. Le sourire était généralement involontaire, ce qui le rendait d'autant plus désarmant. Déjà, Jackie considérait qu'il était de son devoir de le faire rire aussi souvent que possible.

Une mission qui ne devrait pas se révéler trop ardue. Car c'était quelqu'un de généreux, de toute évidence. S'il n'y avait pas eu cette profonde gentillesse en lui, il l'aurait virée avec pertes et fracas la veille. Le fait qu'il s'en soit abstenu avait attendri Jackie. Et elle était déterminée à rendre leur cohabitation la moins douloureuse possible pour lui.

Cela dit, elle était persuadée que Nathan et elle s'entendraient à merveille. Et que ces quelques mois passés en commun se dérouleraient dans les meilleures conditions. La compagnie, autant l'admettre, lui convenait beaucoup mieux que la solitude. Elle ne devait pas être faite, finalement, pour créer en recluse.

Chez Nathan, elle aimait la subtilité et le sarcasme, ce mélange d'éducation parfaite et d'ironie caustique. Même une personne infiniment moins sensible qu'elle se serait rendu compte qu'il n'avait qu'une envie : se débarrasser d'elle. En d'autres circonstances, elle aurait sans doute respecté son désir de solitude et serait partie avec armes et bagages. Mais son roman était devenu trop important pour qu'elle accepte de s'interrompre. Et c'était ici, où elle l'avait commencé, qu'elle souhaitait le finir.

En contrepartie, elle veillerait à rester d'une discrétion exemplaire. Et s'appliquerait à servir à Nathan les repas les plus succulents. Comme cette pensée lui traversait l'esprit, Jackie vérifia l'heure à sa montre. Elle jura tout bas mais se résigna à enregistrer son travail et à éteindre son ordinateur. Rien de plus râlant que d'avoir à s'interrompre alors que Jake était attaché par un lien en cuir au poignet d'un guerrier apache et que sa vie ne tenait qu'à un fil. Mais, même si elle répugnait à laisser son héros en plan, elle avait toujours eu pour principe de respecter ses engagements.

*
* *

Ce furent les fumets en provenance de la cuisine qui ébranlèrent, une fois de plus, la ferme volonté de Nathan. Retiré dans son bureau dans un confortable fauteuil en cuir, il goûtait pourtant l'intense satisfaction qu'apportent le calme et la solitude dans un environnement choisi. Les portes-fenêtres donnant sur le patio étaient grandes ouvertes et il lisait des revues d'architecture, heureux d'être là, tout simplement, avec ses tapis de Perse aux couleurs fanées et ses livres autour de lui. Ce bureau était son refuge d'élection. Un lieu où la solitude lui était toujours douce.

Tard dans l'après-midi, il avait presque réussi l'exploit d'oublier Jacqueline MacNamara et son intrigant de cousin. Il avait entendu Jackie fredonner dans la cuisine mais il n'y avait pas prêté attention. Se découvrir capable d'indifférence l'avait réjoui au plus haut point. *Une domestique.* Il penserait à elle comme à une domestique. Rien de plus.

Petit à petit, cependant, les arômes en provenance de la cuisine avaient commencé à lui taquiner les narines. Elle avait encore mis la radio en plus. Fort. Il faudrait qu'il lui touche deux mots à ce sujet. Changeant de position dans son fauteuil, Nathan s'efforça de se concentrer de nouveau sur sa lecture. Mais ce fut peine perdue.

Quel genre de plat exotique pouvait-elle bien préparer ce soir ? Il tourna une page, lut trois lignes d'un article technique sur les cheminées et les inserts. Et se surprit à chantonner une chanson de variété qu'écoutait Jackie. Jurant à voix haute, il reposa le magazine — non sans avoir marqué sa page au préalable — et se dirigea vers la cuisine.

Il dut élever la voix à deux reprises avant de parvenir à se faire entendre. Sans lâcher sa poêle à frire, Jackie cria pour couvrir le fracas de la musique :

— Le dîner sera prêt dans quelques minutes. Vous voulez un verre de vin en attendant ?

— Ce que je veux, c'est que vous mettiez ce machin infernal en sourdine.

— Que quoi ?

— Que vous éteigniez…

Pestant avec force, Nathan renonça à hurler pour se faire comprendre. Il alla vers le poste de radio et appuya sur le bouton d'arrêt.

— On ne vous a encore jamais parlé des ravages que provoquent les décibels sur l'oreille interne ?

Jackie secoua la poêle avant de couper le gaz.

— Je mets toujours la radio à fond lorsque je cuisine. C'est propice à mon inspiration culinaire.

— Alors investissez dans un casque.

Avec un haussement d'épaules, Jackie souleva le couvercle du riz pour vérifier qu'il était cuit.

— Désolée. Comme il y a des haut-parleurs dans toutes les pièces, je pensais que vous aimiez la musique. Comment s'est passée votre journée ? Vous avez réussi à vous reposer ?

Etait-ce une impression ou le traitait-elle comme une espèce de vieux grand-père grincheux ?

— A peu près, oui, marmonna-t-il, les mâchoires crispées.

— Parfait. J'espère que vous aimez la cuisine

chinoise. J'ai un ami qui a monté un super restaurant asiatique à San Francisco. Et j'ai réussi à persuader le cuisinier de me confier quelques-unes de ses recettes fétiches.

Jackie versa un verre de vin à Nathan. Puis, s'emparant d'une assiette, elle disposa quelques cuillerées de son poulet à la sauce aigre-douce sur un lit de riz thaï demi-complet.

Elle lécha un peu de sauce qu'elle avait sur le pouce puis entreprit de se servir à son tour.

— Installez-vous, Nathan. Ne laissez pas votre dîner refroidir.

Il obéit à contrecœur mais il obéit quand même. Tout être humain, qu'il le veuille ou non, avait besoin de s'alimenter pour vivre. Pendant qu'il maniait distraitement sa fourchette, il observa Jackie. Rien ne semblait jamais la troubler, ni la couper dans son élan infatigable. Elle s'activait avec des gestes fluides, rapides sans être heurtés, animés d'une grâce qui n'avait jamais rien de languide.

Il attendit qu'elle l'ait rejoint au comptoir pour annoncer la nouvelle :

— J'ai eu votre tante au téléphone, aujourd'hui.

— Ah vraiment ? Tante Adèle ?

Jackie noua une longue jambe nue autour du pied en métal de son tabouret.

— Adèle Lindstrom, oui.

— Vous avez vérifié auprès d'elle que j'étais bien sa nièce ? Elle vous a donné de bonnes références ?

— Plus ou moins.

— Vous l'aurez cherché, déclara-t-elle, laconique.

Puis elle s'intéressa au contenu de son assiette en faisant montre d'un solide appétit.

— Pardon ?

Jackie prit le temps de tester une pousse de bambou avant de répondre avec désinvolture.

— La nouvelle va se répandre comme une traînée de poudre. De la branche Lindstrom à la MacNamara. Avec un petit détour du côté O'Brian… C'est le nom de femme mariée de la sœur de mon père, précisa-t-elle en goûtant une cuillerée de riz. Et je ne peux pas être tenue pour responsable.

Nathan en perdait son latin une fois de plus.

— Je ne sais même pas de quoi vous me parlez.

— Du mariage.

— Quel mariage ?

— Le nôtre, bien sûr.

Elle but une gorgée de vin en lui souriant par-dessus le bord de son verre.

— Que pensez-vous de ce petit cru ? Sympathique, non ?

— Stop. Revenons en arrière une seconde, voulez-vous ? Vous venez de parler de « notre mariage ». Si vous avez l'intention de…

— Nathan, Nathan, calmez-vous. Je n'ai pas plus d'intentions que vous dans ce domaine. Mais Adèle en a, elle. Moins d'un quart d'heure après votre appel, elle aura sonné le rappel de toute la famille pour annoncer que vous et moi nous filons le parfait amour. Et le plus étonnant c'est que tout le monde la croira. Les gens écoutent lorsque tante Adèle a quelque chose à dire. Je n'ai jamais trop compris pourquoi mais c'est ainsi… Vous laissez votre poulet refroidir, Nathan.

Reposant ses couverts, il prit soin de ne pas élever la voix.

— Je n'ai rien dit à votre tante qui pourrait laisser supposer qu'il se passe quoi que ce soit entre nous.

— Je sais. Ne vous inquiétez pas.

Dans un élan de solidarité, Jackie lui serra amicalement le bras. La minuterie se déclencha au même moment et elle se leva d'un bond pour sortir sa tarte du four. Nathan mit ces quelques instants à profit pour se ressaisir. Il attendit qu'elle regagne sa place en face de lui pour reprendre le fil de leur conversation rocambolesque :

— En fait, j'ai juste expliqué à Adèle que votre présence ici résultait d'un malentendu avec Fred.

— Ma tante a une mémoire terriblement sélective, rétorqua Jackie en finissant de vider son assiette. Mais je ne vous demanderai pas de tenir vos engagements. Vous trouvez que j'ai mis trop de gingembre ?

— Je n'ai pas d'engagements à tenir.

Elle lui jeta un regard empreint d'amicale sollicitude.

— Bien sûr. Je plaisante ! Que cette histoire ne vous coupe pas l'appétit, surtout. Je me charge de calmer ma famille. Je peux vous poser une question personnelle ?

Nathan reprit sa fourchette. Comment aurait-il pu imaginer en poussant la porte de sa maison la veille qu'il s'apprêtait à chuter dans un gouffre sans fond ?

— Posez toujours.

— Vous avez quelqu'un dans votre vie ? Pas forcément une relation sérieuse.

Pour être personnelle, la question était personnelle, en effet. Nathan réfléchit à une demi-douzaine de réponses possibles avant d'opter pour la vérité :

— Non.

— Ah, zut. Dommage.

Un pli préoccupé se dessina entre les sourcils de Jackie. Puis, d'un coup, elle retrouva le sourire.

— Aucune importance, après tout. J'inventerai quelque chose. Cela vous ennuierait si je vous plaquais pour un spécialiste en biologie marine ?

Nathan se surprit à rire. Pourquoi, il n'aurait su le dire, mais le sourire flottait encore sur ses lèvres lorsqu'il attrapa son verre de vin.

— Pas le moins du monde non. Je vous rends votre liberté.

Jackie sentit un frémissement intérieur. Comme un subtil élan de douceur et de désir. Mais elle réprima aussitôt cette amorce de vertige.

« Ce ne serait pas judicieux, ma petite Jackie. Pas judicieux du tout, même. »

— Vous êtes un chic type, Nathan. Je ne suis pas certaine que tout le monde s'en rende compte. Mais les gens ne vous connaissent pas aussi bien que je vous connais moi… Laissez-moi vous resservir en poulet.

— Non, restez assise. J'y vais.

Ce fut juste un petit choc de part et d'autre. Une de ces maladresses banales que l'on commet à tout moment sans y prendre garde. Comme lorsque deux personnes franchissent une porte en même temps, par exemple. Ou se heurtent du coude sans le vouloir dans un ascenseur bondé. Le type même de l'incident sans incidence. Un contact physique qui se produit sans qu'on le désire et qu'on oublie aussitôt.

Ils se levèrent simultanément et tendirent tous les deux la main vers l'assiette de Nathan. Leurs doigts se rencontrèrent ; leurs corps entrèrent brièvement en contact. Il la retint par le bras pour l'aider à reprendre son équilibre.

Ni l'un ni l'autre ne sourirent. Ni l'un ni l'autre ne prononcèrent un mot d'excuse.

Jackie sentit son souffle se coincer quelque part dans sa poitrine pendant que son cœur, lui, était agité de drôles de soubresauts. Elle était trop en phase avec ses émotions pour éprouver une réelle surprise. Mais elle n'en fut pas moins décontenancée par la profondeur et l'intensité de ce qu'elle éprouvait. La scène, a priori, aurait dû être comique plus que romantique. Et pourtant elle avait le sentiment d'un avènement. Comme si elle avait passé une vie entière à attendre cet instant.

Elle n'oublierait rien de ce bref — trop bref — épisode. Ni le contact de sa main. Ni la porcelaine sous ses doigts. Ni la chaleur de son corps qui avait à peine effleuré le sien. Elle se souviendrait du mélange d'étonnement et de défiance dans le regard de Nathan. De l'odeur des épices et du vin. Et surtout elle se remémorerait le silence. Un silence presque absolu — comme si l'univers entier avait retenu son souffle.

« Bon sang, mais qu'est-ce qui m'arrive ? » Telle fut la première pensée de Nathan. Et la seule cohérente.

Il tenait le bras de Jackie avec trop de force. Comme s'il s'agrippait à elle. L'idée même était absurde, bien sûr. Mais il ne parvenait pas à la lâcher pour autant. Ses yeux étaient immenses et doux. Etait-il stupide de penser qu'il lisait en eux une sincérité totale ?

Et cette odeur… celle-là même qui l'avait frappé lorsqu'il avait pénétré dans sa chambre à coucher la veille. Et dont l'écho continuait à flotter dans la pièce, même si Jackie avait emporté ses affaires ailleurs. Il l'entendit ravaler son souffle. Puis il y eut le son d'une expiration tremblante.

La sienne ? Celle de Jackie ?

Il la désirait. Avec la force de l'évidence. De sa vie, il n'avait éprouvé quelque chose aussi clairement. Le phénomène ne dura que quelques secondes. Mais il fut d'une intensité remarquable.

Ils se rejetèrent en arrière d'un même mouvement. Comme on s'écarte au contact d'une flamme. Jackie s'éclaircit la voix. Nathan soupira.

— Cela ne me dérange pas de vous resservir, dit-elle.

— Merci, dit-il.

Le souffle coupé, Jackie se dirigea vers la cuisinière. En se demandant s'il n'aurait pas été plus avisé, finalement, de rassembler son barda et de quitter la maison pendant qu'il en était encore temps.

Chapitre 3

« Chaque fois qu'il la fixait ainsi, il se produisait un phénomène étrange. Ses pensées se brouillaient, son cœur battait trop vite et une pénible moiteur envahissait ses paumes. Pour déclencher tous ces bouleversements, un simple regard suffisait. Peut-être parce que ses yeux étaient particulièrement pénétrants ? Lorsqu'ils étaient rivés sur elle, c'était comme s'il savait. Savait qui elle était ou qui elle allait devenir. Il lui arrivait de penser qu'il avait accès à une partie d'elle-même dont elle ne soupçonnait même pas encore l'existence.

Non. C'était absurde de sa part, d'imaginer des choses pareilles. Cet homme pouvait d'autant moins la comprendre qu'il n'avait rien de commun avec elle. C'était un mercenaire sans religion ni morale. Alors qu'elle avait été élevée selon les valeurs chrétiennes. Toute sa vie on lui avait seriné que les frontières entre le bien et le mal étaient claires. Et qu'il convenait de ne jamais les franchir.

Le meurtre était le péché suprême. Celui pour lequel il n'existait aucun pardon. Or Jake avait tué et il tuerait sûrement encore. En toute logique, il aurait dû lui faire horreur. Mais Sarah ne ressentait rien de la sorte. Elle se sentait même parfois étrangement proche de lui, au contraire. Jusqu'à désirer poser la main sur la sienne. Ou se raccrocher à son bras… »

Se renversant contre son dossier, Jackie relut avec attention la page qui s'affichait à l'écran. Et s'interrogea sur la perplexité croissante qui devait envahir son héroïne de dix-huit printemps par rapport aux sentiments contradictoires que lui inspirait Jake. Comment faire interagir ces deux personnages que tout séparait au premier abord ?

Entre ces deux êtres, l'amour ne pouvait ni couler de source ni croître en douceur. Les réunir n'était pas impossible. Mais le chemin qui les menait l'un vers l'autre serait nécessairement chaotique et semé d'embûches. Jake et Sarah n'avaient pas la même vision du monde. Et tout, dans leurs expériences respectives, les opposait. Avec cela, ils étaient pris dans le tourbillon échevelé d'une réalité faite de bagarres, d'enlèvements, de revanches et de trahisons.

Mais, même si l'action était très présente dans le roman, Jackie constatait que l'histoire d'amour entre ses deux personnages constituait le moteur de son intrigue. Le cœur de son inspiration.

Comment cet homme et cette femme acceptaient peu à peu de changer. De s'adapter. De faire des compromis sur certains plans. De rester eux-mêmes sur l'essentiel.

Jackie qui avait suivi un cursus de psychologie sur le couple moderne avait acquis diverses notions qu'elle utilisait avec profit dans son livre. Car même si le vocabulaire changeait l'amour restait l'amour. Et, pour autant qu'elle pouvait en juger, Jake et Sarah avaient leur chance.

Et c'était déjà beaucoup.

Jackie prit conscience qu'« avoir sa chance » en amour était exactement ce qu'elle espérait pour elle-même. Rencontrer un homme pour qui elle serait prête à faire quelques ajustements. Avec qui elle établirait des projets à long terme. A croire que le fait de construire un couple de fiction lui donnait le désir d'en fonder un elle-même !

Un couple parfait ? Non, sûrement pas. Ce serait ennuyeux à mourir d'être toujours en phase et de s'entendre constamment à merveille.

Glamour, alors ? Mmm… Glamour pourrait avoir son charme, oui. Elle se délecterait du tourbillon, du clinquant. Des bouquets de roses rouges et des magnums de champagne. Comme interlude, ce serait merveilleux. Mais à long terme Jackie pressentait un fiasco. Monsieur Glamour n'accepterait jamais de sortir les poubelles. Ou de déboucher une gouttière.

Sensible, peut-être ? Jackie laissa tourner « sensible » dans son esprit. Et en retira la vision d'un homme tendre, doux et rêveur. Un homme qui écrirait volontiers de la poésie et porterait de petites lunettes d'intellectuel. Il parlerait de belles choses sans jamais hausser le ton. Monsieur Sensible saisirait mieux que nul autre la complexité de l'âme féminine. Et elle concevrait pour monsieur Sensible une affection profonde. Mais il finirait fatalement par lui porter sur les nerfs.

Passionné pouvait être tentant aussi. Un homme qui la jetterait sur une épaule et lui ferait follement l'amour dans les endroits les plus incongrus. Fascinant, certes. Mais peu praticable sur le long terme.

Alors quoi ? Drôle ? Intelligent ? Téméraire ? Fiable ?

Jackie fit la moue. Le problème, c'est qu'elle pouvait citer toute une liste de qualités qu'elle apprécierait de rencontrer chez un homme. Mais qu'elle ne parvenait pas à concevoir une combinaison suffisamment convaincante pour la motiver sur une existence entière. Avec un léger soupir, elle posa le menton sur sa main et laissa son regard se perdre par la fenêtre ouverte. Peut-être que, à vingt-huit ans, elle n'était pas encore prête pour le mariage ?

D'ailleurs, le serait-elle jamais ?

La perspective de finir ses jours seule était un peu douloureuse à envisager. Mais Jackie était d'une nature trop optimiste pour concevoir le célibat comme un drame irréparable. Elle imaginait sans déplaisir son avenir d'écrivaine solitaire, dans une petite maison biscornue, perdue au bord d'un lac ou d'une rivière. A écrire de belles histoires d'amour à défaut d'en vivre elle-même. Elle aurait un jardin merveilleux qu'elle cultiverait de ses mains. Et plein de neveux et de nièces qu'elle chouchouterait lorsqu'ils seraient de passage.

Et le fait de ne pas rencontrer l'âme sœur ne ferait pas d'elle un ermite pour autant. Elle appréciait les hommes, dans l'ensemble. Il lui était même arrivé d'en approcher d'assez près. Pour certains, elle avait conçu de l'attachement ; pour d'autres elle était allée jusqu'à les aimer un peu. Mais entrer en amour et en sortir avait toujours été facile pour elle. Ses histoires s'étaient terminées sans heurts, ne laissant ni douleurs ni cicatrices dans leur sillage.

Ces épisodes amoureux avaient glissé sur elle sans l'altérer. Alors que le véritable amour vous arrachait un peu de peau, un peu de tripes. Vous déstabilisait pour mieux vous rééquilibrer ensuite.

Jackie sourit pensivement dans la solitude de sa chambre. Elle devenait plus philosophe depuis qu'elle s'était lancée dans l'écriture. Tant mieux, d'ailleurs. Car la philosophie l'aiderait à comprendre ce qui s'était passé avec Nathan.

Alors qu'elle avait toujours eu beaucoup de facilités avec les mots, il lui était difficile de trouver les termes pour qualifier ce qui s'était produit lorsqu'ils s'étaient heurtés par mégarde.

Qu'était-il arrivé au juste ?

L'intensité et la lumière. L'effroi et l'évidence. Chacune de ces composantes avait été présente. Mais elle avait du mal à définir la somme qui avait résulté de leur assemblage.

On pouvait parler d'attirance, bien sûr. Mais l'attirance était présente dès le début. Elle l'avait déjà ressentie dans le Jacuzzi alors qu'elle le prenait encore pour un simple avatar de Jake. La plupart des femmes — allez savoir pourquoi — préféraient les grands bruns taciturnes au regard distant.

Mais, au moment où ils s'étaient touchés, quelque chose s'était déclenché entre eux. Et le phénomène avait été plus fondamental, plus bouleversant qu'une simple attraction. « Simple » n'était d'ailleurs pas le mot qui convenait, en l'occurrence. Elle avait éprouvé un élan fort, vital, élémentaire. Un vertige de partage et de présence comme on n'en ressent généralement qu'avec le temps et la proximité. « Je te connais, avait murmuré une voix en elle. Je te connais et je t'attendais depuis longtemps. »

Lui aussi avait été ébranlé. Jackie en était certaine.

Peut-être avait-il été saisi de la même évidence. Du même désir, à la fois violent et instantané, d'abaisser toutes les barrières. Une chose était sûre, en tout cas : ce qu'il avait éprouvé l'avait contrarié. Car il avait pris soin de l'éviter deux jours durant. Un exploit dans la mesure où ils vivaient sous le même toit. Mais Nathan s'était débrouillé quand même.

Jackie fit la moue. Elle persistait à penser que ce n'était pas très poli de la part de Nathan d'être parti toute la journée sur son bateau en la laissant seule à la maison.

Mais elle était prête à lui reconnaître des circonstances atténuantes. Peut-être avait-il éprouvé le besoin de prendre du recul pour réfléchir. A vue de nez, c'était le genre d'homme qui devait aimer analyser, classer et ordonner dans tous les domaines. Y compris l'émotionnel.

Avec un haussement d'épaules, elle plongea la main dans le bol de pistaches qu'elle avait disposé à côté de son clavier. Si c'était à cause d'elle qu'il fuyait, il avait tort de s'angoisser. Elle n'avait aucune intention de le poursuivre de ses assiduités. Parce qu'elle ne voulait pas d'homme dans sa vie, en ce moment, pour commencer. Et, même si cela avait été le cas, elle n'aurait jamais choisi un type aussi coincé que Nathan Powell.

Si elle avait jeté son dévolu sur lui, il aurait eu toutes les raisons de s'inquiéter, en revanche. Une fois qu'elle avait un projet en tête, elle pouvait se montrer très tenace. Et très persuasive aussi.

Consultant sa montre, Jackie constata que l'heure

du dîner approchait. Et qu'il n'était toujours pas rentré. Ce n'était pas son problème, cela dit. S'il arrivait en retard, il n'aurait qu'à se préparer un sandwich…

Le son d'un moteur sur le canal lui fit tourner la tête vers la fenêtre. Avec un léger soupir, elle se concentra de nouveau sur son écran lorsque le bateau passa son chemin au lieu de se diriger vers la jetée.

Elle ne pensait pas vraiment à Nathan, cela dit. Si elle guettait son retour, c'était juste une façon de tuer le temps. Elle ne regrettait pas non plus cette occasion manquée de naviguer une journée entière avec lui. Ils auraient pu faire plus ample connaissance, d'accord. Mais elle ne tenait pas tant que cela à en savoir plus sur sa personne. Si elle se posait tant de questions à son sujet, c'était juste de la curiosité intellectuelle.

Le fait qu'elle adorait son rire n'était qu'un détail sans importance. Même si elle aimait plus que tout les moments où il baissait brièvement sa garde. Et ces instants de transition où son regard gris passait de l'orageux au pensif…

Nathan Powell n'était qu'un homme après tout. Un homme pris dans son travail et prisonnier de son image. Tout comme elle était monopolisée par son livre et préoccupée par son avenir. Ce n'était pas son problème si Nathan lui paraissait un peu trop tendu, un peu trop solitaire. Elle avait des impératifs plus urgents dans la vie que d'essayer de le faire sortir de sa coquille et de lui communiquer un minimum de joie de vivre.

Son seul but en ce moment était de mener son livre jusqu'à son terme. De boucler son histoire, de la vendre et de récolter les bénéfices liés à son nouveau statut de romancière. Même si elle n'avait pas encore une idée précise de la nature des bénéfices en question.

Quant à Nathan Powell, il n'avait aucune place possible dans un emploi du temps aussi chargé.

C'était pour le plaisir de vivre des journées telles que celle-ci qu'il avait eu hâte de rentrer chez lui, en Floride. La main sur le gouvernail, Nathan dirigeait son bateau au cœur du réseau imbriqué des canaux qui faisaient de Fort Lauderdale une « Venise américaine ». Il aimait ce paysage de terre et d'eau. Ces grandes plages de paix et de silence, loin des contraintes de construction. Loin des dates butoir. Des chefs de chantier récalcitrants et des fournisseurs toujours en retard.

Ici, avec le soleil et l'eau, il commençait enfin à se sentir lui-même. C'était étonnant, d'ailleurs, qu'il n'ait pas songé plus tôt à s'échapper pour une journée. Accepter de prendre une locataire pour deux semaines ne faisait pas pour autant de lui un prisonnier dans sa propre demeure. Rien ne les empêchait d'organiser leur journée chacun de leur côté, Jackie et lui.

Même s'il aurait été injuste de sa part de prétendre que sa présence chez lui transformait sa vie en enfer. Elle lui avait promis d'être discrète et il fallait reconnaître qu'elle tenait parole. Dans la journée, il ne la voyait pratiquement jamais. Sauf dans la cuisine, aux heures des repas.

Il s'était même habitué à entendre le cliquetis incessant de son clavier au rythme de ses doigts courant sur les touches. Elle pouvait passer des heures, cloîtrée dans sa chambre, derrière son ordinateur. Et, même s'il n'était pas en mesure de juger son travail, elle semblait en tout cas s'y tenir.

Il y avait quantité de choses ainsi, dont il ne pouvait pas se plaindre au sujet de Jackie. Restait quand même que certains aspects de sa personne étaient difficiles à avaler pour lui. Comme le fait qu'elle parlait trop vite, par exemple. Le reproche pouvait paraître étrange. Mais, pour quelqu'un qui aimait les conversations calmes et structurées, Jackie était une source d'exaspération permanente. S'il choisissait un sujet simple, comme le temps, elle commençait par lui annoncer qu'elle avait étudié la météorologie un semestre ou deux. Puis elle enchaînait brutalement sur le fait qu'elle aimait la pluie à cause de son odeur. Comment pouvait-on s'y retrouver avec des schémas de pensée aussi tordus ?

Autre chose qui le déroutait chez Jackie : elle anticipait ses moindres besoins. Alors qu'il commençait à peine à se dire qu'il boirait bien quelque chose de frais, elle avait déjà filé dans la cuisine pour lui préparer du thé glacé ou lui servir une bière. Jusqu'ici, elle n'avait pas encore mentionné le moindre diplôme de médium. Ni même un cursus accéléré de tarot. Ou des cours du soir en voyance extralucide. Mais il trouvait déconcertante sa faculté à prévenir ses désirs.

Cela dit, ce qui le dérangeait encore le plus chez elle, c'était sa décontraction. Elle avait toujours l'air à l'aise et bien dans sa peau. Ce dont on ne pouvait décemment lui tenir rigueur, bien sûr. Mais plus Jackie se détendait, plus il se tendait de son côté.

Ses tenues variaient peu : il la trouvait tous les matins vêtue d'un short et d'un bout de tissu censé faire office de top. Elle ne se maquillait jamais et ignorait l'existence du sèche-cheveux. Sans être négligée à proprement parler, elle ne soignait pas son allure. Il n'avait donc aucune raison de la trouver attirante a priori. Ses goûts l'avaient toujours porté vers des femmes raffinées.

Alors pourquoi ne parvenait-il pas à détacher ses pensées de ce grand brin de fille tout en jambes qui ne faisait rien pour lui plaire, hormis se passer le visage à l'eau et sourire ?

Parce qu'elle était différente ? Avec un haussement d'épaules, Nathan rejeta cette hypothèse. A l'excentrique et au dépaysant, il préférait le confortable et le familier. Or, il n'y avait rien de familier chez Jackie.

Et tant pis si ses amis pensaient de lui qu'il était exagérément morne et routinier. Il considérait qu'avec un métier aussi itinérant que le sien il avait le droit d'être casanier à ses heures. Il avait suffisamment l'occasion d'être bousculé lorsqu'il voyageait pour son travail. Alors pourquoi ne mettrait-il pas ses congés à profit pour mener une vie paisible et sédentaire ?

Il aimait passer ses vacances seul chez lui et occuper son temps à la lecture et au jardinage. Ce qui ne l'empêchait pas de voir des amis à l'occasion, le temps d'un apéritif ou d'un dîner. Mais pour le reste il avait surtout besoin de se recentrer sur lui-même. Et pour cela il ne voulait personne dans ses jambes.

Or la présence de Jackie, bizarrement, ne l'incommodait pas autant qu'il l'avait redouté. Pire même :

il commençait à s'y habituer. Une découverte pour le moins déstabilisante pour le grand sauvage qu'il était censé être.

Nathan mit les gaz et le bateau prit de la vitesse. Il aurait sans doute été plus à l'aise si elle avait été terne et ennuyeuse. Pour sortir, il préférait la compagnie de femmes raffinées. Mais pour partager sa maison — ou comme pensionnaire, plus exactement — une femme un peu passe-partout lui aurait sans doute mieux convenu.

Le problème avec Jackie, c'est qu'elle avait beau passer ses journées terrée dans sa chambre, il était impossible de faire abstraction de sa présence. Avec ses remarques déconcertantes, ses sourires éblouissants et ses vêtements de couleurs vives, on ne voyait et on n'entendait qu'elle. Surtout que ses tenues bariolées ne couvraient généralement qu'un dixième de sa personne.

Peut-être pouvait-il le reconnaître ici, dans la solitude de son bateau, avec le vent pour seul témoin : même s'il avait du mal à admettre le viol de son sanctuaire, il la trouvait… drôle. Sympa. Amusante.

Or les plaisirs et les distractions n'avaient pas tenu beaucoup de place dans sa vie, ces quelques dernières années. Le travail avait été — et restait toujours — sa priorité. Concevoir, réaliser, construire constituait l'essence même de son existence. Et, même si les responsabilités étaient lourdes, elles ne lui avaient jamais pesé. Son travail, il l'aimait comme une nécessité. Il aurait d'ailleurs été surpris qu'on lui demande s'il aimait son métier. Pourquoi l'aurait-il choisi, sinon par passion ?

Il estimait avoir de la chance. Il n'était pas donné à tout le monde d'avoir la possibilité d'exercer le métier que l'on aimait. Même s'il y avait des moments compliqués où il se tapait la tête contre les murs, le résultat final compensait largement toutes les épreuves qui précédaient la réalisation. Rien, dans sa vie, ne lui avait jamais procuré une satisfaction aussi intense que de voir un de ses édifices terminés.

S'il s'investissait à ce point dans son travail, ce n'était pas parce qu'il s'ennuyait par ailleurs. Ou encore moins parce qu'il cherchait à compenser un quelconque manque affectif. Il se trouvait simplement que l'architecture était sa vocation. Et qu'elle le passionnait infiniment plus que tout le reste. Il appréciait la compagnie des femmes. Et ne dédaignait pas les plaisirs qu'elles pouvaient lui apporter. Mais aucune, jamais, ne l'avait tenu éveillé la nuit. Alors qu'il lui était arrivé de plancher jusqu'à l'aube sur un problème d'agencement.

Seule Jackie semblait avoir la capacité de lui procurer des insomnies. Mais Jackie ne comptait pas, bien sûr. Elle n'était qu'un élément passager. Une parenthèse dans sa vie.

Plissant les yeux à cause de la lumière, Nathan vira de manière à avoir le soleil dans le dos. Mais même ainsi, il continua à froncer les sourcils. Les conversations avec elle ressemblaient à des charades à décrypter. Ses théories le bousculaient ; ses idées étaient pleines de ramifications inattendues. Il y avait longtemps qu'il n'avait pas réfléchi autant à quantité de sujets, des plus graves aux plus saugrenus.

Sa constante joie de vivre était contagieuse. Et il ne pouvait que s'incliner devant ses talents culinaires. Impossible de prétendre d'autre part que son sourire le laissait indifférent. Et ses yeux, bizarrement, étaient sombres et lumineux à la fois. Quant à sa bouche généreuse…

Sourcils froncés, Nathan mit un terme à son inventaire. Les attributs physiques de Jackie n'avaient pas d'incidence sur la situation. Ou ne devraient pas en avoir en tout cas.

Ce bref moment où il s'était senti en lien total avec elle n'avait été qu'une illusion. Il était certain, en tout cas, qu'il s'exagérait la profondeur et la portée du phénomène. Qu'il y ait eu une attirance passagère n'avait rien que de très naturel. Mais les affinités qu'il avait cru déceler n'existaient que dans son imagination.

Pour lui, la notion de coup de foudre était une commodité romanesque conçue à l'usage des mauvais écrivains. Et le désir lui apparaissait comme un mot élégant pour désigner une simple réaction hormonale.

S'il avait ressenti quelque chose, cela n'avait été qu'un mouvement fugitif. Et purement physique qui plus est.

Bizarrement, le son clair du rire de Jackie retentit soudain à ses oreilles. Alors qu'il était seul sur son bateau. Et que les bords du canal étaient déserts. Les mâchoires crispées, il renonça à différer l'inéluctable et mit le cap sur sa propriété.

Le crépuscule était déjà tombé lorsqu'elle entendit un bateau approcher. Sans même regarder, Jackie sut que c'était Nathan. Depuis deux heures qu'elle le guettait, son ouïe avait gagné en finesse : elle avait identifié le son de son moteur sans l'ombre d'une hésitation. Sa première réaction fut de soulagement. Il n'avait donc pas chaviré. Pas plus qu'il ne s'était fait enlever par un gang armé.

Mais à présent qu'elle le savait sain et sauf elle n'avait qu'une envie : l'étrangler.

« Douze heures, songea-t-elle, révoltée, en plongeant dans la piscine. Ce chien s'est absenté pendant douze heures en me laissant seule à la maison. » Il n'avait donc aucune considération ? Il ne lui fallut pas moins de vingt longueurs en crawl pour commencer à se calmer. Elle n'était pas en colère, cela dit. Même pas contrariée. Nathan était entièrement libre de vivre sa vie comme il l'entendait. De passer ses journées comme il le voulait, avec qui il le voulait. Et il était évident qu'elle ne ferait aucun commentaire. Pas un geste. Pas une mimique. Pas un mot.

Au bout de la vingt-cinquième longueur, elle prit appui des deux coudes sur le bord de la piscine et rejeta ses cheveux mouillés en arrière.

— Vous vous entraînez pour les jeux Olympiques ?

Nathan se tenait à deux pas, un sourire nonchalant aux lèvres. Un liquide transparent pétillait dans le verre qu'il avait à la main. Jackie cligna des yeux pour chasser l'eau qui obscurcissait sa vision. Nathan portait un bermuda dûment repassé avec un polo à manches courtes tellement impeccable qu'il semblait sortir tout droit de sa boîte d'emballage. « La décontraction version Nathan Powell », songea-t-elle avec une parfaite méchanceté.

— Tiens, je n'avais pas vu que vous étiez de retour, rétorqua-t-elle, avec indifférence, en prenant soin d'éviter son regard.

Mentir était une chose. Mais le mensonge prononcé les yeux dans les yeux n'avait jamais été sa spécialité.

— J'arrive juste, précisa-t-il.

Elle était très clairement contrariée par son absence. Nathan en conçut une intense satisfaction. Oubliant qu'il détestait les conversations anodines, il s'enquit aimablement :

— Alors ? Cette journée ? Bien passée ?

— Très bien, oui, merci. J'ai été pas mal occupée.

S'éloignant du bord, Jackie fit quelques mouvements de brasse paresseuse. A l'est, le ciel était déjà presque noir, mais les dernières lueurs du jour éclairaient encore la maison et la piscine. Le petit sourire qu'affichait Nathan lui paraissait pour le moins suspect. Mais elle dut admettre qu'elle aimait lui voir cette expression. Il ne devait rien exister de plus ennuyeux, après tout, qu'un homme fiable à cent pour cent.

— Et vous ? Votre journée en bateau ?

— Très relaxante.

Jackie l'examina en s'allongeant sur le dos pour faire la planche. Il avait l'air un peu plus détendu que d'habitude, en effet. Elle avait déjà découvert qu'il faisait partie de ces gens qui restaient en permanence sur le qui-vive. Comme si la vigilance était pour lui une seconde nature.

Sa colère retomba aussi abruptement qu'elle lui était venue. Et elle ne put s'empêcher de lui sourire.

— Vous voulez une omelette ?

— Une quoi ?

Distrait de sa contemplation, Nathan se concentra sur son visage. Le Bikini qu'elle portait se réduisait à trois triangles microscopiques et quelques ficelles. Et le grain de sa peau hâlée exerçait sur lui une indicible fascination.

— Si vous avez faim, je peux vous confectionner une omelette.

— Non, merci, ça ira.

Il prit une gorgée de sa boisson pour adoucir sa gorge soudain trop sèche. Puis se fourra les mains dans les poches.

— Ça se rafraîchit, commenta-t-il platement.

Jackie se retourna, plongea et ressortit près du bord pour se hisser hors de l'eau. Elle était trop mince, se raisonna Nathan. Avec une démarche malgré tout très athlétique. Dans la lumière déclinante, les gouttes sur sa peau scintillaient comme une décoration primitive au charme lascif.

— Ah zut, j'ai oublié de prendre un drap de bain.

Avec un léger haussement d'épaules, Jackie se secoua pour se sécher. Nathan déglutit et détourna les yeux. Ce ne serait pas très avisé de regarder alors qu'il était poursuivi par une vision insistante de ses propres doigts tirant sur les ficelles du minuscule Bikini de Jacqueline MacNamara.

— Bon, je vais rentrer lire un peu, annonça-t-il. J'ai des quantités de livres qui m'attendent.

— Moi aussi. En ce moment, je lis tous les romans sur le Far West qui me tombent sous la main.

Il la regarda approcher, sans rien dire, hypnotisé par la fluidité de sa silhouette longiligne.

— Je vais vous débarrasser de votre verre, Nathan.

— Non, laissez.

Pour la seconde fois en moins de trois jours, ils tendirent simultanément la main vers le même objet. Pour la seconde fois, leurs doigts se trouvèrent. Nathan sentit la crispation de Jackie en même temps que la sienne. Ainsi elle était bel et bien affectée par le phénomène, elle aussi. Elle avait ressenti la même secousse suivie du même vertige. Cela n'avait pas été qu'un simple effet de son imagination.

Ils s'écartèrent avec un tel ensemble que le verre vacilla. Ils le rattrapèrent d'un seul mouvement. Puis demeurèrent immobiles, face à face.

La scène aurait dû être comique, songea Jackie confusément. Mais le petit rire qu'elle émit sonna faux. Dans les yeux de Nathan, elle lisait le reflet de ce qu'elle éprouvait elle-même. Un désir brûlant. Périlleux. Exigeant.

— Il nous faudrait un chorégraphe, commenta-t-elle.

— C'est bon, je tiens le verre, vous pouvez le lâcher, indiqua-t-il d'une voix rauque.

Elle s'exécuta sans un mot. Puis prit une décision impulsive et sans doute imprudente.

— Ce serait peut-être aussi bien si on évacuait le truc tout de suite, non ?

Nathan la regarda, interloqué.

— Si on évacuait tout de suite quoi ?

— Le baiser. C'est simple : vous vous interrogez de votre côté et moi du mien.

Le ton de sa voix était parfaitement désinvolte. Mais elle dut s'interrompre pour s'humecter les lèvres.

— Apparemment, nous sommes curieux l'un et l'autre de savoir ce qui se passerait si nous nous embrassions. J'en conclus que nous aurons l'esprit plus libre, une fois que nous aurons obtenu la réponse à la question qui nous tarabuste.

Nathan reposa lentement son verre sur la table en marbre. La proposition n'avait rien d'exalté. Il s'agissait d'une approche raisonnée. Logique. Et par là même séduisante.

— Vous avez une vue très pragmatique des choses.

— Cela m'arrive, oui.

Elle frissonna légèrement dans la fraîcheur de la nuit tombante.

— Mon expérience, c'est que tant qu'on reste dans l'imaginaire on prête une importance excessive à des… envies insignifiantes. Rien de tel qu'une dose de réalité pour ramener une curiosité passagère à ses justes proportions.

De nouveau, le sourire surgit sur ses traits et la fossette fit son apparition.

— Sans vouloir vous vexer, vous n'êtes pas du tout mon type, Nathan. Et je suis persuadée que je suis aux antipodes du vôtre.

— C'est le moins que l'on puisse dire, oui, rétorqua-t-il, vaguement meurtri.

Jackie hocha la tête.

— C'est bien ce qu'il me semblait. Alors on se

débarrasse du baiser et on retourne à la normale. Ça marche ?

Nathan fulminait. Même s'il était à peu près certain qu'elle ne l'avait pas fait exprès, Jackie avait planté un cruel aiguillon dans son orgueil masculin. Elle était aussi détendue, amicale et indifférente que s'ils se préparaient à échanger une recette de cuisine. Et tout à sa certitude tranquille que le fait de l'embrasser la laisserait forcément de glace.

Elle parlait de leur futur baiser comme si c'était la mouche du coche qu'il suffirait d'écarter d'un geste impatient de la main. S'en débarrasser pour revenir à la normale... Elle voulait l'évacuer de ses pensées ? Eh bien, elle allait voir ce qu'elle allait voir.

Jackie eut un léger frisson lorsqu'elle vit le regard de Nathan s'obscurcir. Son expression « à la Jake » lui donnait soudain l'air d'un tueur. Mais il était trop tard pour reculer.

Une main de Nathan se posa sur sa nuque et ses doigts s'enfouirent dans ses cheveux mouillés. Son approche la surprit. Intime, possessive, elle lui coupa instantanément le souffle. L'instinct de fuite prit un instant le dessus et elle lutta contre le mouvement réflexe qui lui commandait de prendre ses jambes à son cou. Elle avait toujours eu pour principe d'aller au-devant du danger la tête haute.

Au lieu de reculer, elle fit donc un pas en avant et leva son visage vers le sien. Elle s'attendait à une tiédeur agréable. A quelques sensations modérément plaisantes. A un gentil petit baiser ordinaire, en somme.

Elle ne fut pas déçue.

Des fusées de couleurs vives. Un feu d'artifice. Telles furent les images visuelles et sonores qui se déclenchèrent lorsque les lèvres de Nathan touchèrent les siennes. Un ciel constellé de points de lumière mouvants. Et le grondement sonore en arrière-plan. Comme elle avait toujours aimé le fracas des explosions, elle laissa échapper un murmure de plaisir. Naturellement encline à accueillir les sensations positives, elle s'abandonna contre lui et goûta le plaisir de l'instant.

Elle sentait l'odeur de l'eau sur lui. Non pas celle javellisée de la piscine, mais les eaux plus mystérieuses de la mer. Avec la tombée complète de la nuit, la température baissait rapidement mais elle ne percevait plus, sur sa peau humide, que des ondes de chaleur d'intensité croissante. Chaleur du corps de Nathan. Chaleur de ses mains. Ainsi ce qui n'avait été qu'une impression fugitive se confirmait avec éclat : cette rencontre, elle l'avait anticipée, attendue. Il y avait des années que quelque chose en elle, souterrainement, s'y préparait.

A la différence de Jackie, Nathan, lui, avait cessé de penser. Presque dès la première seconde. Dès le premier contact. Il se laissait descendre en apnée dans un monde qui était pure découverte. Monde de saveurs. De goûts. De sensations. En approchant ses lèvres de celles de Jackie, il s'était préparé à un baiser acidulé, charmant mais un peu court en bouche et sans tenue véritable.

Rien dans l'aspect ni le rayonnement de Jackie ne lui avait laissé prévoir la douceur de lait, la tendresse de miel qu'il buvait à ses lèvres. Elle était comme une source dans le désert. Généreuse, désaltérante, infinie. Dans l'oasis qu'était devenu son esprit, elle coulait, se répandait comme la vie.

Il n'avait sûrement pas eu l'intention de la prendre dans ses bras. De la tenir. D'explorer de ses mains cette peau de soie. Mais il n'était plus maître de ses gestes. Et plus il la touchait, plus sa maîtrise lui échappait.

Le dos de Jackie était long, mince et souple. Et il la sentait ployer si docilement dans son étreinte. Une onde aveuglante de désir monta en lui. Si puissante qu'il retourna à l'assaut de sa bouche. Plus vigoureusement, cette fois. Comme si elle était citadelle à conquérir. Place forte à investir. Et elle s'ouvrait à sa conquête. Faisait alliance avec ses troupes. Lui ouvrait grand toutes les portes. Lorsqu'un soupir de Jackie vint glisser sur sa langue, le rythme de son pouls doubla.

Elle se pressait contre lui, bouche ouverte. Son corps était doux, réactif. Toujours en phase. Jamais soumis. Sa générosité l'époustouflait. La tentation le rendait fou.

Jackie était aux anges. Entre volupté et apesanteur. Chaque détail de la scène resterait ciselé dans sa mémoire pour l'éternité : l'odeur des fleurs, enveloppante et capiteuse. Le crissement des insectes dans le noir, le clapotis de l'eau toute proche. Jamais elle n'oublierait leur premier baiser. Entamé au crépuscule et poursuivi jusqu'à la nuit.

Un sourire flottait sur ses lèvres lorsqu'ils s'écartèrent l'un de l'autre. Sans chercher à dissimuler sa joie, elle laissa échapper un long soupir de contentement.

— J'adore les surprises, murmura-t-elle.

Pas lui. Nathan s'en souvint juste à temps et esquissa un léger mouvement de recul. En s'interdisant in extremis de la reprendre dans ses bras. Il était à la fois stupéfait et contrarié de découvrir qu'il ne tenait plus très bien sur ses jambes. Il désirait — douloureusement — ce qu'il n'avait nulle intention de prendre.

— Vous aviez raison. A présent que nous avons satisfait notre curiosité, nous devrions être tranquilles, commenta-t-il d'un ton détaché.

Il ne fut pas surpris de voir la colère étinceler dans le regard de Jackie. Mais la douleur qui suivit presque instantanément le prit au dépourvu, en revanche. Très vite, cependant, l'habituel pétillement amusé fut de retour dans ses yeux bruns.

— A ta place, je n'en serais pas si sûr, Nathan Powell.

Jackie lui tapota la joue d'un geste amical — bien qu'elle eût adoré le rouer de coups de poing. Puis elle s'éloigna d'une démarche nonchalante.

« Il ne le sait pas encore, mais sa tranquillité, il l'a perdue à tout jamais », résolut-elle sadiquement en refermant la moustiquaire derrière elle.

Chapitre 4

Que faire ? Empoisonner ses œufs pochés ? Jackie songea que ce ne serait que justice. Elle voyait la scène d'ici. Il descendrait prendre son petit déjeuner. Les traits lisses et reposés. La mine détendue. L'œil indifférent. Avec juste une pointe imperceptible de sarcasme dans le regard. Elle savait même d'avance comment il serait vêtu : pantalon en coton clair. Une chemise marine. Le tout repassé et sans un pli.

Elle, ne lui donnant aucune raison de se méfier, lui servirait en souriant une superbe assiette de bacon canadien, très légèrement grillé et des œufs pochés sur un toast. Avec juste un *soupçon* de cyanure.

Fidèle à ses habitudes, il commencerait par boire une gorgée de café. Puis il couperait sa viande. Elle-même se servirait une assiettée similaire à la sienne. Ainsi, tout paraîtrait parfaitement normal. Ils parleraient du temps. « Un peu humide, n'est-ce pas ? Il se pourrait qu'on ait de la pluie avant ce soir. »

Lorsqu'il prendrait sa première bouchée d'œufs, la sueur, presque aussitôt, perlerait à son front. Très vite, il tomberait à terre, les yeux révulsés, en proie à une souffrance atroce. Et, lorsqu'elle se pencherait sur lui, il la supplierait de lui pardonner juste avant de rendre son dernier souffle.

« Pas mal, jugea Jackie. Mais un peu trop banal, comme scénario. Il va falloir trouver plus subtil. »

Elle croyait beaucoup aux vertus de la vengeance. Les gens qui pardonnaient les pires offenses avec un pieux sourire méritaient, à ses yeux, d'être passés à la moulinette. Ce qui ne voulait pas dire qu'elle était incapable de passer sur des petites vexations. Ou sur des blessures infligées sans le vouloir. Mais la cruauté délibérée se devait d'être punie.

Tôt ou tard, donc, Nathan se verrait présenter la note. Et elle comptait le faire payer très cher.

Jackie tenta de se convaincre qu'il était simplement froid, mou, insensible et aussi vivant qu'une figure en carton-pâte. Mais elle n'en croyait pas un mot. Malheureusement pour elle — ou pour lui — elle avait vu la gentillesse dans son regard. Et senti le fond de générosité en lui. Nathan était peut-être rigide. Mais il n'était ni froid ni insensible.

Peut-être — elle disait bien, peut-être — avait-elle prêté à leur baiser une signification exagérée. Elle était plus consciente de ses émotions que la moyenne, après tout. Et il était possible que Nathan n'ait pas perçu le fracas du feu d'artifice de son côté. Mais il avait bel et bien senti quelque chose. Un homme ne s'agrippait pas à une femme comme s'il était en train de chuter d'une falaise s'il était juste tombé de la hauteur d'un trottoir.

Bon. Puisqu'il avait senti quelque chose, il ne lui restait plus qu'à faire en sorte qu'il sente beaucoup plus encore. Jusqu'à souffrir les affres de l'enfer. Non pas qu'elle ne puisse accepter l'idée du rejet. Tout en moulinant son café en grains, Jackie songea que les échecs faisaient partie de la vie. Et qu'ils avaient pour fonction de vous endurcir pour vous pousser à aller de l'avant.

Elle-même, il est vrai, n'avait pas eu l'occasion d'échouer souvent. Mais elle considérait qu'elle avait une nature suffisamment souple pour accepter qu'on lui dise non.

A condition, toutefois, que le non soit justifié.

Sourcils froncés, Jackie regarda la vapeur s'élever en volutes au-dessus de la bouilloire. Loin d'elle l'idée d'exiger que tous les hommes tombent à ses pieds. Même si elle avait suffisamment d'amour de soi pour souhaiter en voir craquer un de temps en temps, elle n'attendait pas pour autant des serments d'amour éternel après une seule étreinte.

Mais de là à faire comme si rien ne s'était passé ! Il y avait eu quelque chose de fort entre eux, tout de même ! Et lui s'était contenté de hausser les épaules et de prendre un air compassé.

Et ça, elle n'était pas prête à le laisser passer. Furieuse, Jackie versa l'eau bouillante sur le café fraîchement moulu. Nathan paierait pour la remarque désabusée, pour l'indifférence feinte. Et surtout pour la nuit blanche qu'elle avait passée à fulminer dans son lit.

Pour la première fois de sa vie, Jackie regretta de ne pas être renversante. Appartenir à cette catégorie de femmes magnifiques, avec des corps de statue et des pommettes saillantes. Ou être petite et délicate et ressembler à une poupée de porcelaine. Sourcils froncés, elle s'efforça de capter son reflet dans la cuisinière en Inox. Mais l'image qu'elle percevait était vague et déformée.

« Bah… J'ai la tête que j'ai, après tout. » Et elle avait toujours été capable de se débrouiller avec les qualités que la nature lui avait données. Nathan Powell, l'homme de granit et d'acier, finirait à genoux en moins de temps qu'il ne fallait pour le dire.

Elle l'entendit arriver mais prit son temps avant de tourner la tête pour le saluer. La robe très échancrée qu'elle avait enfilée pour l'occasion mettait son dos hâlé en valeur. Pour la première fois depuis son arrivée, elle avait puisé dans ses provisions de maquillage. Et avait fait un usage modéré de gloss pour les lèvres. Puis souligné ses yeux d'un discret coup de crayon.

Lorsque, enfin, elle se décida à lui lancer son plus beau sourire par-dessus une épaule, Jackie dut réprimer un éclat de rire. Il avait une mine épouvantable ! Le pauvre garçon ! N'était-ce pas malheureux de lui voir ces yeux battus ?

Nathan était d'humeur massacrante. Il avait passé la majeure partie de la nuit à se retourner dans son lit sans dormir. Et le sourire radieux qu'affichait Jackie ce matin lui donnait envie de montrer les dents et de grogner comme un pitbull en cage.

« Un simple baiser et tout reviendra à la normale », avait-elle dit ? Il aurait dû étrangler cette fille le soir même où il l'avait trouvée dans son Jacuzzi. Il n'y avait plus eu de « normalité » pour lui depuis l'instant où elle avait mis les pieds dans cette maison.

La dernière fois qu'il avait souffert de manque sexuel ainsi remontait à sa lointaine adolescence libidineuse.

A un âge où son imagination était encore foisonnante et où son expérience avoisinait le degré zéro. Aujourd'hui, il avait sans doute moins de fantaisie, mais beaucoup plus de connaissances concrètes. Et les représentations qui l'avaient hanté pendant son insomnie avaient un caractère un peu trop torturant à son goût.

— Bonjour, Nat. Je te sers un café ?

Nat ? Voilà qui était nouveau. Et le tutoiement en plus. Il aurait dû s'insurger, sans doute. La remettre vertement à sa place. Mais il n'avait pas l'énergie de se lancer dans un débat tordu « à la Jackie ».

Avec un simple hochement de tête, il s'assit.

— Tiens, voilà ton café. Il est exactement comme tu l'aimes. Les œufs au bacon seront prêts dans cinq minutes.

Sa voix était si suave qu'elle avait des inflexions presque célestes. A croire qu'il lui était poussé deux ailes pendant la nuit. Nathan but sa première tasse de café d'un trait. Dès qu'il l'eut reposée sur le comptoir, Jackie vint le resservir. Elle s'était parfumée un peu plus généreusement qu'à l'ordinaire. Sans être capiteuse ni envahissante, son eau de toilette était soudain très présente. « Tu te souviens ? » semblait-elle lui dire. Prudent, il leva les yeux vers Jackie.

Rêvait-il ou était-elle réellement plus jolie qu'à l'ordinaire ? Il n'avait jamais compris comment elle se débrouillait pour avoir toujours une peau aussi fraîche, saine et éclatante. Et encore moins comment une femme pouvait avoir l'air désarmante et sensuelle avec des cheveux éternellement en pétard.

Avait-elle le droit d'afficher tant de forme et de

vivacité de bon matin alors qu'il avait l'impression d'avoir passé la nuit à lutter contre une armée de démons invisibles ?

Elle avait appliqué une substance légèrement brillante sur ses lèvres. Sa bouche luisait comme pour le narguer, le ramener au souvenir de leur baiser.

— C'est aujourd'hui que Mme Grange vient faire le ménage, annonça-t-il d'un ton rogue.

Jackie sourit tout en cassant un œuf d'une main. Elle le fit glisser d'un geste expert dans la cuillère à pocher.

— Ah oui ? C'est formidable. Les choses reviennent vraiment à la normale, n'est-ce pas ? Tu penses être ici pour le déjeuner ?

Nathan la regardait procéder. Excellent, le truc avec les œufs. Des trucs, d'ailleurs, elle devait en avoir en réserve. Jackie MacNamara, à l'instar de son cousin Fred, avait plus d'un tour dans son sac.

— J'ai prévu de rester, oui. J'ai pas mal de coups de fil à passer.

— O.K. Je tâcherai de préparer quelque chose de bon.

Elle se tourna pour l'examiner avec attention.

— Tu sais que tu as l'air un peu hagard, ce matin, Nathan ? Tu as mal dormi cette nuit ?

Il se fit violence pour ne pas hurler.

— J'ai travaillé tard hier soir. J'avais des papiers à classer.

Jackie secoua la tête d'un air peiné.

— Tu travailles trop. C'est pour ça que tu es toujours

si tendu. Tu devrais essayer le yoga. La méditation est un remède souverain.

— Je me relaxe en travaillant.

Jackie posa son assiette devant lui.

— C'est une théorie aussi courante qu'erronée. Il est exact que le travail, en occupant l'esprit, peut nous distraire de nos problèmes personnels. Mais il ne les résout pas pour autant. Alors qu'un bon massage, en revanche…

Tout en parlant, elle avait commencé à lui pétrir les épaules. Il s'attendait si peu à une telle initiative de sa part qu'il tressaillit violemment.

— Un bon massage, donc, peut être curatif, poursuivit-elle de la même voix, rauque et apaisante. Avec un peu d'huile tiède, une musique appropriée, l'esprit s'apaise et on dort comme un bébé… Tiens, tu as un gros nœud de tension, là, juste à la base de la nuque.

— C'est juste du muscle, maugréa-t-il.

S'il ne s'était pas retenu, il aurait sans doute cassé sa fourchette en deux. Cette fille avait de la magie dans les doigts. De la magie noire, sans l'ombre d'un doute.

— Je ne suis jamais tendu, protesta-t-il, comme elle continuait à masser en silence.

Sourcils froncés, Jackie oublia un instant le but de sa petite mise en scène. Nathan pensait-il réellement ce qu'il disait ? « Pas impossible », jugea-t-elle, consternée. La tension étant son état normal, il n'avait même pas conscience d'être anormalement crispé. Mais, même si c'était malheureux pour lui, elle ne se laisserait pas attendrir.

— Disons qu'il y a détente et détente, éluda-t-elle en se concentrant sur le muscle sous-scapulaire. Quand j'ai été correctement massée, je suis comme du beurre. Ça me fait penser que j'ai une très bonne huile de massage ici. Hans ne jure que par elle.

— Hans ?

La question à ne pas poser, bien sûr. Et comme un idiot il avait fallu qu'il tombe dans le panneau.

— Mon masseur. Norvégien d'origine. Hans a des mains d'artiste. Une sensibilité incomparable. Il a accepté de me transmettre sa technique.

— Comme par hasard, marmonna-t-il.

Jackie sourit dans son dos. En se demandant d'où lui venait sa belle musculature. Un architecte était censé ne connaître de la construction que ses aspects intellectuels. Il devait normalement passer ses journées devant un ordinateur ou une table à dessiner. Arpenter des chantiers pour débattre de complications techniques avec des entrepreneurs.

Elle passa les mains sur ses épaules.

— Tu es formidablement bien bâti, observa-t-elle. J'ai essayé de faire du body-building, à une époque. Mais sans grand résultat au niveau des deltoïdes.

Trop c'était trop. S'il la laissait continuer ainsi ne serait-ce qu'une seconde de plus, il risquait de commettre une action embarrassante. Comme de se mettre à gémir, par exemple.

Se retournant sur son tabouret, il lui attrapa les mains.

— A quoi tu joues, au juste ?

Le cœur de Jackie en oublia de battre. La sensation

était plutôt plaisante. Mais elle ne devait pas oublier que la vengeance restait son but.

— J'essaye juste de dénouer tes contractures, Nat. C'est mauvais pour la digestion d'être tendu.

— Je ne suis pas tendu. Et ne m'appelle pas Nat.

— Désolée. Ça te va à ravir quand tu as cette expression meurtrière dans les yeux.

Nathan résolut de rester patient. Il entreprit de compter jusqu'à dix mais craqua à quatre.

— Attention, Jackie. N'oublie pas que tu es ici à l'essai. Je te conseille de renoncer immédiatement à ton petit jeu.

— Petit jeu ?

Elle sourit. Mais pour la première fois il vit son regard se durcir.

— Je ne comprends pas de quoi tu me parles.

— Tu t'es même mis du machin sur la bouche.

— Du machin ?

Elle se passa lentement la langue sur les lèvres.

— Tu n'aimes pas le gloss ?

Il ne jugea pas utile d'honorer cette question d'une réponse.

— Tu as aussi mis du produit sur tes yeux.

— Et alors ? Ils ont voté une loi pour interdire aux femmes de se maquiller, dans l'Etat de Floride ? Non, sérieusement, Nat — pardon, Nathan —, tu ne penses tout de même pas que je suis en train de te faire du charme ? Comme si un grand garçon costaud comme toi n'était pas capable de se défendre contre un brin de séduction éventuelle.

Elle aimait la façon dont ses yeux ardoise pouvaient virer à l'orage.

— Mais, si ça t'excite à ce point, je te promets d'adopter une politique de lèvres nues dorénavant. Ça ira mieux comme ça ?

La voix de Nathan était si douce, si parfaitement maîtrisée qu'elle ne vit pas tout de suite le danger arriver.

— On ne t'a jamais dit que celui qui se bat avec des armes déloyales finit toujours par en payer le prix, Jackie ?

Rejetant la tête en arrière, elle lui coula un regard provocant de sous ses cils baissés.

— J'ai eu quelques échos de cette théorie, oui. Mais je suis une grande fille, moi aussi.

Alors seulement, elle comprit qu'elle l'avait sous-estimé. Une simple erreur de calcul, cela dit. Mais pour être mineure elle n'en risquait pas moins de lui être fatale. Car Jake le flingueur était de retour. Et ses armes étaient fumantes.

Elle avait semé le vent et s'apprêtait à récolter la tempête. Car Nathan, très clairement, ne s'arrêterait pas à un simple baiser. Son regard disait explicitement que ce serait ce qu'il voudrait, quand il voudrait et comme il voudrait. Et aucune protestation, aucun sourire charmeur n'y changerait rien.

Lorsque le carillon de la porte sonna, ils ne bougèrent ni l'un ni l'autre. Le cœur de Jackie qui avait cessé de battre reprit son mouvement de pompe. Sauvée par le gong. Elle aurait ri si elle ne s'était pas sentie aussi faible.

— Ce doit être Mme Grange, commenta-t-elle gaiement — un peu trop gaiement. Si tu veux bien me lâcher les mains, maintenant, Nathan, je me ferai un plaisir d'aller lui ouvrir pendant que tu termines ton petit déjeuner.

Il finit par la libérer, oui. Mais il commença par la faire souffrir pendant les cinq secondes les plus interminables de son existence. Cinq secondes pendant lesquelles elle demeura persuadée qu'il laisserait sonner sans réagir et exécuterait la menace qu'elle avait lue dans son regard.

Sans un mot, Nathan la laissa aller et se tourna de nouveau vers le comptoir. Le problème, c'est qu'il n'avait plus envie de café. Mais d'un whisky bien tassé.

Jackie, elle, s'esquiva sans demander son reste. En espérant que ses œufs seraient froids et son bacon desséché.

Elle était prête à vouer une affection sans retenue à la providentielle Mme Grange. Mais en ouvrant la porte Jackie fut un instant déconcertée par la silhouette massive dans la robe à fleurs. Le tout agrémenté par des baskets montantes roses. Mme Grange l'examina attentivement avec de petits yeux d'un bleu éteint. Puis ses lèvres esquissèrent une moue réprobatrice.

— Eh bien…

Pour être bref, le commentaire n'en était pas moins lourd de sous-entendus. Jackie sourit et lui tendit la main.

— Bonjour. Vous devez être Mme Grange. Je m'appelle Jackie MacNamara. Nathan supporte ma présence chez lui quelques semaines car il n'a pas eu le cœur de me jeter à la porte. Vous avez déjà pris votre petit déjeuner ?

— Depuis plus d'une heure, oui.

Mme Grange entra et posa un énorme cabas sur un banc du vestibule.

— MacNamara… Vous devez être de la famille de ce bon à rien, alors ?

Jackie n'eut pas besoin de demander qui était le bon à rien en question.

— Je plaide coupable, oui. Nous sommes cousins. Mais il est parti. Définitivement.

— Bon débarras.

Avec un petit reniflement dédaigneux, Mme Grange s'avança jusque dans le séjour qu'elle inspecta d'un œil critique.

— C'est vous qui avez mis les bouquets de fleurs ?

— Oui, c'est moi.

— Mmm… Pas vilain. Mais, comme je le répétais régulièrement à votre cousin, mon travail, c'est de nettoyer des maisons. Pas de suivre des porcs à la trace en ramassant leurs cochonneries derrière eux.

— Je suis entièrement de votre avis, acquiesça Jackie avec toute la gravité voulue.

Si Fred avait tenté d'exercer son charme légendaire sur Mme Grange, il s'était ramassé en beauté, de toute évidence.

— J'occupe une des chambres d'amis. La bleu et blanc, vous savez ? Et j'y suis également pour travailler. Alors prévenez-moi lorsque vous voudrez vous y attaquer. Je veillerai à ne pas être dans vos jambes. Pour le déjeuner, je prévois de le servir à midi et demi. Ça vous va ?

Elle avait déjà programmé mentalement un changement de menu pour aider la volumineuse employée de maison à perdre quelques kilos superflus.

Décontenancée, Irène Grange serra les lèvres. Il était rare qu'un de ses employeurs lui propose un repas. Avec la plupart d'entre eux, ses relations se limitaient à un Post-it collé sur le réfrigérateur, avec une liste d'instructions.

— C'est que j'avais apporté mes sandwichs.

— Si vous préférez manger seule, vous êtes libre, bien sûr. Mais cela me ferait plaisir que vous vous joigniez à nous… Si vous avez besoin de quoi que ce soit, je serai dans ma chambre. Nathan déjeune dans la cuisine. Et le café est encore chaud.

Jackie sourit de nouveau puis monta au premier étage en laissant Mme Grange se mettre à son ménage. Pendant toute la matinée, elle entendit le grondement de l'aspirateur et le pas lourd de l'employée allant et venant au rez-de-chaussée. Mais elle constata avec satisfaction que les bruits inhabituels ne perturbaient pas sa concentration. Elle avait toujours pensé qu'un écrivain véritable devait avoir une imagination suffisante pour passer outre aux interférences extérieures. Vers midi, elle abandonna temporairement Jake et Sarah à leur sort et descendit dans la cuisine, préparer une salade à base de blé concassé. Elle découpa ses légumes en petits dés tout en chantant avec la radio allumée. Et essaya de s'imaginer, fuyant à cheval dans le désert, poursuivie par une poignée de desperados.

Lorsque Nathan descendit, elle baissa le volume de la musique et posa un grand saladier sur le comptoir.

— Un café glacé, ça te dit ?

— Volontiers, oui.

Nathan avait répondu comme si de rien n'était mais il la tenait à l'œil. Et au premier mouvement suspect de sa part, il n'hésiterait pas à bondir. Il ne savait pas très bien au juste ce qu'il entendait par « mouvement suspect ». Et il n'avait pas d'idées très précises non plus sur ce qu'il ferait une fois qu'il aurait bondi. Mais il était prêt, de toute façon.

— Tiens, je passerai un coup de fil, cet après-midi, annonça-t-elle tout en préparant le couvert. Je crois que j'ai trouvé le scénario qui signera la défaite de Fred.

Il fronça les sourcils.

— Et comment comptes-tu procéder ?

— Il vaut mieux pour toi que tu n'en saches rien. Ah, vous voilà, madame Grange !

Irrité par cette interruption intempestive, Nathan considéra la femme de ménage avec impatience.

— C'est à quel sujet, madame Grange ?

— Asseyez-vous là, ordonna Jackie avant qu'il ne puisse poursuivre. J'espère que le repas vous plaira. J'ai préparé une salade orientale à base de blé, de tomates et de persil.

Mme Grange casa sa volumineuse personne sur un tabouret. Elle examina le contenu du saladier d'un regard méfiant.

— Mmm… Il n'y a rien d'illégal ou de bizarre là-dedans au moins ?

— Pas le moins du monde, lui assura Jackie en lui

versant un verre de café glacé. Si vous l'aimez, je vous donnerai la recette pour que vous en fassiez pour votre famille. Vous avez des enfants, madame Grange ?

Irène Grange rit doucement.

— Il y a longtemps que mes fils ne sont plus des enfants.

Elle prit un peu de taboulé sur sa fourchette et goûta avec précaution. Jackie nota l'absence d'alliance sur sa main rougie par le travail.

— Vous n'avez eu que des garçons ?

— Quatre, oui. Et trois petits-enfants, pour le moment.

— Trois petits-enfants ! C'est merveilleux, non, Nathan ? Vous avez des photos ?

Mme Grange semblait prendre goût à sa salade orientale car elle mangeait avec appétit.

— J'en ai quelques-unes dans mon sac.

— Vous me les montrerez, à l'occasion ? Ça me ferait vraiment plaisir.

Jackie s'assit de manière à placer l'imposante silhouette de Mme Grange entre elle et Nathan.

— Quatre fils… Vous devez être fière.

Le visage sévère de l'employée de maison se détendit.

— Ce sont de bons garçons. Le dernier est encore étudiant et il vit toujours à la maison. Il veut devenir enseignant. Celui-ci a toujours eu de bonnes notes à l'école et ne m'a jamais donné aucun souci. Mais les trois autres, par contre…

Elle marqua un temps d'arrêt puis secoua la tête.

— Ils m'ont fait devenir chèvre plus souvent qu'à leur tour. Mais il faut bien que jeunesse se passe…

Elle était drôlement bonne, votre salade, mademoiselle MacNamara. Et joliment présentée, avec ça.

— Appelez-moi Jackie. Et je suis contente qu'elle vous ait plu. Je vous sers encore un peu de café ?

— Merci, non. Il faudrait que je me remette à mon ménage… Vous voulez que je porte vos chemises au pressing, monsieur Powell ?

— Volontiers, oui.

— Si vous ne vous servez pas de votre bureau pour l'instant, je pourrais en profiter pour passer un petit coup maintenant ?

— Très bien, madame Grange.

Jackie, elle, eut droit à un regard amical.

— Inutile de vous déranger tout à l'heure, lorsque je ferai votre chambre. Vous n'aurez qu'à rester où vous êtes. Et je m'accommoderai de votre présence.

— O.K., merci, c'est gentil… Non, non, laissez tout ça sur la table. Je m'occupe de la vaisselle.

Dès que Mme Grange fut sortie, Nathan lui jeta un regard suspicieux.

— C'était quoi, ce cinéma, encore ?

Jackie haussa les sourcils en transférant les restes du taboulé dans un récipient en plastique.

— Quel cinéma ?

— Avec Mme Grange ? Où voulais-tu en venir ?

— Nulle part. Je lui ai demandé de partager notre repas, c'est tout… Ça t'ennuie si je lui donne le reste de salade ?

— Tu fais bien ce que tu veux. C'est une habitude chez toi de prendre tes repas avec ta femme de ménage ?

Jackie lui jeta un regard surpris.

— Pourquoi pas ?

Comme aucune réponse acceptable ne lui venait à l'esprit, il se contenta de hausser les épaules. Le voyant embarrassé, Jackie laissa charitablement le sujet de côté.

— Elle est divorcée ou veuve ?

Nathan finit son café d'un trait.

— Je suis censé le savoir ? D'ailleurs qu'est-ce qui te fait penser qu'elle serait seule ?

— Elle parle de ses fils et de ses petits-enfants. Mais elle ne porte pas d'alliance. Et à aucun moment elle n'a mentionné un M. Grange. Autrement dit, il n'y a pas d'homme dans sa vie. Elémentaire, mon cher Nathan.

— Si tu le dis…

— A la réflexion, le fait qu'elle ne porte pas d'alliance tendrait plutôt à indiquer qu'elle est divorcée. Les veuves, généralement, gardent l'anneau symbolique. Vous n'avez jamais abordé le sujet, elle et toi ?

— Non.

Pensif, il scruta le fond de sa tasse. Pourquoi avait-il du mal à avouer qu'Irène Grange travaillait pour lui depuis cinq ans — presque six — et qu'il venait tout juste d'apprendre qu'elle avait quatre fils et trois petits-enfants ?

— Je ne voudrais pas avoir l'air de lui tirer les vers du nez en lui posant des questions indiscrètes, avança-t-il dignement.

— N'importe quoi. La plupart des gens adorent quand on les interroge sur leur famille. Je me demande depuis combien de temps elle vit seule, d'ailleurs.

Jackie allait et venait dans la cuisine, rinçant, rangeant et essuyant avec son efficacité habituelle. Ses bagues étincelaient ; ses mains semblaient voler comme des papillons.

— Je ne conçois rien de plus difficile au monde que d'élever des enfants seul. Cela t'arrive d'y penser, toi ?

— De penser à quoi ?

— A fonder une famille.

Elle se versa un dernier café pour l'emporter avec elle, dans sa chambre.

— Dès que je pense « enfants », je tombe dans les stéréotypes les plus éculés. Je vois tout de suite les balançoires dans le jardin, une barrière blanche, un garage pour deux voitures et le labrador de service. Je suis surprise que tu ne sois pas marié, Nathan, toi l'homme de tradition.

Son ton lui fit froncer les sourcils.

— C'est une insulte, je suppose ?

Elle lui effleura la joue du bout des doigts.

— Pas du tout, non. Qu'est-ce qui te fait penser une chose pareille ? Il n'y a pas de honte à être épris des valeurs du passé. Au contraire. Je t'admire, Nathan. Je trouve qu'un homme toujours capable de retrouver ses chaussettes au premier coup d'œil a quelque chose d'émouvant. La femme qui t'épousera pourra se vanter d'être tombée sur le gros lot.

Elle s'éloignait en riant lorsque la main de Nathan se referma comme un étau sur son poignet.

— Une question : cela t'est déjà arrivé de prendre un coup de poing dans le nez, Jackie ?

Enchantée, elle lui adressa son plus beau sourire.

— Pas encore, non. Tu veux qu'on se batte ?

— Essayons plutôt ceci.

Il tira d'un geste sec et Jackie se retrouva assise sur ses genoux. Comme il lui avait fait perdre brutalement l'équilibre, elle dut se raccrocher à ses épaules pour ne pas tomber. Prise au dépourvu, elle réfléchissait à une contre-attaque, lorsqu'il s'empara de sa bouche.

Et ses lèvres étaient comme du feu.

Nathan n'avait pas la moindre idée de ce qui l'avait poussé à adopter cette stratégie périlleuse. Sa seule véritable envie au départ avait été de la battre comme plâtre. Mais, comme un homme n'était pas censé cogner une femme, il l'avait muselée comme il l'avait pu.

Mais qu'il ait pu penser — ne serait-ce qu'un instant — que ce baiser constituerait une revanche lui apparaissait à présent comme la plus grosse aberration dont il avait jamais été victime. Jackie ne se débattit pas, même si elle s'était légèrement raidie sous l'effet de la surprise.

Mais elle ne pouvait guère être plus surprise que lui par ce qui était en train de se passer.

Comme si *lui,* Nathan Powell, était le genre d'individu à menacer une femme puis à l'attraper de force pour la renverser sur ses genoux ! Mais avec Jackie, bizarrement, ce comportement paraissait presque... normal. Comme s'il y avait là une sorte de fatalité. Il pouvait réfléchir et rationaliser pendant des heures. Raisonner jusqu'à atteindre des sommets de clarté. Mais lorsqu'il la touchait il se trouvait soumis à des forces intérieures obscures qui défaisaient toute logique. Et ce baiser, aussi étrange que cela puisse paraître, allait de soi.

Il planta les dents dans sa lèvre inférieure et l'entendit gémir de plaisir. Comme quoi il existait d'autres principes dans la vie que la symétrie et l'asymétrie.

« Celui-là, je l'avais cherché », reconnut Jackie.

Et heureusement elle l'avait trouvé. Toute pensée de revanche avait déjà quitté son esprit. A mesure que le baiser s'approfondissait, elle comprenait de moins en moins comment elle avait pu rêver meurtre, souffrance et complots. Leur étreinte était forte, brûlante. Merveilleuse. Intense. Bref, réunissait toutes les qualités qu'elle avait toujours espéré trouver dans un baiser.

Sans l'ombre d'une crainte ni d'une hésitation, Jackie mit son cœur dans la balance. Ici, comprit-elle, l'amour était possible. Et la confiance également. Nathan n'aurait pas pu l'embrasser comme il l'embrassait s'il ne l'avait pas acceptée jusqu'au plus intime de son être. Et qui disait acceptation totale, disait amour.

Forcément.

Elle n'était ni sotte, ni inexpérimentée, ni naïve. Et elle percevait les sentiments de Nathan aussi clairement que s'il les avait exprimés en paroles. Ce qui se passait là, entre eux, était unique. C'était de l'amour et de la meilleure espèce ; celui qui inspirait leurs œuvres aux poètes. Un amour si beau que d'aucuns vouaient une existence entière à sa recherche.

Dans un élan de reconnaissance, Jackie noua les bras autour de la taille de Nathan. La chance était de leur côté. Elle était prête à tout lui donner. Son être, sa main, sa vie. Sans doutes ni questions.

Nathan flottait entre la veille et le rêve. Il se passait quelque chose. Comme un mouvement à la fois sourd et puissant au fond de son être. Un élan qui se différenciait de la simple excitation physique. Une porte s'ouvrait dans la part la plus hermétique de lui-même. Comme si sa peau s'éveillait, que ses nerfs se mettaient à penser, que ses muscles se dotaient d'intelligence. Alors que sa tête cessait de fonctionner, en revanche. Lorsque sa bouche se mêlait à celle de Jackie et qu'elle semblait fondre ainsi entre ses bras, il perdait le passé et oubliait l'avenir.

Un état qui, à ses yeux, rimait avec folie et danger. Agir dans l'instant et rien que dans l'instant, c'était prendre le risque de perdre de vue l'enchaînement des causes et des effets. Et rien ne lui était plus désagréable que de se sentir gouverné par des forces irrationnelles.

Mais il avait beau lutter, il se sentait sombrer irrémédiablement. Sombrer en elle. De façon lente et irréversible. Et se voir perdre prise ainsi avait quelque chose d'étrange et de puissamment érotique.

S'il n'y mettait pas un terme maintenant, il serait bientôt trop tard. Car les mystérieuses mutations qui s'opéraient en lui étaient sur le point d'échapper à son contrôle.

Dans un sursaut de lucidité, Nathan écarta Jackie de lui. En s'efforçant d'être ferme. En se promettant d'être cruel. S'il lui était resté ne serait-ce qu'un grain de bon sens, il lui aurait intimé l'ordre de faire ses valises et de partir. Mais il s'en savait d'ores et déjà incapable.

Excitée, transportée, déjà amoureuse, Jackie posa les mains en corolle sur ses joues légèrement râpeuses.

— Et si on accordait son après-midi à Mme Grange ? J'ai envie de toi, Nathan.

Il voulut parler mais une nouvelle montée de désir lui noua la gorge. Il n'avait encore jamais rencontré une femme aussi libre dans l'expression de ses sentiments. Et sa franchise le terrifiait.

Nathan prit le temps de raffermir sa voix.

— Tu vas peut-être un peu vite en besogne, non ?

Comme s'ils s'étaient contentés d'échanger une bise amicale, il la reposa sur ses pieds. Et ressentit aussitôt son absence comme un vide glacial.

— Merci pour la proposition. Mais, compte tenu de l'arrangement qui nous lie, il ne me paraît pas très judicieux d'y mêler une histoire de sexe.

La voyant pâlir, il comprit que, dans sa hâte à se protéger, il avait été trop loin.

— Jackie… ça paraît un peu froid, dit comme ça, mais je voulais simplement…

— Laisse tomber, d'accord ?

Jackie était sidérée — absolument sidérée — par l'acuité de sa souffrance. Elle avait mal à en hurler. Depuis toute petite, elle avait rêvé de connaître l'amour. De tomber aveuglément, superbement amoureuse. « Eh bien, c'est chose faite », comprit-elle en portant la main à son ventre.

Mais finalement elle laissait volontiers l'amour aux masochistes et aux poètes.

— Jackie, écoute-moi.

— Non, merci. Ça ira.

Lorsqu'elle lui adressa une pâle mimique crispée, il comprit à quel point son sourire habituel était unique dans son authenticité.

— Tu n'as pas à te justifier, Nathan. C'était juste une idée en l'air. Je devrais sans doute te présenter mes excuses. J'ai pris les devants de façon éhontée.

— Je ne veux pas d'excuses ! Je…

— Ah non ? Tant mieux. Je crois que je me serais étranglée en les prononçant. Il est grand temps que je retourne à mon livre. Mais, avant de remonter, il me reste juste une petite chose à faire.

Avec un calme olympien, Jackie prit son verre de café glacé et le vida sur ses genoux.

— A ce soir pour le dîner, Nathan.

Jackie s'immergea dans son livre et travailla comme une possédée. Ce fut à peine si elle leva la tête lorsque Irène Grange entra dans la chambre pour changer les draps et faire la poussière. Elle était à la fois sidérée et furieuse d'avoir frôlé la crise de sanglots d'aussi près. Ce qui ne voulait pas dire qu'elle n'aimait pas pleurer. Il lui arrivait de céder aux larmes avec délices. Mais elle savait que, si elle laissait monter celles qui lui nouaient la gorge, la crise serait tout sauf un moment de plaisir.

Comment avait-il pu avoir la grossièreté de penser que sa proposition était purement sexuelle ? Qu'elle n'avait rien d'autre en tête qu'un cinq-à-sept expédié ? Cela dit, si Nathan avait péché par manque de tact, elle avait été d'une impardonnable stupidité de son côté. Avec quelle naïveté elle avait cru nager dans la félicité d'un amour partagé !

Mais pour aimer il fallait être deux. Et elle le savait depuis longtemps, en plus ! La preuve, c'est qu'elle était en train d'écrire une histoire où l'amour entre ses personnages naissait d'une découverte mutuelle progressive. Et non pas par le miracle d'un seul baiser.

« Tu es toujours la même, au fond, s'accusa-t-elle, dépitée. Toujours à croire que tout est simple, immédiat, facile. » Elle méritait une leçon et elle en avait reçu une. Mais, même si elle était prête à reconnaître ses torts, il n'en restait pas moins humiliant que Nathan l'ait rejetée.

Pour la troisième fois depuis qu'elle était entrée, Mme Grange s'éclaircit la voix. Dès l'instant où les doigts de Jackie ralentirent leur cadence sur le clavier, elle engagea la conversation :

— Vous tapez drôlement vite, dites donc. Vous faites du secrétariat à domicile ?

Jackie se souvint juste à temps qu'elle n'avait aucune raison de défouler sa mauvaise humeur sur Mme Grange. Stoïque, elle réussit à sourire.

— J'écris un livre, en fait.

— Ah, vraiment ?

L'intérêt d'Irène Grange était visiblement éveillé. Elle passa au pied du lit border la housse de couette.

— Un roman, j'espère ? J'adore les romans !

Mme Grange était la première personne à réagir de façon positive en apprenant qu'elle écrivait. Encouragée, Jackie fit tourner son siège pivotant. Elle ne se laisserait plus distraire par les Nathan Powell de ce monde.

Jacqueline R. MacNamara était venue ici avec un but précis en tête. Et elle irait jusqu'au bout, en se détachant résolument des contingences extérieures.

— Vous prenez le temps de lire, madame Grange ?

— Après avoir passé ma journée à courir derrière un aspirateur, j'apprécie de me mettre dans un fauteuil avec un bon bouquin entre les mains.

Munie de son chiffon à poussière, l'employée de maison se rapprocha pour essuyer le pied en laiton de la lampe de bureau.

— C'est indiscret de vous demander quel genre de livre vous écrivez ?

— Une histoire d'amour. Ça se passe dans l'Arizona. En 1800.

Le visage de Mme Grange s'illumina.

— Non ? Sérieux ? C'est le genre de lecture que je préfère. Il y a longtemps que vous écrivez ?

— J'en suis à mon premier essai, en fait. J'ai d'abord passé un mois à rassembler des documents et à étudier les techniques narratives. Et je me suis lancée en arrivant ici.

Mme Grange jeta un discret coup d'œil sur l'écran.

— J'imagine que tant que vous n'aurez pas terminé vous ne montrerez à personne ce que vous avez écrit ?

Avec un éclat de rire, Jackie ramena les jambes sous elle.

— Vous plaisantez ? Depuis le début, je n'attends qu'une chose : que quelqu'un ait envie de lire ce que j'ai déjà pondu.

Quelqu'un oui. Mais pas un membre de sa famille. Ses parents, oncles, tantes et cousins l'avaient déjà vue démarrer trop de projets qu'elle n'avait pas menés jusqu'à leur terme.

— Cela vous dirait de jeter un coup d'œil sur ma première page ? proposa-t-elle en sortant une feuille de l'imprimante.

— Ma foi… Je veux bien, oui.

Mme Grange prit le début du roman et se plongea aussitôt dans sa lecture. Retenant son souffle, Jackie vit son regard aller et venir sur les lignes. Au bout de quelques instants, l'employée de maison pouffa de rire. Et rien — strictement rien — n'aurait pu lui faire plus plaisir que cette réaction.

— Alors là, vous avez fait fort, commenta sa première lectrice. Vu comme vous présentez les choses, on a tout de suite envie de lire la suite.

— C'était l'effet que j'espérais obtenir. Ce n'est que du premier jet, pour l'instant. Mais le livre avance vite.

Jackie reprit la feuille que lui tendait Mme Grange et relut machinalement les premières lignes.

— Dans deux semaines, j'espère que j'en aurai écrit suffisamment pour faire un premier envoi.

— Je serai drôlement contente de lire le reste de l'histoire lorsque vous aurez terminé.

— Si j'ai la chance de trouver un éditeur, le premier exemplaire sera pour vous, promit Jackie solennellement. Vous savez que je n'en reviens pas de voir la pile de pages imprimées grandir de jour en jour ?

Posant la main sur le manuscrit, elle ajouta d'une voix soudain hésitante :

— Je me demande ce que je vais faire une fois que ce bouquin sera terminé, en revanche.

— Ben, vous vous attaquerez au suivant, trancha tranquillement Irène Grange avant de s'éclipser avec sa bombe de dépoussiérant.

Pensive, Jackie scruta son écran. Mme Grange avait raison, au fond. Que l'on réussisse ou que l'on échoue, la vie ne se résumait pas à un essai unique. Avec un large sourire, Jackie posa de nouveau les doigts sur son clavier. Elle pouvait appliquer cette saine philosophie à l'écriture. Et, pendant qu'elle y était, qu'est-ce qui l'empêchait de l'essayer également sur Nathan ?

Chapitre 5

Si Nathan était furieux contre lui-même, il trouvait plus facile — et plus confortable — de retourner sa colère contre Jackie. Il n'avait jamais eu l'intention de l'embrasser, pour commencer. S'il l'avait fait, c'était uniquement parce qu'elle l'avait provoqué. Il avait encore moins eu le dessein de la blesser. Mais en l'espace de quelques jours cette fille avait réussi l'exploit de le transformer en brute tourmentée par une libido surchauffée.

Dans la vraie vie, pourtant, il se considérait comme quelqu'un de plutôt fréquentable. Il pouvait être très exigeant, d'accord. Au travail, il lui arrivait d'être colérique, impatient et excessivement perfectionniste. Mais sur le plan privé son bilan était impeccable : ni disputes ni conflits.

Avec ses fréquentations féminines, il savait garder ses distances. Ses amitiés avec les femmes avaient toujours été d'une parfaite transparence. Et il ne serait jamais venu à l'idée de personne de le traiter de séducteur.

Ce qui ne l'empêchait pas d'avoir une vie sexuelle et affective, bien sûr. Il était jeune, en excellente santé et dépourvu de toute vocation monacale. Mais dans le domaine amoureux il appréciait qu'on lui laisse une marge de manœuvre. Il n'entrait pas dans ses habitudes de brûler les étapes ni de prendre de raccourcis bizarres. Lorsqu'un homme et une femme décidaient de devenir un peu plus que des amis, ils y mettaient un minimum de formes, bon sang ! Et ils en délibéraient de façon adulte et responsable, en faisant preuve de prudence autant que d'affection.

Les étreintes hâtives sur un tabouret de cuisine ne correspondaient pas à l'idée qu'il se faisait d'une relation mature. Et tant pis si c'était vieux jeu de sa part de défendre une vision traditionnelle de l'approche amoureuse. Il était prêt à assumer ses positions.

Le seul problème, c'est que le baiser échangé avec Jackie au-dessus du comptoir l'avait secoué bien plus profondément que toutes les histoires équilibrées et adultes qu'il avait vécues jusque-là.

Il n'avait pas appris grand-chose de son père à part nouer un nœud de cravate. Mais il avait tout de même retenu de son éducation qu'une femme devait être traitée avec respect et considération quoi qu'il arrive. Il était — avait toujours été — un gentleman. Un homme qui savait apporter des roses en temps utile. Et qui gérait sa vie amoureuse en évitant de faire des vagues.

Il était capable d'entamer et de clore une relation avec tact. Et surtout de négocier ses ruptures sans scène ni récriminations. S'il était d'une prudence extrême et sans doute exagérée, c'est qu'il avait de bonnes raisons de tenir les femmes à distance. Le contre-exemple qu'avait été son père l'avait rendu attentif à ne jamais faire de promesses qu'il n'était pas certain de pouvoir tenir. A ne jamais nouer de liens que le temps et la lassitude risquaient de défaire.

Et il était fier d'avoir toujours réussi à rester ami avec ses ex.

Mais comment Jackie et lui pourraient-ils se séparer amis alors qu'ils n'avaient même pas eu le temps de *commencer* à établir des rapports d'amitié ? D'ailleurs, avec une femme comme elle, il était inutile d'espérer faire l'économie d'une scène. Les cris, les crises et le chaos seraient forcément au rendez-vous.

Alors qu'il avait toujours eu les personnalités explosives en horreur. Elles nuisaient à ses capacités de concentration.

Ce qu'il lui fallait, c'était se remettre en selle, tout simplement. Se lancer à corps perdu dans les travaux de recherche préliminaires pour son nouveau projet. Et puis reprendre contact avec ses amis. Retrouver une vie sociale. Il n'avait encore revu personne depuis son retour d'Allemagne. Jackie ne lui avait pas laissé un moment de répit.

Parce qu'il l'avait bien voulu, il fallait le reconnaître. Mais les choses allaient bientôt revenir à la normale. Il laisserait encore une semaine à sa pensionnaire puisqu'il lui avait donné sa parole. Mais, après cela, il l'éjectait. De force, s'il le fallait. Et l'affaire serait réglée.

Il montait dans sa chambre chercher ses affaires de bain lorsqu'il entendit le rire clair de Jackie. Pour son malheur, elle avait un rire irrésistible. Tellement irrésistible qu'il ne put résister à la tentation de s'immobiliser sur le palier. La porte de la chambre d'amis était restée ouverte. Et ce n'était pas sa faute après tout, s'il entendait distinctement ce qu'elle disait au téléphone.

— Mais non, pas du tout, tante Honoria ! Je ne sais vraiment pas ce qui a pu te mettre ces idées en tête.

Son portable coincé entre l'épaule et le menton, Jackie se vernissait les ongles des pieds.

— Fâchée contre Fred ? *Moi* ? Mais pas le moins du monde, voyons. Pourquoi lui en voudrais-je ? Je suis ravie d'être ici, au contraire.

Jackie trempa son pinceau dans le minuscule flacon de vernis rouge passion. Et continua à déployer sa stratégie de vengeance en prenant soin de ne pas dévoiler ses cartes.

— La maison est merveilleuse. C'est exactement ce que je recherchais. Quant à Nathan… Oui, Nathan est le propriétaire. Et c'est un monsieur absolument adorable.

Jackie tendit le pied pour admirer son œuvre. Entre l'écriture et la cuisine, elle n'avait pas eu une seconde pour s'occuper de ses orteils jusqu'à présent. Or, une femme devait être impeccable de la tête aux pieds, quelle que soit sa charge de travail, disait toujours sa mère.

— Absolument, tante Honoria. Nous sommes parvenus à un arrangement tout à fait sympathique, lui et moi. Il a un côté un peu ermite, alors chacun vaque à ses occupations de son côté. Et pour le remercier de son hospitalité je lui mitonne des petits repas. Le pauvre cher homme commence d'ailleurs à prendre un début de bedaine.

De l'autre côté de la porte, Nathan porta automatiquement la main à son estomac.

— *Froid*, lui ? Penses-tu ! Il est gentil comme tout, au contraire. J'ai l'impression de cohabiter avec l'un de mes oncles. Il a exactement la même calvitie qu'oncle Bob, d'ailleurs.

Cette fois, les deux mains de Nathan montèrent à sa tête.

— Bon. Tant mieux si j'ai pu te rassurer, tante Honoria. D'ailleurs n'hésite pas à dire à Fred que tout se passe pour le mieux par ici. Si j'avais su qu'il était inquiet, je l'aurais appelé moi-même, d'ailleurs... Il est avec toi, tu dis ? Mmm... Pas à San Diego, finalement, donc ? Ah, ce Fred ! Quel courant d'air ! Toujours égal à lui-même.

La conversation se poursuivit quelques minutes sur un ton léger, ponctuée de petits rires. Nathan allait passer son chemin lorsque Jackie reprit la parole.

— A mon Dieu, j'allais oublier ! Juste une dernière chose, encore, tante Honoria : tu pourrais me donner le nom de cet agent immobilier formidable à qui tu t'étais adressée lorsque vous avez racheté votre propriété de Newport ?

Jackie écouta quelques secondes, puis changea de pied, se préparant à jeter l'appât.

— En fait, il s'agit d'un projet assez confidentiel, tante Honoria, mais je sais qu'avec toi il n'y a pas de problème, tu tiendras ta langue. J'ai appris qu'il y avait un terrain à vendre, tout près d'ici. Un endroit qui s'appelle Shutter's Creek. Or il se trouve que... Tu me *jures* de garder l'info pour toi, n'est-ce pas ?

Jackie sourit et continua à se peindre les ongles pendant que sa tante lui jurait solennellement qu'elle pouvait compter sur son absolue discrétion.

— Oui, bien sûr. Je savais qu'avec toi je pouvais parler en toute tranquillité. Quoi qu'il en soit, ma chère, ce terrain est à vendre. Et pour trois fois rien. En temps normal, il ne m'aurait pas intéressée, cela dit. Qui serait assez stupide pour aller s'encombrer de vingt-cinq hectares de marécage ? Mais figure-toi qu'Allegheny — tu sais, les promoteurs spécialisés dans les projets de stations touristiques de luxe ?... Oui, voilà... Ceux-là mêmes. Eh bien, il semblerait qu'ils envisagent d'assécher le terrain et de réaliser un ensemble de loisirs ultra-chic... Oui, exactement, comme ils ont fait dans l'Arizona, en effet. C'est étonnant, le parti qu'ils ont réussi à tirer de ces quelques hectares de désert, n'est-ce pas ?

Jackie prit le temps d'écouter la réponse de sa tante, avec la patience du pêcheur qui sent la truite sur le point de mordre à l'hameçon.

— Comment j'ai eu ce tuyau ? Oh, par un ami sûr. Mais j'ai tout intérêt à agir sans attendre. Une fois propriétaire, il ne me restera plus qu'à revendre le terrain à Allegheny. Il paraît qu'ils sont disposés à payer le mètre carré trois fois sa valeur. Tu vois un peu l'aubaine... Oui, voilà ce que je me suis dit : c'est presque trop beau pour être vrai. Alors garde bien le silence pour le moment, O.K. ? Je veux voir avec ton agent immobilier s'il n'y a pas moyen d'accélérer la transaction. Histoire de boucler l'opération avant que la nouvelle ne s'ébruite.

Hésitant à appliquer une troisième couche de vernis, Jackie prêta une attention distraite à la réponse de sa tante.

— Tu as raison, il s'agit de procéder dans le plus grand secret. C'est pour ça que je préfère ne pas m'adresser à un notaire d'ici… Non, je n'ai encore rien dit à papa et maman. Tu sais que j'adore les surprises. Ah, zut, on frappe à la porte ! Il faut que je coure ouvrir. Embrasse tout le monde pour moi, O.K. ? *Ciao,* Honoria.

Enchantée par sa petite manœuvre, Jackie pivota sur son siège.

— Ah tiens… Nathan ! Quelle bonne surprise…

— Je ne sais pas de qui tu tiens ton super « tuyau », mais, à moins que tu aies envie de jeter encore plus d'argent par les fenêtres, je te déconseille d'acheter quoi que ce soit à Shutter's Creek. Tu ne trouveras jamais un promoteur suffisamment fou pour investir dans vingt-cinq hectares de vase et de moustiques.

— Oui, je sais. Il n'y a rien à tirer de ces terres.

Avec une aisance digne d'une contorsionniste, Jackie amena son pied près de son visage pour souffler sur ses orteils.

— Et connaissant mon cher cousin Fred comme je le connais, il sera propriétaire de tous ces charmants moustiques dans moins de quarante-huit heures, compléta-t-elle avec un large sourire. Je considère que quand on frappe l'adversaire il vaut mieux viser là où ça fait mal. Or, le point sensible chez Fred se situe indiscutablement au niveau de son portefeuille.

Impressionné, Nathan s'avança dans la pièce.

— O.K. J'ai capté ! Le scénario destiné à signer la défaite de Fred…

— Exactement. Et, connaissant mon cousin, cela ne devrait pas traîner en longueur.

Nathan secoua la tête. C'était un sale tour qu'elle jouait à l'ami Fred. Un *très* sale tour, même. Son seul regret était de ne pas y avoir songé lui-même.

— Et tu crois qu'il tombera dans le panneau ?

Jackie sourit de plus belle.

— Tu veux parier ?

Nathan hésita un instant.

— Non. Combien le terrain vaut-il à l'hectare ?

— Oh, pas grand-chose. En torpillant la famille, en empruntant et en volant de l'argent ici et là, Fred ne devrait pas avoir trop de mal à réunir la somme nécessaire, lança-t-elle avec désinvolture en rebouchant sa bouteille de vernis à ongles. Comme tu vois, je règle toujours mes comptes, Nathan. *Toujours*.

C'était clairement une mise en garde. Et peut-être méritée, en l'occurrence ?

— Si ça peut te consoler, je crois que je ne boirai plus de café glacé pendant un certain temps.

Elle croisa nonchalamment les jambes.

— C'est déjà un premier résultat.

— Mais je n'ai pas de calvitie.

Jackie hocha la tête.

— Rien de détectable, en effet.

— Ni de brioche.

Avec une mimique concentrée, elle examina son ventre.

— Pas encore, non.

— Et je ne suis pas adorable.

Le regard rieur de Jackie se riva de nouveau au sien.

— Mignon, alors ? Quoiqu'un peu rigide et compassé ?

Il ouvrit la bouche pour protester mais songea qu'il serait plus sûr de ne pas s'enliser dans un nouveau débat.

— Je suis désolé, s'entendit-il dire avant même d'avoir réalisé qu'il regrettait effectivement ce qui s'était passé.

Le regard et le sourire de Jackie se radoucirent.

— Je crois que tu es sincère. Ça te dirait de prendre un nouveau départ, Nathan ?

C'était donc si simple ? Il aurait dû se douter, pourtant, que, avec une fille comme Jackie, il n'y aurait ni bouderies ni complications inutiles.

— Ça me dirait assez, oui.

— O.K.

Elle s'étira sur sa chaise. Et, s'il se surprit une fois de plus à regarder ses jambes, il jugea que c'était une réaction, au fond, parfaitement humaine.

— Alors, amis ? proposa-t-elle en lui tendant la main.

Il savait qu'il aurait dû lui décliner toute une liste de raisons pour lesquelles ils ne pourraient — ne devraient — jamais l'être. Mais il n'en fit pas moins claquer sa paume contre la sienne.

— Amis. Tu as envie de piquer une tête dans la piscine ?

— Bonne idée.

Elle l'aurait volontiers embrassé. Plus que cela, même : elle *brûlait d'envie* de l'embrasser. Jackie se sermonna énergiquement et se contenta de lui sourire.

— Je me mets en maillot et je te rejoins.

Il lui fallut moins de trois minutes pour se changer. Lorsqu'elle arriva au bord de la piscine, Nathan venait juste de refaire surface. Avant même qu'il puisse s'essuyer les yeux pour tenter de la repérer, elle plongea juste à sa hauteur. Puis émergea bien proprement, les cheveux lissés en arrière, le regard luisant d'énergie.

— Hello.

— Tu es rapide.

— Dans la plupart des domaines, oui.

Elle effectua une longueur en brasse coulée.

— J'adore ta piscine. C'est elle qui m'a décidée à prendre ta maison. J'ai l'habitude de nager tous les jours. Cela m'aurait manqué, si j'avais dû rester trois mois au sec.

— Tu me vois ravi d'avoir pu t'épargner cette épreuve.

Sa remarque caustique lui valut un sourire.

— Je faisais de la natation en compétition lorsque j'étais ado. Pendant quelques années, j'ai vécu avec les jeux Olympiques dans ma ligne de mire.

— Encore une vocation ratée ?

— Une parmi tant d'autres. Mais, à cet âge-là, j'y croyais dur comme fer. Et puis je suis tombée amoureuse de mon entraîneur. Il s'appelait Hank.

Elle bascula sur le dos pour faire la planche et soupira en fermant les yeux.

— Avec Hank, j'ai été distraite de mes ambitions olympiques. Et je ne me concentrais plus aussi bien qu'avant. J'avais quinze ans ; lui vingt-cinq. Et je rêvais de lui jour et nuit. Je nous imaginais unis pour la vie et donnant le jour à une équipe complète de futurs nageurs de compétition. Mais lui ne voyait que mon dos crawlé. J'ai toujours eu du talent pour nager en marche arrière.

— Tiens donc…

— Je t'assure que c'est vrai. Mon dos crawlé était tellement grandiose que j'ai failli être qualifiée pour des épreuves nationales. Quoi qu'il en soit, Hank était très grand, avec des épaules comme des poutres. J'ai toujours eu un faible pour les belles épaules masculines.

Jackie ouvrit brièvement les yeux pour examiner celles de Nathan. Dévêtu, son corps paraissait plus puissant, plus massif que lorsqu'il portait ses éternelles chemises.

— Les tiennes sont plus qu'honorables, entre parenthèses.

— Merci.

Il découvrit qu'il se sentait détendu et revigoré à la fois lorsqu'il se laissait flotter dans sa piscine au côté de Jackie.

— Mais ce qu'on voyait surtout chez Hank, c'était ses yeux. Ils étaient d'un bleu si profond qu'on aurait pu s'y noyer.

Contre toute logique, Nathan se surprit à détester le maître-nageur.

— Mais lui ne s'intéressait qu'à ton dos crawlé, lui rappela-t-il, non sans une pointe de sadisme.

— Exact. Mais, comme je ne désespérais pas d'attirer son attention sur d'autres aspects de ma personne, je lui ai fait la grande scène de la noyade. J'avais calculé que, dès l'instant où Hank me ferait du bouche-à-bouche, il tomberait amoureux à son tour.

Logique, non ? Qui aurait pu imaginer que mon père choisirait précisément ce jour-là pour venir assister à un entraînement ?

— Je sens que l'histoire tourne au tragique, commenta-t-il, pince-sans-rire.

— Tu admettras que j'ai joué de malchance. Voilà donc que mon père se jette à l'eau, dans son costume trois pièces en alpaga, avec sa montre suisse au poignet. Aucun des deux, si mes souvenirs sont bons, n'a recouvré entièrement son état d'origine. Lorsqu'il m'a ramenée sur le bord, il vociférait si bruyamment qu'on l'entendait d'un bout à l'autre de la piscine. Mes camarades d'équipe pensaient que c'était le choc d'avoir cru perdre sa fille. Mais mon père avait vu à travers mon jeu. Avant que j'aie eu le temps de comprendre ce qui m'arrivait, j'étais rayée de mon équipe et transférée sur les courts de tennis. Avec un prof très pro. De sexe féminin, *of course*.

— Ton père me paraît être un homme d'une grande sagesse.

— Assez, oui. Et malin avec ça. Il a une faculté incroyable pour discerner le vrai du faux. Dieu sait que j'ai essayé toutes sortes d'entourloupes avec lui. Mais ça n'a jamais marché… Je sais que mon père va adorer lorsqu'il apprendra quel tour j'ai joué à Fred, ajouta-t-elle en esquissant quelques mouvements paresseux dans l'eau.

— Tu t'entends bien avec ta famille ?

Sans en être complètement sûre, Jackie crut percevoir une pointe d'envie dans sa voix.

— Très bien, oui. Presque un peu trop, parfois. Je

me demande si ce n'est pas pour ça que je passe mon temps à courir à gauche et à droite pour démarrer de nouveaux projets. Si je laissais faire mon père, je serais déjà mariée avec un homme de son choix et j'élèverais sagement ses petits-enfants à Newport... Et toi ? Tu as de la famille, ici, en Floride ?

— Non.

Cette fois, il n'y avait plus l'ombre d'un doute : le sujet était tabou. Craignant de briser la trêve, elle n'insista pas.

— On fait la course ?

— La course ? Où ça ?

Nathan avait atteint un tel degré de détente qu'il en bâillait presque.

— Juste un aller-retour. Je te laisse trois brasses d'avance.

Surpris par la proposition, il souleva les paupières. Jackie s'était redressée et se maintenait à flot par de légers mouvements de jambes. Son visage était si proche du sien qu'il n'aurait eu qu'un geste à faire pour l'attirer contre lui et s'emparer de ses lèvres.

Disputer une course, décida-t-il, constituerait une activité nettement moins dommageable.

— O.K. C'est parti.

Il fit trois brasses languides puis vit le boulet de canon passer à côté de lui. Amusé et mis au défi, il se lança dans la bataille. Très vite, il constata que Jackie avait gardé son esprit de compétition, même si elle avait renoncé depuis longtemps à ses visées olympiques. Avec la plupart des femmes qu'il connaissait, il se serait arrangé pour perdre.

Mais il n'avait aucune envie de laisser gagner Jackie.

Ils touchèrent le mur opposé en même temps et amorcèrent la seconde longueur avec un ensemble parfait. Nathan avait espéré prendre une avance confortable sur elle, mais les longues jambes musclées de Jackie la propulsaient en avant à une vitesse impressionnante. Et sa technique était impeccable. Centimètre par centimètre, cependant, il gagnait du terrain, grâce à sa puissance physique et à la plus grande envergure de ses bras. A l'arrivée, il avait réussi à gratter péniblement quelques petits centimètres sur elle.

— Pff… Je dois commencer à perdre la main.

Légèrement hors d'haleine, Jackie posa la joue sur ses bras repliés pour examiner Nathan. Des milliers de petites gouttes d'eau étincelaient sur ses épaules et sur ses bras. Il avait l'air solide. Tellement solide… Avec un torse sur lequel il devait faire bon s'appuyer.

— Tu es en excellente condition physique, Nathan.

— Je peux te retourner le compliment, rétorqua-t-il d'une voix légèrement essoufflée.

— La prochaine fois, je ne t'accorde aucune avance.

— Je gagnerai quand même, lui assura-t-il en riant.

Jackie passa la main dans ses cheveux. Elle était jolie, ainsi, avec ses boucles mouillées qui auréolaient son visage.

— Et sur un court de tennis, qu'est-ce que tu donnes, Nathan ?

— Je me débrouille.

— Mmm… ça pourrait être une possibilité de revanche, commenta-t-elle en se hissant sur le bord. Et le latin ?

— Comment ça, le latin ?

— On pourrait faire un concours de latin.

Secouant la tête, il s'assit à côté d'elle, les jambes dans l'eau.

— Je n'ai jamais appris les langues anciennes.

— Moi non plus. Mais c'est comme la prose de M. Jourdain, tout le monde parle latin sans le savoir. Tiens, prends « ad hoc » « a priori » ou « placebo », par exemple. Je me suis toujours demandé pourquoi on qualifiait le latin de langue morte alors que des tas de gens s'en servent tous les jours.

— C'est un vaste sujet de réflexion, en effet.

Jackie ne put s'empêcher de rire. Il avait une façon désopilante de lui faire comprendre qu'il trouvait ses théories tirées par les cheveux. Lorsque son regard gris était amical et qu'un début de sourire jouait sur ses lèvres, il avait l'air aussi rassurant et familier que si elle le connaissait depuis toujours.

— Tu sais que j'ai une réelle affection pour toi, Nathan ?

— Bizarrement, c'est réciproque.

Il découvrit qu'il était impossible de ne pas lui rendre son sourire. Tout comme il était impossible de ne pas la regarder lorsqu'elle se trouvait à proximité. Comme si elle avait la faculté de vous attirer en elle, de vous absorber. Etre avec Jackie équivalait à un plongeon dans un lac de montagne par une journée brûlante. L'écart thermique saisissait. Brutalement même. Mais le choc était aussi salutaire que rafraîchissant.

Avant d'avoir réalisé ce qu'il faisait, Nathan saisit une de ses boucles mouillées et la glissa derrière une oreille. Cela ne lui ressemblait pas d'avoir des gestes pareils ; il n'avait jamais été de ceux qui touchent facilement. Au moment où ses doigts effleurèrent la joue de Jackie, il comprit qu'il commettait une nouvelle erreur. Il n'avait même pas conscience d'avoir commencé à prendre quelque chose. Et déjà il voulait plus. Beaucoup plus.

Lorsqu'il retira sa main, elle la retint dans la sienne. Et porta ses doigts à ses lèvres avec un naturel qui le stupéfia.

— Nathan, y a-t-il une autre femme ?

Il ne se dégagea pas comme il aurait dû le faire. Mais entremêla ses doigts aux siens.

— Pourquoi cette question ?

— Tu m'as dit l'autre jour que tu étais sans amie attitrée pour le moment. Mais j'ai pensé que tu avais peut-être quelqu'un en tête. Cela ne me dérange pas d'être en concurrence avec une autre. Mais j'aime autant savoir.

Il n'avait personne en tête. Et, même s'il y avait eu quelqu'un, le souvenir de cette autre femme se serait déjà dissipé tel un nuage de fumée légère. Rien ne résistait au charisme de Jackie. Et c'était bien ce qui l'inquiétait.

— Jackie, tu avances de deux pas chaque fois que j'en fais un. C'est épuisant.

— Ah oui ?

Elle n'eut presque rien à faire. Juste à tourner très légèrement la tête pour que leurs lèvres se touchent presque. Maintenant une infime distance, elle savoura la caresse légère de leurs souffles qui se croisaient.

— Et il te faudra combien de temps pour combler ton retard sur moi, Nathan ? chuchota-t-elle contre sa bouche.

Sans qu'il ait vraiment conscience d'avoir bougé, il se retrouva avec les mains posées autour de son visage. Sa peau brûlait soudain d'une chaleur sèche. Entre eux, les choses auraient pu être dépourvues de complication. Elle était consentante ; lui la désirait. Ils étaient libres et majeurs, l'un et l'autre. Aucun engagement, aucune promesse ne les liait.

Mais, alors que les lèvres de Jackie s'ouvraient sous les siennes et qu'il prenait librement ce qu'elle lui offrait, il savait déjà que rien ne serait simple.

— Je pense que tu es trop pour moi, Jackie, murmura-t-il.

Ce qui ne l'empêcha pas de la coucher sur le bord carrelé de la piscine.

— Si tu penses cela, cesse de penser.

Jackie l'entoura de ses bras. Impossible de lui expliquer qu'elle l'avait attendu — lui et rien que lui — depuis qu'elle était en âge de penser. C'était si simple pour elle. Si naturel de le désirer et de répondre au désir qu'il exprimait.

Petite fille, déjà, elle avait eu la certitude qu'il n'y aurait qu'un seul homme pour elle. Elle n'avait pas su, en revanche, quand et comment elle le rencontrerait. Ni même si leurs chemins se croiseraient un jour. Si elle ne l'avait pas trouvé, elle aurait poursuivi sa vie seule. Et se serait contentée de l'amour de ses amis et de sa famille. Jackie MacNamara n'avait jamais été de celles qui se satisfont d'un second choix.

Mais la vie lui avait accordé un très beau privilège : elle avait mis Nathan sur sa route. Enfin *son* homme était là, tout contre elle, sa bouche sur sa bouche, son corps brûlant contre le sien. Et peu lui importait ce qu'il adviendrait par la suite. Elle n'avait pas besoin de penser au lendemain alors qu'elle tenait le rêve de toute une vie entre ses bras.

Ce qu'elle voulait, c'était l'ici et le maintenant. Se blottissant étroitement dans l'étreinte de Nathan, Jackie se délecta de se sentir désirée autant qu'elle désirait.

Elle était différente des autres. Mais *en quoi* ? Ce n'était pas la première fois qu'il avait envie d'une femme. Pas la première fois qu'il se sentait charmé, déconcerté et attiré jusqu'à l'obsession. Mais jamais à ce point. Nathan était incapable de penser lorsqu'il la tenait ainsi contre lui. Eprouver était la seule faculté qu'il lui restait : la tendresse, l'excitation, la frustration, l'élan. Comme si son intelligence abdiquait sans conditions, passant le pouvoir à ses émotions qui s'arrogeaient soudain tous les droits.

Etait-ce parce que Jackie — généreuse et sensuelle — incarnait la réponse aux fantasmes masculins les plus élémentaires ? Consentante, désinhibée, dépourvue de toute exigence, elle se donnait comme elle respirait, avec la fougue et l'appétit qui caractérisaient les êtres vraiment libres.

Non. C'était plus, beaucoup plus, que cela. Son désir pour elle s'étendait bien au-delà d'une simple promesse de sexualité facile. Il sentait qu'il s'enfonçait — inexorablement — dans un processus irréversible.

Et qu'en cédant à l'attrait qu'il ressentait pour Jackie il se perdait lui-même. Petit à petit. Degré par degré. Toute sa vie, il avait su où il allait et pourquoi il y allait. Et ce ne serait pas juste d'accepter qu'elle fasse de lui quelqu'un d'autre.

Il devait interrompre le processus pendant qu'il avait encore le choix. Ou, du moins, tant qu'il pouvait prétendre qu'il était toujours libre.

Lentement — avec plus de peine encore qu'il ne l'avait prévu —, il se détacha de Jackie. Le soleil qui descendait à l'ouest avait gardé suffisamment d'éclat pour allumer des reflets dans ses cheveux. Des cheveux qui n'étaient pas bruns comme il l'avait cru, mais qui rassemblaient des douzaines de nuances différentes. Des nuances chaudes, douces, riches. Comme ses yeux. Comme sa peau.

Il se fit violence pour ne pas porter de nouveau la main à sa joue.

— Il serait temps de rentrer, tu ne crois pas ?

Entre les bras de Nathan, Jackie avait connu un avant-goût d'éternité. Elle était comme fondue, de joie, de bonheur, de plaisir. En cet instant, il aurait pu lui demander n'importe quoi et elle le lui aurait accordé sans une hésitation. Tel était le pouvoir de l'amour. Etourdie par ces sensations océaniques, elle cligna des yeux, répugnant à redescendre sur terre. Si on lui avait laissé le choix, elle aurait opté pour une prolongation à l'infini. Elle était prête à prendre racine à cet endroit même. Pour toujours entre ses bras.

Mais elle n'était pas idiote. Elle savait que Nathan ne lui proposait pas de rentrer pour poursuivre ce qu'ils avaient commencé. Il cherchait à tout arrêter, au contraire.

Jackie ferma les yeux, acceptant la douleur.

— Vas-y, toi. Je reste prendre encore un peu le soleil.

— Jackie…

Lorsqu'elle souleva les paupières, Nathan fut surpris de lire la patience dans son regard. Il s'écarta légèrement pour résister à la tentation de la serrer de nouveau contre lui.

— Quand je commence quelque chose, j'ai besoin de savoir comment ça va se terminer, précisa-t-il doucement.

Jackie poussa un long soupir. Le pire, c'est qu'elle comprenait.

— Tu passes à côté de beaucoup de choses ainsi, Nathan.

— Mais je commets aussi moins d'erreurs. Et j'ai toujours eu horreur de me tromper.

— C'est ce que je suis à tes yeux, alors ? Une erreur ?

La pointe d'amusement dans la voix de Jackie le soulagea d'un poids.

— Tout à fait. Une monumentale erreur depuis le début.

Elle se contenta de le regarder sans répondre. Avec cette expression concentrée qu'elle avait parfois, lorsqu'elle essayait de réaliser une recette particulièrement compliquée.

— Tu réalises que ce serait plus simple pour toi comme pour moi si tu partais d'ici, Jackie ?

— Tu me jettes dehors ?

Il se hâta de secouer la tête.

— Non… Enfin, je devrais le faire mais je n'arrive pas à m'y résoudre.

Lorsqu'elle posa doucement la main sur son épaule, elle sentit que les tensions étaient revenues en force.

— Tu as envie de moi, Nathan. Est-ce donc si terrible ?

— Je ne me jette pas forcément sur tout ce qui m'attire.

Sourcils froncés, elle réfléchit un instant.

— C'est vrai. Tu es raisonnable. C'est une qualité que j'apprécie chez toi. Mais tu finiras par me prendre, Nathan. Parce que, entre nous, il y a quelque chose de profond et d'élémentaire. Et nous le percevons l'un et l'autre.

— Je ne couche pas avec toutes les femmes qui me font envie.

— Je suis rassurée de l'apprendre.

Jackie se redressa et passa les bras autour de ses genoux.

— Tu crois que je fais l'amour avec tous les hommes qui font grimper ma pression artérielle ?

Mal à l'aise, il haussa les épaules.

— Je ne sais pas grand-chose de toi ni de tes mœurs.

— C'est vrai. Il serait juste que je t'en dise un peu plus sur la question, acquiesça-t-elle, sensible à l'argument. Commençons par évacuer la question du sexe. Ce n'est pas très romantique mais ça a le mérite d'être concret. J'ai vingt-huit ans et je suis tombée amoureuse d'innombrables fois. Mais ça n'a jamais tenu plus de quelques mois. Cela te paraîtra sans doute difficile à accepter, mais je ne suis plus vierge, Nathan.

— Jackie, s'il te plaît. Je...

— Oui, je sais, le coupa-t-elle aussitôt en lui posant la main sur l'épaule. C'est affreusement choquant, mais c'est ainsi. La première fois que j'ai fait l'amour, c'était le jour de mon vingt et unième anniversaire.

— Ecoute, Jackie...

— Non, ne dis rien. J'admets que c'est tard, par rapport à la moyenne actuelle. Mais j'ai horreur de suivre les modes. Lui, j'en étais folle. Il citait Shakespeare comme on respire.

— Ça explique tout, maugréa Nathan.

— Je savais que tu me comprendrais. Il y a deux ans environ, je me suis lancée dans la photo. Du noir et blanc dépressif. Ambiance un peu glauque. Et j'ai rencontré un homme. Blouson noir, cheveux longs. Charme ténébreux. Regard sombre.

Une lueur d'amusement brilla dans les yeux de Jackie.

— Très vite, il est venu vivre chez moi. Il restait là, beau comme un dieu, à traîner son spleen sublime. Il ne m'a fallu que quelques mois pour comprendre que la dépression, ça n'était pas mon truc. Toujours est-il que j'ai gardé quelques très belles photos en souvenir de cette période. Depuis, il n'y a plus eu personne pour me faire vibrer. Jusqu'à toi.

Nathan ne dit rien. Il se demandait pourquoi il se réjouissait qu'il n'y ait eu que deux hommes importants dans la vie de Jackie. Et pourquoi il était aussi jaloux du poète à la noix que du bellâtre en blouson de cuir noir. Lorsqu'il tourna de nouveau les yeux vers Jackie, la lumière du soir parait sa peau d'un éclat chaud comme le thé et l'épice.

— Je n'arrive pas à savoir si tu es entièrement dépourvue d'artifice. Ou si tu en as plus à toi seule que toutes les femmes que j'ai connues.

— C'est toujours passionnant de se trouver pris dans ce genre de questionnement, n'est-ce pas ? Cela fait partie des raisons pour lesquelles j'ai décidé d'écrire, je crois. On peut multiplier les hypothèses et échafauder des scénarios à n'en plus finir.

Elle hésita un instant, puis poursuivit résolument :

— Nathan, il y a une autre question que tu te poses peut-être. Sache que la réponse est oui. Je t'aime.

Le voyant figé dans un silence stupéfait, Jackie réprima un sourire. Estimant que ce serait plus simple pour elle comme pour lui de se donner un peu de distance, elle se leva.

— Ne t'inquiète pas, je ne te demande rien. Si je te l'ai dit, c'est seulement parce que je trouve dommage de voir les gens se tenir un tas de raisonnements compliqués qui ne leur servent qu'à nier les choses belles et vraies qu'ils ressentent. Voilà. Je vais rentrer me changer avant de préparer le dîner. A tout à l'heure.

Nathan la suivit des yeux en se demandant s'il existait une autre personne au monde capable de s'éloigner d'un pas aussi paisible après avoir lâché une bombe pareille. Sourcils froncés, il fixa les reflets dansants du soleil sur l'eau. Au nord, sur le canal, on entendait le bruit régulier d'un bateau à moteur. L'odeur du printemps flottait dans l'air. Les jours s'allongeaient et la chaleur persistait désormais jusqu'au soir.

Telle était la vie. *Sa* vie. Paisible. Raisonnablement solitaire. Marquée par le rythme des saisons.

A part que Jackie était amoureuse de lui.

C'était absurde. Totalement absurde. Et pourtant il n'était qu'à moitié surpris. Personnellement, il n'utiliserait les mots « aimer » et « amoureux » qu'avec la plus grande circonspection. Alors que Jackie, plus spontanée, se servait de ce même vocabulaire avec nettement moins de retenue. Elle était impétueuse et sans doute un peu irréfléchie. Ne lui avait-elle pas avoué qu'elle tombait amoureuse pour un oui ou pour un non ? Même si elle s'était entichée de lui, il ne représentait pour elle qu'une aventure parmi tant d'autres.

Cette pensée, bizarrement, le mit hors de lui. Il ne voulait pas que Jackie soit amoureuse de lui. Mais, si elle affirmait l'aimer, il souhaitait que ce soit du solide. L'idée d'être une simple parenthèse ludique pour elle lui était odieuse.

Nathan se leva et déambula jusqu'au canal. Il y avait eu un temps où sa vie avait coulé aussi paisiblement que ces eaux domestiquées et silencieuses. C'était ce qu'il avait voulu et c'était ce qu'il avait obtenu. Il n'avait pas de temps à perdre avec des femmes impulsives qui rêvaient d'amour.

Dans quelques années, lorsque sa carrière serait bien assise, il prendrait le temps de rechercher une épouse conforme à son idéal féminin. Lequel idéal, forcément, ne ressemblait en rien à Jackie. Pour commencer, déjà, elle serait plus lisse, plus rangée, plus polie…

Avec un soupir d'impatience, Nathan repoussa la vision déprimante qui se dessinait dans son esprit. En se demandant pourquoi les qualités qu'il venait d'énumérer paraissaient soudain plus aptes à décrire un élément du mobilier qu'à qualifier la femme de sa vie.

C'était Jackie qui semait le chaos en lui. Et il lui en voulait de le déstabiliser avec cet « amour » qu'elle lui balançait à la figure. Il en arrivait presque à se demander si, par hasard, ce qu'il ressentait de son côté ne serait pas…

Non. Coupant court à ces pensées, Nathan se détourna pour regagner la maison. Imaginer qu'il pourrait être amoureux d'elle relevait de la pure bouffonnerie. C'était plus qu'absurde : carrément comique. Il la connaissait à peine, cette fille. Et le peu qu'il savait d'elle l'irritait plus qu'autre chose. Si elle exerçait un tel ascendant physique sur lui, c'était uniquement parce qu'elle était jeune, jolie et pourvue d'une sensualité explosive. Et qu'il avait été trop pris par son travail pendant qu'il était en Allemagne pour mener une existence autre que monastique.

Bon sang ! Ça aussi, c'était un mensonge.

Jurant avec force, Nathan admit qu'il ressentait bel et bien quelque chose pour elle. Même s'il était infichu de définir la nature exacte de ses sentiments. Une chose était certaine : il n'aspirait pas seulement à rouler avec elle dans un lit pour satisfaire ses besoins de base. Non, il avait envie de la tenir, de l'entendre, de sentir sa voix caressante courir sur sa peau.

Mais qui disait envie ne disait pas forcément amour pour autant. Il s'agissait plutôt d'affection, en l'occurrence. Or l'affection était acceptable. On pouvait en ressentir pour une femme sans sombrer pour autant corps et âme.

Sauf lorsque la femme en question s'appelait Jackie.

Passant une main excédée dans ses cheveux, Nathan traversa la terrasse déserte à grands pas. Il était hors de question qu'il aborde le sujet avec elle, de toute façon. Ni aujourd'hui. Ni demain. Ni jamais. Tout ce qu'il voulait, c'était revenir à la normale. Quel que soit le prix à payer.

Il se dit que c'était par commodité — et non par lâcheté — qu'il avait choisi d'entrer par la porte latérale, en évitant soigneusement de transiter par la cuisine.

Chapitre 6

Jackie ne regrettait pas d'avoir avoué son amour à Nathan. Pourquoi aurait-elle honte de sa franchise ? Ce qui était dit était dit, de toute façon. Et rien ne servait de ressasser une décision une fois qu'elle avait été prise et mise à exécution.

Elle n'avait pas fait exprès d'aimer Nathan. Et le fait que cet amour lui tombe dessus sans crier gare le rendait d'autant plus précieux à ses yeux. En de précédentes occasions, les choses s'étaient passées tout à fait autrement : elle avait repéré un homme, s'était dit « tiens, c'est peut-être le bon » et s'était appliquée à en tomber amoureuse.

Alors qu'avec Nathan la passion était venue sans préméditation. Ils n'étaient ni parfaitement assortis ni idéalement complémentaires. Et il lui manquait sans doute quelques-unes des qualités indispensables qui figuraient sur sa liste.

Mais rien de tout cela n'avait d'importance puisqu'elle l'aimait.

Elle était prête à lui laisser tout le temps qu'il fallait — quelques jours, peut-être même une semaine — pour prendre conscience de ses sentiments à son tour. Mais elle était optimiste quant au dénouement de leur histoire. Elle l'aimait. Et le destin, se servant de Fred comme instrument, les avait réunis. Ce que Nathan ignorait sans doute. Car il n'avait pas encore compris, le pauvre, qu'elle était *exactement* la personne qu'il lui fallait.

Lorsqu'un homme était rationnel, épris de tradition — et même un peu vieux jeu, autant le reconnaître — il avait besoin d'une femme libre, moderne et fantasque pour le sauver de l'ennui. Et cette même femme — elle-même en l'occurrence — aimerait l'homme, Nathan, parce qu'il était solide. Elle s'attendrirait secrètement de ses manies. Mais veillerait à éviter qu'il se dessèche de l'intérieur.

Tout en battant les œufs pour son soufflé, Jackie voyait leur avenir commun avec une clarté surprenante. Au fil des années, ils apprendraient à mieux se comprendre. Et ils finiraient par être si proches qu'ils se comprendraient à demi-mot. Tomber d'accord ne serait pas toujours possible. Mais il y aurait entre eux beaucoup d'acceptation et de partage.

Lui se retirerait dans son atelier pour travailler à ses plans d'architecte pendant qu'elle écrirait de son côté dans une des chambres aménagées en bureau. Quand il quitterait la maison, ce serait pour assister à des réunions de travail. Tout comme elle s'éclipserait occasionnellement de son côté pour déjeuner avec son éditeur ou rencontrer son agent.

Lorsque Nathan voyagerait pour réaliser ses grands projets d'architecture, elle l'accompagnerait partout dans le monde. Mais, dès que leur premier enfant naîtrait, ils s'arrangeraient pour passer plus de temps chez eux. Jackie se refusait à essayer d'imaginer à quoi ressembleraient leurs fils et leurs filles. Chaque enfant était précieux. Et unique. Et elle n'avait pas le droit de faire peser sur lui une attente imaginaire. Elle était certaine, en revanche, que Nathan serait une vraie guimauve avec sa progéniture.

Elle serait toujours présente pour lui, à travers les années. Pour masser les muscles trop contractés de ses épaules. Pour le faire rire lorsqu'il serait trop sérieux. Pour l'encourager à laisser son immense talent s'exprimer avec plus de force et plus de liberté encore. Et lorsqu'elle gagnerait son prix Pulitzer, il achèterait un magnum de champagne et ils feraient l'amour une nuit entière.

Tout cela, au fond, était extrêmement simple. Il lui restait juste à attendre que Nathan ait la même prise de conscience de son côté. Et le tour serait joué.

La sonnerie du téléphone vint rompre le cours de ses rêveries. Avec son saladier coincé sous le bras, Jackie décrocha.

— Allô ?

Il y eut une brève hésitation. Puis une voix de femme, harmonieuse et joliment modulée :

— Je suis bien chez Nathan Powell ?

— Tout à fait, oui. Que puis-je pour vous ?

— Pourrais-je parler à Nathan, s'il vous plaît ? De la part de Justine Chesterfield.

Justine Chesterfield ? Le nom lui disait quelque chose. *Mmm…* Oui, bien sûr. Beauté blonde. Récemment divorcée, chouchou absolue des chroniqueurs mondains depuis quelques mois. S'appeler Justine Chesterfield vous ouvrait les plus belles portes dans des endroits comme Monaco ou Saint-Moritz. Et elle était accueillie à bras ouverts dans les salons les plus sélects de la côte Est. Jackie eut une prémonition désagréable. Elle était tentée de raccrocher au nez de la divine Justine. Mais elle avait conscience, hélas, que cela ne changerait pas grand-chose au final.

— Bien sûr, répondit-elle de son ton le plus distingué. Je vais voir s'il est disponible, madame Chesterfield.

Estimant que la jalousie était un sentiment indigne de sa personne, Jackie n'en éprouva pas moins une profonde satisfaction à tirer la langue en direction du combiné.

Elle n'eut pas à chercher loin pour trouver Nathan. Il descendait justement l'escalier.

— Un appel pour toi, Nathan. Justine Chesterfield.

— O.K., merci. Je vais prendre la communication dans mon bureau.

Elle ne s'attarda pas dans le vestibule. Pas à dessein, en tout cas. Le hasard voulut simplement qu'elle ait à se baisser pour relacer ses baskets. Et qu'elle entende par la même occasion Nathan décrocher.

— Comment vas-tu, Justine ?… De retour depuis quelques jours, oui. Une nouvelle employée à domicile, tu dis ? Non, non, c'était… enfin, peu importe. Je voulais justement t'appeler, Justine. Au sujet de Fred MacNamara. Il se trouve que…

Son lacet noué et renoué, Jackie se redressa et déambula jusqu'à la cuisine. Son regard tomba sur le téléphone qu'elle avait laissé sur le plan de travail. Il lui suffirait de le porter discrètement à l'oreille et d'écouter quelques instants. Juste pour vérifier si Nathan était toujours en communication, bien sûr. Elle était sur le point de céder à la tentation lorsqu'elle jura tout bas et raccrocha bruyamment.

Elle ne voulait rien savoir de ce qu'il avait à dire à *cette femme*. Déjà Justine Chesterfield n'existait plus dans son esprit qu'en lettres italiques. Que Nathan se débrouille pour expliquer à *celle-là* pourquoi il avait une inconnue chez lui. Montant le son de la radio, Jackie sourit à l'idée de la femme en italique et se mit à chanter à voix haute.

Attentive à ne pas manier couvercles et casseroles avec fracas, Jackie poursuivit la préparation de son soufflé. Elle était capable de se maîtriser à la perfection lorsqu'elle le décidait. Ce n'était qu'un coup de fil, après tout. Justine C. l'appelait peut-être simplement pour lui demander de soutenir une des organisations humanitaires qu'elle parrainait. Ou alors elle avait décidé de refaire son appartement de fond en comble. Il pouvait y avoir des douzaines de raisons parfaitement innocentes pour lesquelles Justine C. appelait Nathan.

Alors pourquoi ce pressentiment pénible que *cette femme* cherchait à mettre le grappin sur son homme ?

D'un geste parfaitement mesuré, Jackie versa la préparation du soufflé dans le moule.

— Jackie ?

Elle tourna vers lui son sourire le plus étincelant.

— Ça y est ? Tu as fini de papoter avec Justine ?

— Je voulais juste te dire de ne pas compter sur moi pour le dîner. Je sors ce soir.

— Mmm…

Impavide, Jackie prit un concombre et le posa sur la planche à découper.

— Ah, tiens, je me demandais, à propos : le second divorce — ou est-ce le troisième ? — de Justine a-t-il déjà été prononcé ?

— Pour autant que je sache, oui.

Intrigué par son attitude étrange, Nathan s'adossa un instant au chambranle et regarda le couteau entre les mains de Jackie tomber sur la planche avec une effrayante précision. La vérité lui sauta brutalement aux yeux : il avait une femme jalouse sur les bras. Et Dieu sait qu'il n'y était pour rien, pourtant. Il ouvrit la bouche puis la referma. Il ne manquerait plus qu'il se justifie auprès de Jackie. Si elle pensait qu'il avait des vues sur Justine, tant mieux. Ce n'était sûrement pas lui qui la détromperait.

— A plus tard, Jackie.

— Passe une bonne soirée, Nathan.

Avec un bruit sourd, la lame s'abattit sur le bois.

Jackie continua à émincer son concombre à un rythme régulier jusqu'au moment où elle entendit la porte d'entrée se refermer derrière Nathan. Alors, soufflant sur les cheveux qui lui tombaient sur les yeux, elle jeta le mélange pour le soufflé dans l'évier.

Ce soir, ce serait menu sandwich.

Se remettre à son livre fut une véritable délivrance. Et le meilleur dans l'affaire fut l'irruption d'un nouveau personnage : Justine — ou Carlotta, en l'occurrence — patronne de maison close de son état. Carlotta avait des seins comme des obus et un goût certain pour l'intrigue. Son cœur était aussi dur que l'éclat platine de ses cheveux. Et elle jouait avec ses amants comme avec des jetons de poker.

Jake qui n'était qu'un homme s'était laissé prendre dans ses filets. Mais Sarah, avec une lucidité typiquement féminine, avait vu clair d'emblée dans le jeu de Justine — enfin, de Carlotta.

Afin de fuir son amour naissant pour Sarah, Jake était tombé dans le lit de Carlotta, le rustre. Plus loin dans le roman, Carlotta lui ferait un coup bas et sa trahison manquerait coûter la vie à Sarah. Mais pour l'instant, Sarah devait composer avec la réalité du moment : l'homme qu'elle en était venue à aimer s'était tourné vers une autre femme.

Jackie aurait préféré une Carlotta un peu fripée et marquée par ses vices. Elle avait même songé très sérieusement à lui coller une verrue sur le menton. Mais elle ne voulait pas dévaloriser le personnage de Jake en lui faisant choisir une créature par trop défraîchie.

Non, Carlotta était superbe même si son type de beauté avait quelque chose de glacial. Jackie avait vu des photos de Justine dans les magazines. Une grande fille mince et pâle, avec de beaux yeux limpides et une jolie bouche, presque enfantine. Un cou long et mince. Des cheveux couleur avoine. Et une morphologie de danseuse classique. Prenant des libertés romanesques, Jackie s'était quand même permis de durcir un peu ses traits, de relâcher légèrement la ligne pure du menton et de lui infliger un problème de boisson.

A mesure qu'elle écrivait, cependant, son nouveau

personnage prenait une épaisseur, une consistance. Et une certaine humanité, même. Jackie comprenait mieux, désormais, le cynisme de Carlotta. Elle avait eu une enfance malheureuse et un premier mari qui l'avait maltraitée sur le plan moral comme sur le plan physique. Quoi d'étonnant si elle tirait désormais ses revenus de la faiblesse des hommes ? Plus elle avançait dans son chapitre, plus Jackie se sentait favorablement disposée envers Justine. Même si Carlotta se préparait à mettre en danger la vie de Jake et de Sarah.

Il était déjà quasiment minuit lorsque son inspiration retomba et qu'elle éteignit son ordinateur. Tout en se répétant qu'elle n'attendait pas Nathan, Jackie prit son temps pour se démaquiller, faire un masque et se limer les ongles en parcourant un magazine.

A 1 heure, elle s'ordonna d'éteindre et demeura allongée sur le dos, à scruter le plafond. Peut-être les gens avaient-ils raison, au fond : elle devait sans doute être un peu plus folle que la moyenne. Une femme qui déclarait son amour à un homme qui ne voulait rien savoir se mettait en position de souffrir mille morts.

A vingt-huit ans, elle découvrait pour la première fois ce qu'était la souffrance du cœur. Et l'expérience était cuisante. Mais elle ne regrettait rien. Aimer valait le détour même si elle en prenait plein la figure. Ce n'était pas la même chose qu'avec l'amateur de Shakespeare. Ou même avec l'homme au blouson de cuir. Avec eux, elle avait connu des sensations comparables à celles d'un coureur prêt à se donner à fond pour un cent mètres. Alors qu'avec Nathan elle vivait quelque chose qui ressemblait plutôt au départ d'un marathon. Dans les deux cas, on retrouvait sans doute un sentiment d'effervescence identique. Mais, pour le marathon, il y avait une dimension supplémentaire : la détermination à tenir sur la durée. Et à aller jusqu'au bout de l'expérience.

Exactement comme pour le livre qu'elle était en train d'écrire, d'ailleurs. Le parallèle était si frappant que Jackie, galvanisée, se dressa sur son séant. Pour tous les projets dans lesquels elle s'était lancée, il y avait eu le grand frisson au départ. Une puissante montée d'adrénaline. Puis une retombée brutale.

Alors qu'avec l'écriture elle avait éprouvé une certitude plus calme. Et l'élan qui la portait était plus continu, plus progressif. Comme si ses expériences précédentes n'avaient servi qu'à la préparer à sa vraie vocation.

Pour Nathan, c'était exactement le même phénomène. Les autres hommes qu'elle avait connus lui avaient pour ainsi dire servi de marchepied. Ou de tremplin. Et l'avaient amenée petit à petit jusqu'au stade où elle avait pu rencontrer celui avec lequel elle se sentait prête à vivre une vie entière.

Si quelqu'un ou quelque chose s'était interposé pour l'empêcher d'écrire, se serait-elle inclinée sans lutter ? Jamais de la vie. Jackie se laissa retomber contre ses oreillers mais non sans s'être relevé mentalement les manches au préalable. Personne ne viendrait se mettre en travers du chemin qui la conduisait à son homme. *Justine C.* n'avait qu'à bien se tenir.

*
* *

Nathan était de retour depuis plus d'une heure. Mais il ne parvenait pas à se décider à descendre de voiture. C'était tout de même un comble qu'il ne puisse se résoudre à rentrer dans sa propre maison ! Mais il avait beau se raisonner, il restait bloqué. Les lieux n'étaient plus les mêmes depuis que Jackie y avait pris ses quartiers. Sa chambre d'amis ne serait plus jamais autre chose à ses yeux que sa chambre à elle.

Il avait vu la lumière briller à sa fenêtre lorsqu'il était arrivé. Puis elle avait éteint et la maison était retombée dans l'obscurité. Peut-être dormait-elle, à présent. Alors qu'il doutait pour sa part de retrouver un jour le sommeil.

Et zut. Il n'avait qu'une idée fixe : franchir la porte, grimper l'escalier quatre à quatre et se perdre corps et âme dans la promesse — ou la menace — que représentait Jackie. Excédé, Nathan abattit son poing sur le volant. Rien dans ce qu'il éprouvait pour elle ne tenait debout. Rien ne pouvait être défini, analysé, décortiqué. Inlassablement, la scène de la piscine revenait se dérouler dans son esprit. Il les revoyait assis côte à côte, les pieds dans l'eau. C'était comme s'il sentait encore sa peau mouillée sous ses paumes. Comme s'il entendait le son de sa voix.

« Je t'aime. »

L'amour pouvait-il *réellement* être aussi simple, aussi évident pour elle ? Oui, avec une fille comme Jackie, les phénomènes les plus étranges devenaient concevables. A présent qu'il commençait à mieux la connaître, il découvrait qu'aimer était un état naturel chez elle.

A part que c'était *lui*, l'objet de son amour, en la circonstance.

Rien ne l'empêchait de tirer parti de la situation. Et de se servir de ses sentiments à elle pour assouvir ses désirs à lui. Il savait qu'il n'y aurait de la part de Jackie ni griefs ni reproches.

Mais il ne pouvait se résoudre à profiter du feu vert qu'elle lui avait pourtant donné explicitement. Jamais il n'oublierait l'expression dans le regard de Jackie lorsqu'elle lui avait avoué qu'elle l'aimait. La confiance, l'honnêteté foncière. Et la vulnérabilité surtout. Elle se croyait forte, résistante. Et il ne doutait pas qu'elle ait de bonnes capacités à rebondir. Mais jusqu'à un certain point seulement. Si elle l'aimait réellement et qu'il la blessait en prenant avec désinvolture ce que l'amour la poussait à lui donner, s'en remettrait-elle si aisément ?

Il avait cru trouver un remède à la situation en se rendant chez Justine. La visite faite à son amie avait été une manœuvre délibérée destinée à prouver à Jackie qu'il avait sa vie et qu'elle avait la sienne. Et qu'elle aurait tort de tabler sur un quelconque avenir pour eux.

Mais une fois dans l'appartement de Justine, avec son décor blanc et or et ses antiquités magnifiques, il n'avait pas été en mesure de penser à autre chose qu'à Jackie, encore Jackie, toujours Jackie. Le dîner préparé par la cuisinière française de Justine était d'un raffinement exquis. Alors pourquoi avait-il été travaillé par le souvenir de la soupe de légumes de Jackie pendant l'entière durée du repas ?

Il avait souri lorsque Justine, vêtue de satin blanc, ses longs cheveux élégamment relevés, lui avait servi un cognac avec le café. Et il avait pensé à Jackie, à ses boucles folles et à ses vieux shorts.

Son hôtesse et lui avaient parlé de leurs amis communs et comparé leurs impressions de Paris et de Berlin. Justine avait une belle voix, douce et posée. Ses remarques étaient toujours pertinentes et elle excellait dans une forme d'humour en demi-teinte qu'il adorait. Mais, au lieu de savourer le plaisir de leur conversation, il s'était surpris à songer avec nostalgie aux coq-à-l'âne de Jackie et à ses raisonnements improbables.

Justine était une vieille amie. Il la connaissait depuis une éternité et se sentait parfaitement à l'aise en sa compagnie. Leurs opinions différaient parfois mais restaient toujours compatibles. Depuis une décennie qu'ils se fréquentaient, cependant, ils n'étaient jamais passés du stade d'amis à celui d'amants. Entre les mariages de Justine et ses voyages à lui, ils n'en avaient pas eu l'occasion. Même s'il existait entre eux une forme d'attirance douce.

Si quelque chose devait se passer entre eux, c'était maintenant ou jamais. Justine était de nouveau célibataire et il avait deux mois de liberté devant lui. Il était clair qu'il ne rencontrerait pas d'autre femme avec qui il partagerait des affinités aussi fortes. Que ce soit physiquement ou mentalement, Justine Chesterfield correspondait point pour point à son idéal féminin.

Et pourtant, alors qu'il parlait avec cette femme superbe, confortablement affalé à côté d'elle dans son canapé design, il n'avait eu qu'une envie : se retrouver perché sur un tabouret de cuisine à regarder Jackie s'activer devant ses fourneaux. Et cela malgré le vacarme de sa fichue radio.

Le moral au plus sombre, Nathan se demanda sérieusement s'il n'était pas en train de perdre la raison.

En quittant Justine, il l'avait embrassée rapidement sur les lèvres. Mais ce baiser avait été si chaste qu'il aurait pu tout aussi bien lui poser une bise fraternelle sur la joue. Et le plus atroce, c'est que s'il avait fait l'amour avec Justine il aurait pensé à Jackie tout le long. Avec la désagréable sensation de commettre un adultère.

Fou. Il était devenu fou à lier en l'espace d'une semaine.

Renonçant à essayer de mettre de l'ordre en lui-même, Nathan s'extirpa de sa voiture. Rien ne servait de rester assis là, comme un idiot. Alors qu'une bonne séance de bain à remous lui permettrait peut-être de se détendre suffisamment pour trouver quelques heures de sommeil.

Lorsqu'elle perçut une présence au rez-de-chaussée, Jackie se redressa en sursaut. *Nathan* ? Mais, si cela avait été lui, elle aurait entendu sa voiture. Il y avait déjà plus d'une demi-heure qu'elle guettait le moindre son dans l'attente de son retour. Même dans un demi-sommeil elle aurait identifié le bruit de son moteur.

Se glissant vers le pied du lit, elle tendit l'oreille.

Silence.

Si c'était Nathan qui se déplaçait sans bruit en bas, comment expliquer qu'il ne montait pas se coucher ?

Le cœur battant, Jackie se leva avec précaution et alla jusqu'à la porte. La maison était plongée dans le noir, constata-t-elle en l'entrebâillant.

Quelle raison Nathan pourrait-il bien avoir de circuler dans l'obscurité chez lui ?

Aucune, trancha-t-elle, catégorique. Il s'agissait donc d'un cambrioleur. L'intrus surveillait vraisemblablement la maison depuis des semaines, observant les faits et gestes de ses occupants, et guettant une opportunité favorable. Sachant que Nathan était absent et considérant qu'elle s'était endormie, le voleur s'était introduit avec un passe et se préparait à rafler tout ce que Nathan avait de plus précieux.

La main plaquée sur sa poitrine pour contenir les battements furieux de son cœur, Jackie réfléchit à la conduite à suivre. Le plus sûr serait d'appeler la police, puis de se blottir au fond de son lit jusqu'à ce que la cavalerie arrive.

Le problème, c'est qu'elle avait pu imaginer le son qu'elle venait d'entendre. Et si Nathan, rentrant de chez *cette femme*, trouvait sa maison pleine de policiers en uniforme, il risquait de n'apprécier que moyennement son initiative.

Jackie prit une profonde inspiration. Il ne lui restait qu'une chose à faire : descendre s'assurer si elle avait, oui ou non, de bonnes raisons de s'affoler. Elle descendit l'escalier en prenant soin de ne pas faire craquer les marches. La maison restait toujours aussi noire et silencieuse. Etrange… Un cambrioleur, même discret, devait quand même faire un minimum de bruit lorsqu'il fouillait dans les tiroirs pour s'emparer de l'argenterie familiale.

« Tu as trop d'imagination, ma vieille », conclut-elle en arrivant en bas des marches. Rassurée, Jackie décida malgré tout de faire une tournée d'inspection. Histoire de pouvoir se recoucher le cœur vraiment tranquille.

Sifflotant à dessein, elle se mut de pièce en pièce. A priori, elle s'était fait tout un cinéma pour rien. Mais, au cas où il y aurait quelqu'un quand même, elle aimait autant annoncer sa présence.

Son imagination, s'il fallait en croire sa mère, avait toujours été aussi tordue que terrifiante. Une fois qu'elle eut traversé le séjour, vérifié le bureau de Nathan, jeté un œil dans les toilettes et exploré la salle à manger, son cambrioleur était déjà considérablement monté en grade. De simple voleur, il s'était mué dans son scénario en une bande de tueurs psychotiques récemment échappés d'une prison de haute sécurité du Kentucky.

Décidée à vaincre ses propres fantaisies macabres, Jackie pénétra dans la cuisine. Pas une lumière qui ne soit allumée dans la maison derrière elle. Mais au moment précis où elle tendait la main vers l'interrupteur elle entendit *distinctement* un bruit de pas.

Sa main se figea. Mais pas son imagination. Ils étaient six dans le solarium voisin. L'un d'eux avait une cicatrice qui courait de la tempe à la mâchoire. Il avait été condamné à la prison à vie pour avoir assassiné à coups de hache d'honorables citoyens dans leur sommeil. Terrifiée, Jackie se préparait à battre en retraite, lorsque le son se rapprocha.

Trop tard pour fuir. Dans un ultime sursaut d'autoconservation, Jackie s'empara de la première arme qui lui tomba sous la main. Sa poêle à frire brandie au-dessus de la tête, elle se prépara à défendre cher sa peau.

Lorsque Nathan pénétra en caleçon dans la cuisine, le choc fut réciproque. Et la surprise aussi forte d'un côté que de l'autre. Stupidement gêné d'être surpris en sous-vêtement, il eut un mouvement de recul. De son côté, Jackie poussa un cri perçant, lâcha sa poêle qui tomba sur le carrelage avec fracas. Pliée en deux, elle se mit à hoqueter, à mi-chemin entre la crise d'hystérie et le fou rire.

— Qu'est-ce qui te prend de rôder dans le noir en agitant une poêle à frire, bon sang ?

Jackie en étouffait presque.

— Je croyais avoir affaire à six hommes avec des intentions homicides. L'un d'entre vous avait une cicatrice et l'autre était petit avec un visage de fouine.

— Et naturellement tu es descendue pour nous vaincre tous les six à grands coups de casserole sur la tête.

— Pas exactement, non, pouffa-t-elle en s'adossant contre le comptoir. Je suis désolée, je ris toujours quand j'ai peur.

— Quoi de plus logique ?

— Au début, je suis descendue parce que je pensais qu'il y avait un cambrioleur. Une fois en bas, j'avais réussi à me convaincre qu'il n'y avait personne. Et…

Un hoquet l'interrompit.

— Puis j'ai fini par me persuader qu'une bande de

malfrats du Kentucky dirigée par un type répondant au nom de Bubba avait réussi à s'introduire dans la maison par un soupirail… Oups ! Il me faut de l'eau.

Elle prit un verre dans l'égouttoir et le remplit à ras bord.

— Tu as enfin choisi le champ d'activité qui te convient, Jackie. Avec une imagination aussi fertile, tu devrais gagner gros grâce à l'écriture.

— Merci.

Tout en buvant, elle traçait des cercles du bout d'un doigt sur le fond du verre.

— Qu'est-ce que tu fabriques, encore ?

— C'est un truc pour faire passer le hoquet. Imparable.

Elle posa le verre et attendit.

— Tu vois ? Ça marche à tous les coups. A ton tour, maintenant. Tu peux m'expliquer pourquoi tu te glissais sans bruit dans le noir, en tenue aussi légère ?

— Je suis chez moi, non ?

— Exact. Et la tenue en question te va à merveille. Désolée de t'avoir fait peur.

— Tu ne m'as pas fait peur. J'étais sur le point de prendre un bain à remous. Et comme j'avais soif j'étais venu chercher une boisson fraîche.

Jackie hocha la tête en serrant les lèvres. Ce n'était pas le moment de reprendre une crise de fou rire.

— O.K. Je comprends… Tu as passé une bonne soirée, au fait ?

— Quoi ? Ah oui. Excellente.

Le moment était mal choisi pour constater qu'elle avait l'air d'être nue sous son grand T-shirt, avec un portrait délavé de Mozart sur la poitrine. Il fit un effort pour garder les yeux rivés sur son visage.

— Tu ferais mieux d'aller te recoucher.

— Je vais d'abord te préparer quelque chose à boire.

Il lui attrapa le poignet sans ménagement alors qu'elle ouvrait déjà la porte du réfrigérateur.

— Laisse ça, tu m'entends ! Je peux m'en occuper tout seul.

— Inutile de m'aboyer dessus. Je t'ai dit que j'étais désolée.

— Je ne t'aboie pas dessus. Retourne au lit, Jackie.

— Je te trouble, n'est-ce pas ? murmura-t-elle en se tournant vers lui. C'est bien.

Nathan rejeta la tête en arrière lorsqu'elle voulut lui caresser la joue. Elle avait le visage vierge de maquillage. Mais ce parfum…

— Oui, tu me troubles. Et non, ce n'est pas bien. Va te coucher, je te dis.

— Tu as envie de venir avec moi ?

Il plissa les yeux d'un air féroce.

— Tu ne crois pas que tu pousses le bouchon un peu loin, Jackie ?

— C'était juste une suggestion.

Jackie s'efforça de se mettre à la place de Nathan et de déchiffrer la situation de son point de vue. Elle ressentit une vague immense de tendresse. Quoi de plus émouvant qu'un homme honorable menant un combat acharné contre sa propre conscience ?

— Tu ne veux vraiment pas comprendre que je t'aime et que j'ai envie de faire l'amour avec toi ?

Nathan se raidit. S'il avait le malheur d'entrer dans

sa logique et de trouver *normal* de monter se coucher avec elle, il était fichu.

— Ce que j'ai surtout du mal à comprendre c'est que tu puisses prétendre aimer quelqu'un que tu connais depuis une semaine à peine. L'amour n'est pas si simple, Jackie.

— Parfois, il l'est. Tiens, prends Roméo et Juliette, déjà. Enfin, non… Ce n'est peut-être pas le meilleur exemple. Le problème, c'est qu'aucun couple célèbre ne me vient à l'esprit pour l'instant, car je n'arrive à penser qu'à toi, chuchota-t-elle en traçant du bout des doigts le pourtour de ses lèvres.

Un nœud brûlant se forma dans l'estomac de Nathan.

— Si tu essayes de me compliquer la tâche, tu as réussi au-delà de toute espérance.

— J'espérais la rendre impossible. Mais, si je te la complique, c'est déjà pas mal.

Elle se rapprocha un peu plus encore. Leurs cuisses se frôlèrent. Les paupières de Jackie se fermèrent.

— Embrasse-moi, Nathan. Même mon imagination est pauvre à côté de la réalité de tes baisers.

Il jura. Ou du moins tenta de le faire. Car ses lèvres étaient déjà fondues aux siennes. Chaque fois, c'était un peu plus fort, un peu plus aliénant, un peu plus inoubliable. Il perdait pied et il le savait. S'il laissait libre cours à son désir, il n'était pas certain du tout de pouvoir encore s'arrêter. Et il se retrouverait pris au piège. Dans quel piège exactement, il n'aurait su le dire. Mais il restait qu'il avait la conscience aiguë d'un danger.

Jackie était comme une drogue hallucinogène pour

un homme qui aurait toujours eu l'esprit clair ; comme une chute du haut d'une falaise pour un alpiniste au pied sûr.

Son pressentiment ne l'avait pas trompé : elle était bel et bien nue sous le grand T-shirt souple qui flottait autour de son corps mince. Douce, nue et dorée. Il se surprit à prendre, à caresser et à toucher malgré les signaux d'alarme qui clignotaient dans sa tête.

La prudence avait toujours été chez lui une seconde nature. Avant de faire le premier pas dans quelque domaine que ce soit, il avait toujours mesuré le pour et le contre, examiné les angles et les degrés, calculé les probabilités au plus près. Mais, lorsqu'il tenait Jackie dans ses bras, ses facultés d'analyse tombaient en sommeil.

Avec elle, faire le second pas semblait relever de l'évidence. Il suffirait de fermer les yeux et de laisser la nature suivre son cours. Jackie murmurait son nom. Ses mains magiques remontaient le long de son dos, descendaient s'arrimer à ses hanches. Il sentait chaque courbe, chaque sinuosité de son corps sous le fin coton de sa parodie de chemise de nuit. Comment se débrouillait-elle pour être à la fois aussi familière et aussi neuve ? Pour réconforter et déstabiliser dans le même mouvement ?

Il voulait la ramasser comme une proie, l'emporter et se perdre en elle. Et rien — strictement rien — ne s'y opposait. Pressée contre lui, elle était dans l'expectative. Infiniment consentante.

Dans un ultime sursaut, il l'écarta de lui.

— Non, Jackie.

Alanguie, elle souleva lentement les paupières.

— Mmm ?

Si elle continuait à le regarder comme ça, il allait lui arracher son T-shirt et la prendre sur le carrelage.

— Il faut que cette comédie s'arrête, Jackie. Je ne suis pas assez hypocrite pour prétendre que je n'ai pas envie de toi. Mais je ne suis pas assez inconscient non plus pour démarrer quelque chose qui finirait forcément par un drame.

— Et en quoi cela serait-il si dramatique de faire l'amour ensemble ? C'est une activité qui ne me paraît présenter que des agréments, au contraire.

— Sauf que ça n'irait peut-être pas plus loin que l'aspect sexuel. Ce qui ne correspond pas forcément à ton attente.

Comme elle vacillait devant lui, Nathan la retint par les épaules. Bon sang, elle tremblait. A moins que ce ne soit lui.

— Je n'ai pas de place pour une femme dans ma vie, O.K. ? Et je n'ai pas non plus *envie* d'en faire une. Ça, je ne pense pas que tu puisses le comprendre.

Elle se dressa sur la pointe des pieds pour lui effleurer les lèvres.

— Si c'était vrai, ce serait vraiment très triste pour toi, chuchota-t-elle.

— *C'est* la vérité, Jackie.

Mais il n'était plus tout à fait aussi convaincu lui-même.

— Mon travail absorbe tout mon temps, mon énergie, ma concentration. Et c'est un choix que je revendique. Vivre une brève histoire érotique avec toi serait tentant. Mais je tiens à toi à ma façon, Jackie. Et je sais que ce n'est pas ce à quoi tu aspires.

— C'est un fait. Mais pourquoi ne pas laisser venir ce qui vient et oublier le reste ?

Nathan prit une profonde inspiration. S'il parvenait à lui expliquer calmement les choses, elle finirait peut-être par comprendre.

— Dans six semaines, je dois partir pour Denver. Ensuite, ce sera Sydney. Et, après cela, je ne sais où encore. Je suis mobile, disponible et je voyage « léger ». Autrement dit, seul. Et je n'ai pas envie non plus d'avoir à m'inquiéter d'une compagne restée à la maison.

Jackie recula d'un pas et pencha la tête sur le côté pour l'examiner. Il n'y avait pas de colère dans son regard. Juste une compassion qui le mit mal à l'aise.

— Que s'est-il passé pour que tu aies tant de mal à faire une place à l'autre dans ton quotidien, Nathan ? Tu ne conçois la vie que tracée à l'avance et en ligne droite ? Sans virages et sans détours ? A trente-deux ans, ce n'est pas seulement triste, c'est dramatique de repousser quelqu'un qui t'aime sous prétexte que tu n'as pas envie qu'on bouscule ton train-train.

L'espace d'une seconde il se vit sur le point de laisser échapper un torrent de justifications furieuses. Tout remontait en vrac : les raisons, les explications, la colère. Une douleur dont il avait oublié jusqu'à l'existence. Mais des années d'entraînement à l'impassibilité lui permirent de se ressaisir presque aussitôt.

— C'est peut-être regrettable, mais c'est ainsi que j'ai choisi de vivre, rétorqua-t-il d'un ton glacial.

Il lut dans le regard de Jackie qu'il lui avait fait mal.

Presque au même instant, il sentit une lame aiguë de souffrance se retourner contre lui. Et comprit que, en la blessant elle, il se blessait lui-même tout autant.

— Tu veux que je te dise, Jackie ? Avec une autre que toi, cela aurait été infiniment plus facile de prendre des distances. Ce que je ressens pour toi, je n'ai pas *envie* de l'éprouver. Tu peux comprendre cela ?

— Oui. Malheureusement, je le comprends.

Elle baissa la tête, comme en signe de défaite. Mais, lorsqu'elle leva son visage vers lui, la lueur déterminée était de retour dans son regard.

— Ce que *toi* tu ne comprends pas, en revanche, c'est que renoncer n'est pas dans ma nature. Ça doit être mon côté irlandais buté. Toujours est-il que c'est toi que je veux, Nathan. Et tu auras beau courir vite, je finirai par te rattraper un jour ou l'autre. Et là toutes tes petites barrières étriquées s'écrouleront comme une rangée de dominos.

Lui saisissant le visage à deux mains, elle lui pressa un baiser énergique sur les lèvres.

— Et tu me remercieras, car personne, jamais, ne t'aimera autant que moi, Nathan Powell.

Elle l'embrassa de nouveau — avec moins d'énergie et plus de tendresse, cette fois.

— J'ai préparé de la citronnade fraîche au cas où tu aurais toujours soif. Bonne nuit et à demain.

Il la suivit du regard avec la sensation vertigineuse d'entendre déjà, au loin, un bruit de dominos s'effondrant un à un…

Chapitre 7

« Si seulement elle avait pu le détester. Sarah aspirait de tout son être au soulagement qu'aurait apporté la colère. Si elle avait réussi à brandir l'étendard de son indignation, elle se serait sentie entière et non plus déchirée. Mais elle ne parvenait même pas à lui en vouloir. Alors que cet animal de Jake avait passé la nuit avec une autre femme.
Plus que dans la rage, elle était dans le deuil. Le deuil d'un amour qui aurait pu être magnifique et qui était resté en bourgeon.
Il y avait de la place pour elle, dans le cœur de Jake. Sarah le savait.
Alors pourquoi ce revirement brutal ? Alors qu'elle commençait à baisser sa garde et à l'accepter tel qu'il était, pourquoi s'était-il tourné vers une femme de petite vertu ? »

Une femme de petite vertu… Pfff. Jackie secoua la tête en relisant ses dernières lignes. Si elle n'était pas capable de trouver mieux que ce vieux cliché éculé, elle ferait mieux de se coucher tout de suite. Avec un léger soupir, elle enregistra une copie et éteignit l'ordinateur.

Son inspiration du jour n'avait pas été très féconde, d'ailleurs. Lorsqu'elle était descendue préparer le petit déjeuner, elle avait trouvé un mot de Nathan. Non pas griffonné, car son écriture était aussi nette et ordonnée que le reste de sa personne. Mais juste une phrase laconique pour lui annoncer qu'il s'absentait pour la journée.

Pour le coup, elle s'était contentée de grignoter une barre de céréales tout en méditant sur la situation en cours. Et ses conclusions n'avaient pas été très optimistes. Elle aimait un homme qui était déterminé à la tenir à distance. Un homme qui cherchait à annuler ses sentiments pour lui à grand renfort de raisonnements. Non pas parce qu'il s'était engagé auprès d'une autre femme. Pas non plus parce qu'il souffrait d'une maladie incurable. Et encore moins parce qu'il dissimulait un passé criminel.

Mais tout simplement parce que l'amour le perturberait dans ses habitudes.

Nathan était trop sérieux, trop respectueux pour profiter de la situation. Et trop buté pour admettre qu'une harmonie entre eux était possible. « Je n'ai pas de *place* pour une femme dans ma vie », avait-il dit ? Jackie se leva pour arpenter la chambre. Pensait-il vraiment qu'elle s'inclinerait devant un argument aussi pitoyable ?

Elle avait du mal à comprendre pourquoi il se braquait à ce point face à l'amour qui lui était offert. Et pourquoi il était si aveugle sur lui-même et sur ses sentiments, surtout. Chez les MacNamara, on pouvait être terriblement conventionnel sur certains plans. Mais l'amour avait toujours circulé librement dans sa famille. Et elle avait grandi sans jamais s'effrayer de la force de ses sentiments. D'ailleurs, à quoi servait la vie si on refusait d'être vivant ? Elle savait que Nathan n'était pas insensible. Le problème, c'est qu'il se méfiait de ses émotions. Chaque fois qu'il se voyait sur le point d'être submergé, il verrouillait les accès, bloquait toutes les issues et se coupait de lui-même au point de ne plus rien sentir. Jackie soupira. Il lui faudrait livrer une sacrée bataille pour vaincre ses résistances. Une bataille où il se défendrait pied à pied.

Se battre ne lui faisait pas peur, cela dit. Mais ce combat particulier était plus douloureux que la moyenne. Car chaque refus de Nathan faisait mal. Chaque rejet se muait en blessure.

Elle avait été sincère avec lui sans que cela donne grand résultat. Elle avait été provocante sans parvenir pour autant à ses fins. Elle avait été pénible. Compréhensive. Et ne savait plus très bien quelle nouvelle stratégie adopter.

Roulant sur le ventre, Jackie se demanda si la meilleure chose à faire ne serait pas de s'accorder une sieste. L'après-midi était déjà relativement avancé et elle avait travaillé sans s'arrêter depuis le petit déjeuner. Et pas moyen de se motiver pour aller nager dans la piscine. Si elle s'endormait en pensant à Nathan, elle se réveillerait peut-être avec une solution géniale, qui sait ? Décidée à faire confiance aux déesses de la destinée — qui, après tout, l'avaient déjà menée jusqu'à l'homme aimé —, Jackie ferma les yeux.

Elle avait déjà sombré dans une plaisante torpeur lorsqu'on sonna à la porte d'entrée. Des témoins de Jéhovah, songea-t-elle en bâillant. Ou un vendeur d'encyclopédies. Elle allait se rendormir lorsqu'une idée atroce chassa d'un coup jusqu'aux dernières traces de somnolence. Et s'il était arrivé un accident grave à Nathan ?

Bondissant hors du lit, elle dévala l'escalier.

— J'arrive !

Repoussant d'une main les cheveux qui lui tombaient sur les yeux, elle tira le battant de l'autre.

Ce n'était ni un porteur de mauvaises nouvelles ni un vendeur au porte-à-porte. Et encore moins un démarcheur de l'apocalypse en mission de prosélytisme. Justine Chesterfield en personne se tenait sur le pas de la porte. Jackie réprima un soupir. Décidément, ce n'était pas son jour.

Elle gratifia sa visiteuse d'un mince sourire.

— Hello.

— Bonjour. Je me demandais si Nathan était par là.

— Non, désolée. Il est sorti.

Sa main sur la poignée la démangeait de claquer la porte au nez de la grande blonde. Mais ce serait très peu civilisé de sa part. Jackie entendait d'ici les remontrances choquées de sa mère si elle commettait une pareille entorse à l'étiquette.

— Il ne m'a pas précisé où il allait ni quand il comptait rentrer, poursuivit-elle d'un ton plus amène. Mais, si vous voulez l'attendre ici, vous êtes la bienvenue.

— Volontiers, oui. Merci.

Justine était habillée comme si elle venait juste de descendre de son yacht privé. Sa haute silhouette — toute en lignes élégantes et en courbes douces — était admirablement mise en valeur par une tenue blanche de type sport chic. Ses bijoux étaient discrets et visiblement hors de prix. Ses cheveux défaits lissés à la perfection.

Tout était parfait chez elle, d'ailleurs : l'allure, la beauté, les manières. Jackie était ravie de pouvoir la haïr.

— J'espère que je ne vous dérange pas…, commença Justine.

D'un geste qu'elle jugea magnanime, Jackie lui indiqua le séjour.

— Pas du tout non. Faites comme chez vous.

— Merci.

Justine posa son sac à main sur une table basse. Jackie nota machinalement qu'il était assorti à ses sandales en croco.

— Vous devez être Jacqueline, la cousine de Fred.

— Je dois l'être, oui.

— Moi, c'est Justine Chesterfield. Une amie de Nathan.

— Oui, j'ai reconnu votre voix.

Se conformant par automatisme aux codes habituels de politesse, Jackie tendit la main à Justine. Celle-ci la prit avec l'ombre d'un sourire. Malheureusement pour Jackie, le sourire était à la fois franc, amical et engageant.

— Et moi, j'ai reconnu la vôtre. D'après Nathan, Fred est aussi retors qu'il est charmant.

— *Plus* retors qu'il n'est charmant, croyez-moi.

C'était donc le type de femme auquel Nathan accordait sa préférence. Discrètement raffinée. Discrètement stylée. Discrètement magnifique. Réprimant un soupir découragé, Jackie se résigna à accomplir son devoir d'hôtesse.

— Je vous sers quelque chose à boire ? Un café ? Une boisson fraîche ?

— Je boirais volontiers quelque chose de glacé, si cela ne vous dérange pas.

— Asseyez-vous. J'en ai pour une minute.

Jackie grommela rageusement pendant qu'elle préparait deux verres de citronnade et disposait des petits-fours sur un plat en porcelaine de Saxe. Il était rare qu'elle se préoccupe de sa tenue lorsqu'elle traînait à la maison. Mais il avait fallu que Justine tombe pile sur le jour où elle avait enfilé son short le plus infâme. Et son T-shirt vert et blanc n'était pas fait pour arranger son allure. Elle portait pour une petite fortune en bagues mais ses pieds étaient nus. Et le vernis à ongles rouge passion commençait à s'écailler sur ses orteils.

— Oh et puis zut, je m'en fiche, marmonna-t-elle tout bas en s'efforçant — sans succès — de mettre de l'ordre dans ses boucles. Madame la Reine de beauté pensera bien ce qu'elle voudra.

Elle était persuadée que Sarah, elle, aurait fait bon accueil à Carlotta. Mais elle commençait à soupçonner Sarah d'avoir un bien meilleur fond que Jacqueline MacNamara. Décidée à ne donner aucun motif d'insatisfaction à Nathan, elle prit son plateau et l'apporta bravement dans le séjour.

Le soleil de l'après-midi autant que les couleurs contrastées du salon semblaient s'être donné le mot pour mettre la beauté de Justine en valeur. C'était pénible à admettre mais Jackie avait toujours été réaliste.

— C'est vraiment très gentil de votre part, commenta Justine. J'espérais que nous trouverions un moment pour bavarder, toutes les deux. Vous n'êtes pas trop pressée ? Nathan m'a dit que vous aviez un roman en cours.

— Il a dit cela ?

De surprise, Jackie se laissa choir dans un fauteuil. Elle aurait été prête à jurer que Nathan avait déjà oublié qu'elle écrivait. Et jamais — au grand jamais — elle n'avait imaginé qu'il parlerait de son livre à qui que ce soit.

Justine était la seconde personne, après Mme Grange, à ne pas avoir ricané en mentionnant son livre, d'ailleurs.

— Oui, Nathan m'a expliqué que vous vous étiez lancée dans la rédaction d'un roman historique. Et que vous travailliez avec régularité et discipline. Nathan croit beaucoup aux vertus de la discipline.

— C'est ce que j'ai remarqué, en effet.

Justine, en tout cas, lui avait donné le prétexte idéal pour écourter la conversation.

— Je suis très prise par mon bouquin, oui. Il se trouve que je faisais une courte pause lorsque vous avez sonné.

— C'est une chance pour moi d'être tombée au bon moment.

Justine prit un petit-four qu'elle grignota avec grâce. Elle portait un parfum très sophistiqué — riche et féminin sans être opulent. Ses mains longues et fines n'étaient ornées que d'une seule bague, une magnifique opale sertie de diamants.

— Je vous dois des excuses, Jacqueline.

Distraite de sa contemplation fascinée, Jackie haussa un sourcil.

— Des excuses ?

— Pour le malentendu entre Nathan et vous. C'est moi qui ai convaincu Nathan de confier sa maison à Fred pour la durée de son séjour en Europe. La solution me paraissait idéale. Nathan répugnait à laisser les lieux inoccupés. Et Fred avait l'air de traverser une mauvaise passe.

— Fred traverse toujours une mauvaise passe, précisa Jackie par-dessus le bord de son verre.

Elle ressentit une bouffée de compassion pour Justine. Le charme de Fred n'avait peut-être pas opéré sur Mme Grange. Mais l'employée de maison était l'exception à la règle.

— Il a également un talent incomparable pour vous faire croire qu'il est capable de transformer de la paille en or. A condition de payer très cher pour la paille.

Une lueur amusée brilla dans le regard de Justine.

— C'est ce que j'ai cru comprendre, oui. Et je m'en veux, à présent que j'ai appris que Fred vous avait délestée d'une somme non négligeable.

Jackie mordit énergiquement dans un biscuit.

— Vous n'êtes pas responsable. Je connais Fred depuis toujours. S'il y a une personne au monde qui aurait dû voir clair dans son jeu, c'est bien moi… D'ailleurs, tout s'est arrangé puisque Nathan et moi sommes parvenus à une solution à l'amiable, précisa-t-elle avec un sourire qu'elle jugea admirablement détaché.

— C'est ce qu'il m'a dit, oui. Il paraît que vous êtes une cuisinière remarquable.

— Oui.

La fausse modestie n'avait jamais été son style. Mais elle se demandait ce que Nathan avait encore pu raconter à son sujet. Et, si Justine était venue pour se battre, qu'attendait-elle pour passer à l'offensive ?

— Mes compétences culinaires se limitent à fabriquer des sandwichs. C'est vrai que vous avez étudié à Paris ?

— J'ai fait quelques trimestres à la Sorbonne, oui.

Jackie sourit malgré elle. D'accord, Justine dégageait une impression de froideur et de snobisme. Mais sous le vernis de la princesse on devinait une authentique gentillesse. Et la gentillesse, quel que soit l'emballage autour, l'avait toujours attirée.

Justine lui sourit en retour et la tension dans la pièce retomba encore de quelques degrés supplémentaires.

— Mademoiselle MacNamara… Jacqueline… Puis-je être franche avec vous ?

— Je suis assez en faveur de la franchise. Neuf fois sur dix elle permet de réaliser une économie de temps considérable.

— Vous n'êtes pas du tout celle que j'attendais.

Intriguée, Jackie s'assit en tailleur dans son fauteuil.

— Et vous vous attendiez à quoi ?

— J'ai toujours pensé que, lorsque Nathan s'éprendrait d'une femme, ce serait quelqu'un de calme, de lisse et de réservé. J'aurais même tablé sur soporifique.

Jackie dut déglutir bruyamment pour avaler sa gorgée de citronnade.

— Pardon ? Vous avez bien dit « s'éprendre de » ?

— Nathan ? Il est dévasté. Une épave. Vous l'ignoriez ?

— Il le cache bien, murmura Jackie.

— Je ne sais pas comment il est avec vous, mais hier soir avec moi cela sautait aux yeux.

A la mention de ce « hier soir avec moi », Jackie recommença automatiquement à bouillir. Justine dut voir la lueur dans son regard car elle crut bon de préciser :

— Nathan et moi n'avons jamais été autre chose qu'amis, entre parenthèses… Je crois que si j'étais à votre place j'apprécierais qu'on soit claire avec moi sur ce point.

Rougir n'entrait pas dans les habitudes de Jackie, mais elle sentit une chaleur suspecte lui monter aux joues.

— J'apprécie, en effet… Ce serait indiscret de vous demander pourquoi il n'y a jamais rien eu entre Nathan et vous ?

— Je me suis moi-même posé la question, rétorqua Justine en reprenant un petit-four. En fait, ça ne s'est jamais présenté, si on peut dire. Je ne suis pas quelqu'un d'indépendant et l'état conjugal me convient. Résultat : j'ai tendance à me marier souvent. J'étais avec mon premier mari lorsque j'ai rencontré Nathan. Puis, après mon divorce, j'ai vécu à New York. De retour ici, j'ai épousé quelqu'un d'autre et ainsi de suite pendant une décennie. J'étais absorbée par mes passions et Nathan par son travail. Pour des raisons qui le concernent, il a toujours préféré s'investir dans des monuments que dans des histoires de cœur.

Jackie brûlait d'interroger Justine sur les raisons d'une telle préférence. Mais elle ne pouvait pas pousser la curiosité aussi loin. Et, s'il devait se passer quelque chose entre Nathan et elle, ce serait de lui que devraient venir les explications.

— Merci d'avoir accepté de me répondre, Justine. Je crois qu'il est temps de préciser que vous n'êtes pas du tout ce que j'attendais non plus.

— Ah non ? Et vous me voyiez comment ?

— Comme une intrigante calculatrice avec un congélateur à la place du cœur. Prête à dévorer mon homme tout cru, *of course*. J'ai passé le plus gros de ma soirée à vous haïr.

Lorsque sa description amena une mimique amusée aux lèvres de Justine, Jackie se félicita d'avoir renoncé à coller une verrue à Carlotta.

— Vous tenez bel et bien à Nathan, donc ?

— Je l'aime, oui.

Le sourire qui se dessina cette fois sur les traits de Justine était teinté d'une pointe de nostalgie qui en disait plus long que n'importe quelles paroles.

— Nathan est très seul, Jackie. Il a besoin de quelqu'un, même s'il est persuadé du contraire.

— Je sais. Et je serai ce quelqu'un-là.

— Je vous souhaite de tout cœur de réussir. Ce qui n'était pas mon intention lorsque je suis arrivée ici.

— Et qu'est-ce qui vous a fait changer d'avis ?

— Vous m'avez proposé d'entrer et vous m'avez

offert à boire alors que vous brûliez d'envie de me claquer la porte au nez.

Jackie sourit.

— Et moi qui croyais avoir si admirablement dissimulé mon hostilité !

Justine éclata de rire.

— Vous étiez transparente ! Ecoutez, mes prestations dans le domaine sentimental ne sont pas très édifiantes. Allez... je vais être franche : elles sont même carrément minables. Mais j'aimerais quand même vous donner un conseil.

— Cela tombe bien. Je ne sais plus du tout comment m'y prendre, justement.

— En amour, certains hommes ont besoin d'être poussés un peu plus énergiquement que d'autres. Avec Nathan, je vous suggère d'y aller à deux mains.

— Très judicieux, en effet. Je vais voir ce que je peux faire.

La tête penchée sur le côté, Jackie réfléchit un instant.

— Vous savez, Justine, j'ai un cousin au second degré du côté de mon père. Attention, il ne s'agit pas de Fred ! se hâta-t-elle de préciser. Celui-ci est professeur à l'université du Michigan. Vous aimez le genre intello ?

Justine reposa son verre en riant.

— Reposez-moi la question dans six mois, d'accord ? Pour l'instant, je suis en congé sabbatique.

Lorsque Nathan regagna son domicile quelques heures plus tard, il était loin d'imaginer que Justine avait passé une partie de l'après-midi chez lui. Ni que

Jackie et elle avaient comploté impunément dans son dos. Ce qui était sans doute une bonne chose. Car la situation le perturbait déjà bien assez comme cela.

Il se surprit à ressentir un élan de joie en poussant sa porte. Pas comme lorsqu'il était rentré d'Allemagne et qu'il s'était réjoui de retrouver sa solitude. Là, il avait hâte de voir Jackie — de lui parler, de se détendre en sa compagnie. Même la perspective d'avoir à déjouer une de ses manœuvres de séduction l'amusait d'avance.

Il entendit la musique dès qu'il pénétra dans le vestibule. Non pas celle, bruyante, qu'il s'était habitué à entendre retentir dans la cuisine. Mais une valse de Strauss, tendre, heureuse et sensuelle. Intrigué par ce changement, Nathan décida qu'une certaine prudence était de mise. Il se glissa dans son bureau pour poser son attaché-case.

Tout en desserrant d'une main son nœud de cravate, il poussa la porte de la cuisine. Comme chaque jour, quelque chose de bon mitonnait sur la cuisinière. Déjà, de tentants fumets lui caressaient sensuellement les narines. Quant à Jackie, elle avait renoncé à ses shorts habituels et portait une robe souple coupée dans un tissu si mouvant qu'il semblait danser autour d'elle. Elle était pieds nus et une seule boucle en ébène pendait à une oreille.

Un pressentiment l'envahit, comme une mise en garde. Conscient que la solution de sagesse aurait consisté à faire demi-tour et à fuir à toutes jambes, il s'avança jusqu'au plan de travail.

— Bonsoir.

Jackie l'avait entendu arriver mais réussit à se retourner avec un sourire surpris.

— Salut.

Nathan était magnifique, en costume clair, avec sa cravate à moitié défaite. Emue de le voir, elle l'embrassa sur la joue.

— Tu as passé une bonne journée ?

L'entrée en matière paraissait innocente à souhait. Nathan ne savait jamais à quoi s'attendre avec elle. Rien de nouveau sous le soleil, cela dit. Elle n'avait cessé de le déconcerter depuis le début. Mais ce baiser léger, presque fraternel, avec lequel elle l'avait accueilli était exactement ce à quoi il aspirait. Et il trouvait inquiétante la façon dont elle semblait toujours s'adapter à des besoins qu'il ne formulait pas.

— Ça va, oui. J'ai bien avancé sur mon futur projet de Denver.

— J'espère que tu as faim. Le dîner sera prêt dans quelques minutes.

Comment avait-elle réussi à prévoir son repas pour l'heure exacte de son retour alors qu'il n'avait pas précisé à quel moment il rentrerait ?

— Et ton livre ? s'enquit-il. Il progresse ?

— Plutôt, oui. J'ai eu un temps mort, cet après-midi. Mais après ça a coulé tout seul. La semaine prochaine, je devrais avoir une centaine de pages que je pourrai envoyer à un éditeur.

— Bien, commenta-t-il en réfrénant une réaction de panique.

Tant mieux si son roman avançait à pas de géant. Pourquoi redouterait-il le moment où elle lui annoncerait qu'elle n'avait plus besoin de rester chez lui pour écrire ?

La minuterie du four sonna et Jackie se détourna juste à temps pour dissimuler un sourire satisfait.

— J'ai pensé que nous pourrions dîner dans le patio, ce soir, annonça-t-elle en posant sa tarte aux pommes sur une grille. Il fait tellement doux.

Nathan lui jeta un regard en coin. De nouveau, les signaux d'alarme se déclenchaient en lui. Mais de façon plus assourdie, cette fois.

— On annonce de la pluie pour ce soir, Jackie.

— Elle ne tombera pas avant plusieurs heures, rétorqua-t-elle en prenant la cocotte. Tu veux bien apporter le pain ? La table est déjà mise dehors.

Là encore, elle avait soigné son timing, constata-t-il. Le soleil était déjà bas. Et les nuages de pluie qui s'agrégeaient à l'horizon se paraient d'un mince liséré rose. Une brise légère apportait un air doux chargé d'un soupçon d'embruns. La table ronde avait été mise avec soin mais sans faste ostentatoire. Il se serait méfié s'il avait vu des chandeliers et une nappe blanche damassée. Mais elle s'était contentée de mettre deux sets de table de couleur vive. Et de placer un bouquet de fleurs sauvages dans un joli flacon de verre.

Nathan se renversa contre son dossier pendant que Jackie le servait.

— Je ne t'ai jamais remerciée pour tous ces repas.

Elle sourit en s'asseyant en face de lui.

— Il n'y a pas de quoi. Tu m'héberges, je te nourris. C'est le contrat.

— Oui, mais il y a repas et repas. Et les tiens sont largement plus élaborés que la moyenne.

— C'est tellement plus agréable de cuisiner pour deux que pour un.

Il avait toujours pensé tout le contraire. Jusqu'à maintenant, en tout cas.

— Mmm... Jackie ? Nous avons eu un démarrage un peu difficile, tous les deux. Mais comme nous sommes victimes, l'un et l'autre, dans l'histoire j'aimerais conclure une trêve.

Elle le regarda avec ses grands yeux bruns écarquillés.

— C'est déjà fait, non ?

— Un cessez-le-feu officiel, alors.

Levant son verre, Jackie le fit tinter contre le sien.

— O.K. Buvons à la paix.

Il but une gorgée et finit de dénouer sa cravate.

— Et si tu me parlais de ton livre ?

Voir Jackie soudain frappée de mutisme fut une première pour Nathan.

— De mon livre ?

— Je ne connais même pas l'histoire. Mais tu préfères peut-être la garder secrète ?

— Pas du tout, non. Si je m'écoutais, je ne parlerais que de cela, au contraire. Mais je n'imaginais même pas que cela pourrait t'intéresser. Après six mois en Allemagne, puis le coup de Fred, et sachant que je te tapais déjà sur le système, j'ai pensé que j'avais tout intérêt à ne pas aggraver mon cas en te rebattant les oreilles avec mes héros à la dérive.

Pensif, Nathan prit une gorgée de son vin.

— C'est bizarre. Tu t'exprimes toujours de façon

aussi déroutante et décousue. Et pourtant je commence à te comprendre quand même. Tu ne peux pas imaginer comme ça me terrifie. Mais bon… Parlons plutôt de ton roman.

Jackie s'humecta les lèvres.

— L'action se situe dans l'actuel Arizona, une dizaine d'années environ après la guerre du Mexique. J'ai hésité à en faire une saga qui aurait débuté au XVIIIe siècle, lorsque ce territoire était encore une colonie européenne. Mais j'ai eu envie de rentrer tout de suite dans le vif du sujet.

— Et il n'y avait pas moyen d'entrer dans le vif du sujet au XVIIIe ?

Saisie d'une nervosité inattendue, Jackie émietta sa tranche de pain.

— Si, bien sûr. Mais Jake et Sarah — mes deux personnages — n'étaient pas encore nés, à l'époque. Et l'histoire que j'écris est essentiellement la leur. J'étais trop impatiente de démarrer avec eux pour avoir le courage de m'attaquer à leurs ancêtres. Lui est une sorte de mercenaire qui vit de son talent à manier les armes. Elle une jeune fille encore innocente. L'Arizona m'intéresse car, pour moi, c'est vraiment l'Ouest dans toute sa splendeur.

— Chasseurs d'or, fusillades et attaques d'Indiens à tous les étages ?

Toute nervosité évanouie, Jackie lui resservit à boire.

— Exactement. Ma Sarah arrive dans l'Ouest suite au décès de son père. Ce dernier, Daniel Conway, lui avait toujours fait croire qu'il était l'heureux propriétaire d'une mine prospère. Elle-même a grandi sur la côte Est où elle a reçu l'éducation typique réservée aux jeunes filles de bonne famille. En apprenant la mort brutale de son père, Sarah se rend aussitôt sur place. Et là elle doit se rendre à l'évidence : pendant toutes ces années où elle le croyait dans l'opulence, son père avait vécu dans la plus extrême misère. Et tout le maigre argent qu'il avait pu tirer de sa vieille mine délabrée avait servi à financer l'éducation de sa fille.

— Elle se retrouve donc en territoire inconnu, sans un sou à son nom, et orpheline de surcroît ?

Ravie qu'il se prenne ainsi au jeu, Jackie leva son verre.

— Exactement. J'ai pensé que cela ferait d'elle un personnage à la fois vulnérable et sympathique. Quoi qu'il en soit, Sarah découvre assez rapidement que l'auteur de ses jours n'a pas succombé à l'effondrement d'un couloir de sa mine, comme le veut la version officielle, mais qu'il est mort assassiné. Alors qu'elle remue ciel et terre pour tenter de comprendre ce qui s'est passé, elle se heurte à plusieurs reprises à Jake Redman, un aventurier sans foi ni loi qu'elle considère comme une racaille. Mais il ne lui en sauve pas moins la vie alors qu'elle se fait attaquer par des guerriers apaches.

— Il a donc quand même quelques qualités, ce Jake.

— En fait, c'est un diamant brut. Et Sarah est en danger permanent avec la faune redoutable qui rôde dans la petite ville minière. La situation politique était encore très incertaine, à l'époque, et aucune sécurité n'était assurée aux habitants.

— Mais Sarah ne prend pas ses jambes à son cou pour autant. C'est une fille qui n'a pas froid aux yeux.

— Sarah s'est juré de ne pas repartir avant d'avoir compris ce qui est arrivé à son père. Et, pour cela, elle brave tous les dangers. Y compris les plus déconcertants. Comme son attirance pour Jake Redman, par exemple.

— Réciproque, j'imagine ?

Jackie porta pensivement son verre à ses lèvres.

— Jake l'aime aussi, mais il ne veut rien en savoir. C'est un grand solitaire, cet homme. Il a toujours été sans attaches ; libre d'aller et de venir au gré de ses humeurs. C'est un voyageur sans bagage qui refuse de s'encombrer.

Nathan eut une moue amusée.

— Voilà qui est subtilement amené, Jackie.

Elle sourit.

— N'est-ce pas ? Quoi qu'il en soit, Sarah sait ce qu'elle veut, elle. Et elle compte bien le faire changer d'avis. Quitte à l'avoir à l'usure, s'il le faut. Cela dit, Carlotta fait tout son possible pour lui saboter le travail.

— Carlotta ?

— Une patronne de maison close qui a jeté son dévolu sur Jake. Parce qu'il plaît à toutes les femmes, pour commencer. Mais essentiellement par haine pour Sarah qui représente pour elle tout ce dont elle a toujours été privée. Carlotta est également la seule à savoir que Daniel Conway a été assassiné pour une raison bien précise : il était enfin tombé sur le bon filon. La vieille mine qui appartient désormais à Sarah vaut une fortune, ce que tout le monde ignore. J'en suis là pour l'instant.

— Et ça se termine bien, j'espère ?

— Aucune idée.

— Comment ça, aucune idée ? C'est quand même toi l'écrivain, non ? Ne me dis pas que tu n'as pas encore prévu le dénouement de ton intrigue.

— Si je savais d'avance ce qui allait se passer, cela m'amuserait nettement moins de m'asseoir à ma table de travail tous les matins. Ecrire un livre, ce n'est pas comme tracer les plans d'un édifice, Nathan.

Voyant qu'il peinait à comprendre, elle se pencha vers lui, les coudes posés sur la table.

— Je vais te dire pourquoi j'aurais sans doute fait un très mauvais architecte, même si je trouve fascinante l'idée de partir d'un espace vide et de lui donner forme, volume et couleur.

Nathan lui jeta un regard surpris. C'était exactement ainsi qu'il aurait défini son métier si on le lui avait demandé. A croire qu'elle disposait d'un passe secret qui lui permettait de pénétrer ses pensées à volonté.

— Pour être un bon architecte, il faut être capable de tout prévoir, du premier coup de pelle au détail final, poursuivit-elle. Quand on dessine un lieu de travail ou d'habitation, il ne s'agit pas seulement d'ériger un bel édifice. On a également une responsabilité vis-à-vis des êtres humains qui auront à y vivre ou à y travailler. Rien ne peut être laissé au hasard et l'imagination doit composer avec la sécurité et la fonctionnalité.

— Je crois que tu te trompes, observa-t-il après

un temps de silence. Je pense que tu aurais fait une excellente architecte.

Jackie secoua la tête.

— Non. Même si j'ai bien saisi les enjeux, je n'aurais jamais été capable de faire des étincelles dans ce métier. Crois-moi, j'ai essayé... Toi, en revanche, tu as ce talent qui fait que tu combines l'artistique et le pratique, le créatif et le réel.

Touché qu'elle soit sensible à la qualité de ses réalisations, il hocha la tête.

— Et toi, tu fais la même chose, mais dans l'écriture. C'est ça ?

— J'essaie, en tout cas.

Se renversant contre son dossier, Jackie regarda les nuages rouler furieusement à l'horizon. La pluie se rapprochait.

— Il y a des années que je tâtonne, sans vraiment savoir ce que je cherche. J'ai été un peu musicienne, un peu peintre et même un peu ballerine à mes heures. A dix ans, j'ai composé ma première sonate... J'étais précoce, précisa-t-elle avec une moue de dérision.

— Tiens donc. Qui l'eût cru ?

Elle rit doucement.

— Ma vocation musicale ne s'est pas vraiment affirmée depuis. Mais j'ai toujours su, au fond de moi-même, que j'avais quelque chose à offrir sur le plan artistique. Mes parents ont été d'une patience angélique avec moi. Je ne méritais sans doute pas tant d'indulgence. Mais cette fois-ci c'est différent... ça va sans doute te paraître ridicule à mon âge, mais j'ai envie qu'ils soient fiers de moi pour ce livre.

— Je crois que la plupart des gens courent toute leur vie après l'approbation de leurs parents. Même s'ils en ont rarement conscience.

— Et tes parents t'approuvent, Nathan ?

— Oui.

Conscient sans doute que la réponse était un peu sèche, il précisa avec un haussement d'épaules :

— Ils sont satisfaits l'un et l'autre de la reconnaissance professionnelle que j'ai obtenue ces dernières années.

Jackie se risqua à creuser un tout petit peu plus loin.

— Ton père n'est pas architecte, n'est-ce pas ?

— Non. Il est dans la finance.

— Ah, tiens, c'est drôle. Nos pères ont dû se rencontrer dans les couloirs de la Bourse. J.D. est un passionné de la finance.

— Tu appelles ton père « J.D. » ?

— Ça dépend des contextes, en fait. Mon père adorait lorsque, gamine, je m'effondrais dans un fauteuil de bureau en lançant : « Alors, J.D., la tendance est à la hausse ou à la baisse ? »

— Tu es très attachée à ton père, n'est-ce pas ?

— Je l'adore, le vieux requin. Et ma mère aussi, même lorsqu'elle me casse les pieds pour que j'aille à Paris me faire refaire.

Nathan fronça les sourcils.

— Te faire refaire ?

— Ma mère pense que seuls les Français seraient capables de me transformer en une créature acceptable, avec des cheveux qui aient l'air coiffés et des tenues dignes d'une « vraie » femme.

— Je te trouve très bien telle que tu es.

Là encore, Jackie demeura un instant interdite.

— Tu ne m'avais encore jamais rien dit d'aussi gentil, murmura-t-elle.

Au moment où il riva ses yeux aux siens, Nathan crut entendre au loin un premier roulement de tonnerre. Il toussota et se leva de table.

— Si tu ne veux pas te prendre une saucée, nous ferions mieux de rentrer tout ça et de nous mettre à l'abri.

Sans un mot, Jackie suivit le mouvement et l'aida à débarrasser la table.

— Vu comme tu es habillé, je suppose que tu n'as pas passé la journée à la plage ? s'enquit-elle pendant qu'ils faisaient la vaisselle.

— Non. J'avais une réunion de travail avec mes clients de Denver. La banque S&S veut un immeuble de prestige pour son nouveau siège social. Et ils ont retenu mon projet.

— Comme l'immeuble que tu as conçu à Dallas, pour cette même banque, il y a cinq ans ?

Surpris qu'elle soit au courant, Nathan lui jeta un regard en coin.

— En effet, oui. Mais celui-ci sera très différent. J'ai décidé de revenir à des lignes plus classiques.

— Je pourrais voir tes croquis d'architecte ?

— A l'occasion oui, pourquoi pas ?

Elle lui tendit son verre avec un reste de vin.

— Tout de suite ?

Nathan constata qu'il avait envie de lui montrer son travail. Et que l'opinion de Jackie comptait pour lui. Surpris de se trouver dans des dispositions aussi positives, il lui fit signe de le précéder dans son bureau. Puis il sortit ses dessins de leurs tubes et les déroula devant elle.

Jackie se pencha par-dessus son épaule.

— La façade sera en brique brune, expliqua-t-il en s'efforçant d'ignorer la caresse de ses cheveux contre sa joue. Et j'ai misé sur les courbes plus que sur les lignes droites.

— Il fait très Art nouveau.

— C'était le but, oui.

Pourquoi n'avait-il pas remarqué son parfum plus tôt ? A présent qu'elle se tenait appuyée sur lui, les émanations, sans être puissantes, l'enveloppaient comme dans une bulle.

— J'ai cintré les fenêtres et…

Lorsqu'il laissa le reste de sa phrase en suspens, elle sourit. La patience et la compréhension n'étaient pas faites pour mettre un homme mal à l'aise. Et pourtant Nathan détourna hâtivement les yeux pour se concentrer de nouveau sur ses dessins.

— Chaque bureau individuel aura au moins une fenêtre. Je pense qu'on travaille mieux lorsqu'on ne se sent pas prisonnier d'une cage.

— Oui.

Elle souriait toujours et ni l'un ni l'autre ne regardaient plus les croquis.

— C'est un très beau bâtiment, commenta-t-elle. Orgueilleux sans être oppressant. Classique sans être raide.

Les lèvres de Jackie étaient roses. D'un rose subtil

et rare. Tout naturellement, il tourna la tête pour les effleurer des siennes. Cette fois, il entendit distinctement le tonnerre. Beaucoup plus proche, cette fois. Secoué, il s'écarta et entreprit de ranger ses esquisses en silence.

— J'aimerais voir les dessins d'aménagement intérieur, Nathan.

— Jackie…

— Il est bon de toujours aller au bout de ce que l'on entreprend, je crois ?

Hochant la tête, Nathan ouvrit son carnet. Elle avait raison. Et il l'avait d'ailleurs compris depuis le début. Ce qui était commencé demandait à être terminé. Quelles que soient les conséquences…

Chapitre 8

Jackie prit une profonde inspiration. Cette fois, les dés étaient jetés. Et il n'y aurait plus de retour en arrière possible. Pour la première fois, Nathan avait accepté d'abroger les distances entre eux. Peut-être parce qu'il avait envie d'elle, sur le plan physique et rien que physique. Mais, s'il n'avait pour elle que du désir, elle s'en contenterait.

Le désir avait au moins le mérite d'être simple, honnête et sans fioritures.

Elle avait cru ne pas pouvoir l'aimer plus qu'elle ne l'aimait déjà. Mais elle s'était trompée. Chaque pas qui la rapprochait de lui, chaque moment passé en sa compagnie contribuait à élargir les frontières de son cœur.

Avec une infinie patience, elle l'écoutait poursuivre ses explications techniques, regardait sa main à la paume large, aux doigts longs et sensibles se mouvoir sur le calque. Elle aimait le son de sa voix, forte sans être grossière, intelligente sans être affectée.

— … Là, il y aura du parquet. Et ici, nous avons prévu…

Il se tut brusquement lorsqu'elle posa la main sur son bras.

— … la salle de conseil d'administration ? compléta

obligeamment Jackie en se perchant sur l'accoudoir de son fauteuil.

— Quoi ? Mmm… Oui, voilà. Quant aux lambris, ils seront…

Nathan s'interrompit en se demandant quel intérêt il avait jamais pu trouver à cette question de lambris. La main de Jackie reposait sur son épaule, chassant doucement des tensions musculaires dont il n'avait pas eu conscience.

— Les lambris, Nathan ?

Il fit un effort de concentration.

— En acajou du Honduras.

— Magnifique. Et durable. Eclairage indirect ?

— Oui.

Il leva la tête et vit qu'elle souriait, son visage juste au-dessus du sien. Sa vision se brouilla.

— On ne peut pas continuer comme ça, Jackie.

— Je suis d'accord avec toi, acquiesça-t-elle en se laissant glisser sur ses genoux.

— Qu'est-ce que tu fais ?

Une violente tension nouait les muscles de son ventre. Et pourtant il se surprit à sourire.

— Je pense effectivement que la situation actuelle ne peut pas se prolonger, acquiesça-t-elle gravement. Ça va finir par nous rendre cinglés l'un et l'autre. Et ce n'est pas le but.

— Peut-être pas, non, murmura-t-il, fasciné par les bagues qui étincelaient à ses doigts.

— Je vais donc y mettre un terme.

Il tenta de la retenir par le poignet lorsqu'elle commença à retirer sa cravate.

— Un terme à quoi, au juste ?

— A nos incertitudes, à nos hésitations.

Ignorant son grognement de protestation, elle déboutonna sa chemise.

— Laisse-toi faire, Nathan. J'en prends la responsabilité. Tu n'as même pas ton mot à dire, en fait.

Lorsqu'elle voulut retirer sa veste, il l'attrapa par les épaules.

— Tu peux m'expliquer ce que tu es en train de faire, là ?

— Je me sers de toi pour assouvir mes bas instincts, Nathan.

Elle posa d'autorité sa bouche sur la sienne. Si bien qu'au lieu d'éclater de rire il se surprit à gémir.

— Inutile d'essayer de te défendre contre cette tentative de viol, Nathan. Je suis résolue à aller jusqu'au bout.

Elle tira énergiquement sur sa chemise pour la dégager de son pantalon. Nathan se sentait quelque part à mi-chemin entre l'irritation, le fou rire et l'explosion libidinale.

— Jackie, arrête tes bêtises, O.K. ? La moindre des choses serait qu'on en discute d'abord.

— *Nada*. Finies, les belles paroles, l'ami. C'est de l'action que je veux. Et je te prendrai, que tu sois consentant ou non, lui murmura-t-elle à l'oreille avant de resserrer doucement les dents sur le lobe.

Cette fois, ce fut le rire qui l'emporta.

— Je fais au moins une tête de plus que toi.

— Plus on est grand, plus on tombe de haut, rétorqua-t-elle, imperturbable, en lui ôtant sa ceinture.

— Tu es sérieuse ?

Elle rejeta la tête en arrière pour le regarder au moment où le premier éclair zébra le ciel.

— Mortellement sérieuse, chuchota-t-elle en faisant glisser les bretelles de sa robe sur ses épaules. Tu ne sortiras pas de cette pièce avant que je me sois rassasiée de toi, Nathan. Si tu coopères, je ne te ferai aucun mal. Mais si tu résistes…

D'un mouvement ample, elle se dénuda les seins.

Il aurait pu se prêter au jeu et ne rien dire. Et laisser à Jackie le soin d'assumer seule la responsabilité de leurs actes. Mais il n'était pas lâche au point de nier son désir.

— J'ai envie de toi, Jackie. Viens, on monte dans une chambre.

Tournant la tête, elle enfouit son visage dans sa paume. C'était un geste d'une immense tendresse. Presque un mouvement de soumission.

— Non, ici. Et maintenant.

Mêlant sa bouche ouverte à la sienne, elle ne lui laissa aucun choix. Très vite, elle ne fut plus pour lui que tentation douloureuse, sublime torture. Son corps s'enroulait autour du sien, ses lèvres étaient partout à la fois. Pulsé au rythme fou du désir, le sang courait furieusement dans ses veines. Les mains de Jackie étaient omniprésentes, douces, sûres et sans merci.

Elle ne connaissait ni le doute ni l'hésitation. A l'image de la tempête qui faisait rage derrière les vitres, Jackie, dans l'amour, n'était que feu et lumière.

Dangereuse à l'instar de ces déesses toutes-puissantes qui semaient la terreur et la fascination dans leur sillage. Et pourtant il en voulait plus, toujours plus, l'enveloppant dans ses bras, la pressant contre lui. Il sentait qu'elle l'amenait au-delà des limites qu'il s'était toujours imposées, qu'elle l'entraînait vers une réalité où ni la raison ni la civilisation n'avaient cours.

Le son rauque qu'il percevait n'était autre que le va-et-vient précipité de son propre souffle. Et c'était sa peau qui brûlait d'un désir disproportionné et aveugle.

— Jackie…

Les lèvres pressées sur ses épaules, sur sa poitrine, il l'aurait happée, absorbée en lui, incorporée définitivement s'il l'avait pu.

— Pas si vite, protesta-t-il faiblement.

Mais Jackie se contenta de rire, prise d'une frénésie égale à la sienne. Elle se débattait avec ses derniers vêtements comme avec autant d'ennemis. Le besoin de le sentir sur elle, contre elle, en elle était devenu le seul moteur de ses gestes. Le souffle court, haletants, ils roulèrent enlacés sur le tapis au pied du bureau.

Elle avait prévu de vaincre, caresse après caresse, les résistances de Nathan. Elle l'aurait cajolé, poussé dans ses retranchements, amadoué petit à petit. Mais il n'y avait plus de barricades à abattre, plus le moindre bastion à conquérir de haute lutte. Ils étaient prisonniers des mêmes forces aveugles qui guidaient leur élan inexorable. Comme un caillou propulsé par l'élastique d'une fronde, elle était projectile en mouvement lancé vers son but. Mais quelle importance puisque Nathan suivait la même trajectoire ?

Le désir régnait en maître, alimenté par un amour qu'elle était seule à admettre. Mais dans les bras de

Nathan, avec l'orage au-dehors qui atteignait son point culminant, le partage des corps et des souffles lui suffisait.

Noués l'un à l'autre comme l'arbre et la liane, ils roulaient, se chevauchaient, pris dans une lutte sublime pour le plaisir. Ils avaient l'un et l'autre la faculté d'être entièrement présents à ce qu'ils faisaient. Mais c'était la première fois qu'ils trouvaient à employer cette capacité dans l'acte d'amour. D'un pied impatient, ils repoussaient les vêtements abandonnés qui s'enroulaient à leurs jambes. Leur frénésie se mêlait à celle de la pluie qui fouettait les vitres. Un vase oscilla sur une console heurtée au passage et chuta sur le tapis. Ni l'un ni l'autre ne s'en aperçurent.

La pièce ne résonnait ni de promesses murmurées ni de mots tendres chuchotés. Seuls s'élevaient des grognements et des soupirs. La faim aveugle avait effacé tout le reste.

Avec un sourd cri de triomphe, Nathan se plaça au-dessus d'elle. Un éclair jaillit, illuminant le visage et les cheveux de Jackie. Lorsqu'il la prit, elle l'accueillit comme une évidence, les yeux grands ouverts, prête à tout partager, même sa nuit la plus obscure.

Parfait. Nue, moite et encore étourdie par le plaisir, Jackie se pelotonna contre Nathan. De sa vie, elle n'avait connu épisode aussi magique. Le cœur de Nathan battait toujours aussi fort contre le sien, son souffle irrégulier continuait à lui caresser la joue. La pluie s'était calmée et l'orage n'était plus qu'un murmure apaisé au loin. Elle n'avait pas eu besoin de faire l'amour avec Nathan pour savoir qu'elle l'aimait. Mais même son imagination féconde ne lui avait pas permis d'entrevoir que la rencontre de deux corps pouvait suffire à renouveler l'univers.

Il l'avait vidée d'elle-même puis remplie d'une substance neuve. Fermant les yeux, elle passa les bras autour de lui et s'abandonna à la félicité de l'instant.

Nathan, lui, aurait bien voulu parler mais il n'avait même plus la force d'ouvrir la bouche. Il avait cru bien connaître l'homme qu'il était devenu — l'homme qu'il avait choisi d'être. Mais le Nathan Powell dont il venait d'avoir un aperçu ne lui ressemblait pas. Avide, déchaîné, il avait pris et donné avec un abandon dont il avait ignoré être capable.

Il aurait dû faire l'amour à Jackie avec plus de considération et de maîtrise. Mais il avait perdu les rênes et lâché les commandes. Et ils avaient dégringolé du haut de la falaise d'un même élan.

Ce qui s'était passé, ils l'avaient voulu l'un et l'autre. Mais était-ce justifié pour autant ? Il n'y avait eu entre eux ni questions ni délibérations préalables. Et ils s'étaient jetés l'un sur l'autre avec une telle frénésie qu'il n'avait même pas songé à demander à Jackie si elle était protégée.

Tout en lui caressant les cheveux, il résolut d'aborder le sujet. Et rapidement, même. Car ce qui venait de se produire n'était qu'un début. Des épisodes comme celui-ci, il y en aurait d'autres. « Ce qui ne veut pas dire pour autant que la relation sera permanente », se hâta-t-il de préciser pour lui-même.

Il posa une main possessive sur son épaule.

— Jackie ?

Lorsqu'elle souleva la tête pour le regarder, il fut envahi par une vague de tendresse si forte et si inattendue qu'il demeura incapable de proférer un son. Rapprochant son visage du sien, elle l'embrassa. Il n'en fallut pas plus pour raviver les braises de son désir. Sa main se crispa sur sa nuque et il l'attira plus près. Fine et souple, elle se cala plus étroitement contre lui.

— Je t'aime, Nathan… Non, ne dis rien, chuchota-t-elle en frottant doucement les lèvres contre les siennes. Je ne te demande pas de me répondre. Je voulais juste que tu saches que j'ai envie de faire l'amour avec toi, encore et encore.

Ses mains sur son corps lui murmuraient la même chose. Et sa bouche qui glissait le long de son cou se faisait gourmande de nouveau. Il sentit son désir renaître avec une force qui le sidéra.

— Jackie, attends une seconde.

— Ah non, pas de jérémiades. J'ai déjà abusé de toi une fois et je recommencerai s'il le faut.

— Je n'en doute pas. Mais stop !

Ne songeant qu'à elle, il la retint fermement par les épaules.

— Il faut que nous parlions d'abord.

— Nous aurons tout le temps de parler lorsque nous serons vieux. Cela dit, j'aimerais mentionner en passant que j'adore ton tapis.

— J'avoue avoir désormais un petit faible pour lui aussi. Mais là n'est pas la question. Arrête de gigoter comme ça, Jackie. Je suis sérieux.

Elle poussa un long soupir théâtral.

— Le faut-il vraiment ?

— Oui.

— Très bien. Alors je suis tout ouïe, annonça-t-elle en s'installant confortablement, la tête sur son épaule.

Nathan glissa la main dans ses cheveux.

— Je m'y prends un peu tard, comme un idiot. Mais je veux au moins éviter de reproduire une erreur éventuelle. Tout s'est passé tellement vite que j'ai oublié de te demander si c'était O.K. ?

— Bien sûr que c'était O.K., répondit-elle en riant. Plus qu'O.K., même. Merveilleux. Inoubliable… Ah, mon Dieu, pour la contraception, tu veux dire ? Tu es un homme honorable, Nathan Powell. Merci de t'en inquiéter, mais il n'y a pas de problème. J'ai peut-être l'air d'une évaporée, mais je ne le suis pas tant que cela. Ou du moins je suis une évaporée responsable.

De nouveau, la tendresse le submergea.

— Tu n'as pas l'air d'une évaporée. Tu te comportes parfois comme si tu en étais une. Mais tout ce que je vois quand je te regarde, c'est que tu es belle.

— Si tu me trouves belle, c'est que tu dois commencer à avoir un petit faible pour ma personne.

Jackie s'efforçait d'être légère mais elle en avait presque les larmes aux yeux.

— J'ai envie que tu penses que je suis belle, admit-elle à mi-voix. J'ai toujours rêvé de l'être.

Emu, il releva une boucle folle qui lui tombait sur les yeux.

— La première fois que je t'ai vue, j'étais fatigué et furieux de tomber sur une intruse dans mon solarium.

Mais la première chose qui m'a frappé en te voyant, c'est ta beauté.

— Et moi, j'ai cru que tu étais Jake.

— Jake ?

— J'étais en train de penser au personnage masculin de mon roman. Imagine-toi que je le voyais devant moi, comme si c'était une personne réelle. Et là j'ouvre les yeux et je me dis : « C'est lui ! précisa-t-elle en abandonnant la tête contre sa poitrine. Mon héros. »

Troublé, il lui caressa le dos.

— Je n'ai rien d'un héros, Jackie.

— Pour moi si, chuchota-t-elle en roulant sur lui pour appuyer son front contre le sien. J'ai oublié ma tarte, Nathan.

— Ta tarte ?

— Celle que j'ai faite pour le dessert. On pourrait la manger au lit ?

Plus tard, se promit Nathan. Plus tard, il s'inquiéterait de son statut de « héros » et de la déclaration d'amour de Jackie.

— J'ai toujours été en faveur des desserts consommés couchés, admit-il en la soulevant par la taille.

Un sourire lumineux éclata sur ses traits.

— Ton lit ou le mien ?

— Le mien, trancha-t-il sans hésiter. C'est dans mon lit que je te veux.

La paresse était à elle-même sa propre récompense. Jackie se blottit confortablement sous la couette et effleura la jambe de Nathan.

— Tu es réveillé ? demanda-t-elle sans ouvrir les yeux.

Son bras vint s'enrouler autour d'elle.

— Non.

Elle somnolait encore mais sourit quand même.

— Et tu aimerais que je t'aide à sortir des bras de Morphée ?

— Ça dépend, marmonna-t-il en l'attirant contre lui. Tu crois qu'il reste de la tarte aux pommes dans le lit ?

— Aucune idée. Je vais jeter un coup d'œil.

Tirant la couette au-dessus de leurs têtes, Jackie passa à l'attaque. Elle avait plus d'énergie qu'il ne devrait être humainement permis d'en posséder, songea Nathan, un peu plus tard, alors qu'elle gisait, étalée de tout son long sur lui. Jackie était fine, étirée, avec juste ce qu'il fallait de rondeurs subtiles — belle et dorée comme un fruit. Il avait toujours cru qu'il préférait les cheveux longs chez une femme. Mais il découvrait le plaisir incomparable qu'une nuque dégagée offre sous la caresse. Comme chaque fois qu'il posait les mains sur elle, Jackie ronronna comme une chatte comblée.

Qu'allait-il faire d'elle ?

L'expulser gentiment, comme il se l'était promis ? Impossible. Il avait besoin d'elle. De sa présence. De l'odeur de sa peau. De son extraordinaire sourire. *Besoin ?* Le mot même le faisait frémir. Il tenta de se représenter ce que serait sa vie dans une semaine ou dans un mois lorsqu'elle serait partie. Mais aucune image ne se forma dans son esprit. Il ne voyait qu'un grand blanc devant lui.

Bon. Puisque l'avenir paraissait barré, il se contenterait, en toute lâcheté, de vivre dans le présent. Un présent où Jackie « l'aimait » et où lui était, disons… attaché à elle. Jackie pouvait parler d'amour car le concept, pour elle, restait léger, réversible. Elle était persuadée de l'aimer aujourd'hui mais rien ne prouvait qu'elle ne l'aurait pas oublié dans trois semaines. Jackie était ainsi faite : ancrée dans l'ici et le maintenant.

Pour lui, en revanche, le mot amour impliquait une promesse. Or il ne promettait que s'il était certain de pouvoir tenir. Une promesse bafouée était, à ses yeux, plus grave encore qu'un mensonge.

Avec le soleil du matin entrant à flots par les fenêtres grandes ouvertes, il était tenté de partager les vues optimistes de Jackie. Mais son expérience de la vie familiale l'avait vacciné à vie contre toute forme d'illusion conjugale.

Non pas qu'il soit à l'image de son père, bien sûr. Il n'avait cessé de se démarquer de l'exemple paternel dans à peu près tous les domaines. Mais il n'en reconnaissait pas moins des aspects de son père en lui : l'ambition, par exemple. La détermination à réussir à tout prix. Il avait beau s'en défendre, il portait cette hérédité en lui.

Nathan secoua la tête. Il y avait des années qu'il n'avait pas pensé à son enfance, à ses parents, à son absence de vie de famille. C'était Jackie qui le tirait en arrière. L'amenait à reconsidérer des choix qui étaient réglés pour lui depuis des lustres. Le poussait presque à regretter ce qu'il n'avait jamais songé à regretter jusqu'ici.

Il ne pouvait s'autoriser à l'aimer. Car aimer, c'était

s'engager. Et, lorsqu'il romprait son engagement, il se haïrait. Jackie méritait mieux que ce qu'il avait à lui offrir. Ou plus exactement mieux que ce qu'il n'avait *pas* à lui offrir.

— Nathan ?

— Mmm ?

— A quoi tu penses ?

— A toi.

Lorsque Jackie leva la tête, son regard était solennel.

— A moi ? J'espère bien que non.

Perplexe, il passa les doigts dans la masse indisciplinée de ses boucles.

— Pourquoi ?

— Parce que tu es de nouveau tendu comme un arc.

Une ombre passa fugitivement sur le visage de Jackie.

— Ne regrette rien, s'il te plaît, murmura-t-elle d'une voix presque suppliante. Je crois que je ne le supporterais pas.

Il la berça impulsivement contre lui.

— Comment pourrais-je regretter quoi que ce soit ?

Elle enfouit le visage dans son cou.

— Je t'aime, Nathan. Et cela aussi j'aimerais que tu l'acceptes sans culpabilité ni inquiétude. Adviendra ce qui adviendra. Tout ce que je te demande, c'est de laisser venir.

Il lui prit le menton pour la forcer à soutenir son regard. Les yeux de Jackie étaient secs. Les siens, intenses.

— Et cela te suffit ?

Elle réussit à sourire.

— Pour aujourd'hui, oui. Et demain est un autre jour.

En attendant, il faudrait peut-être penser à se mettre quelque chose sous la dent. Il ne doit pas être loin de 11 heures. Je pourrais faire des crêpes mais je ne suis pas sûre qu'il reste assez de lait. Autre solution : on pique une tête dans la piscine et on enchaîne sur un brunch avec omelette aux champignons et…

— Jackie ?

— Oui ?

— Tais-toi.

— Tout de suite, là ? s'enquit-elle dans un murmure lorsqu'il lui saisit doucement les hanches.

— Tout de suite.

— D'accord.

Elle commença à rire mais les lèvres de Nathan rencontrèrent les siennes avec une tendresse si fragile et si déchirante qu'elle ne put qu'en gémir. Tout amusement oublié, Jackie ferma les yeux. Elle se considérait comme une femme forte et même vaillante à ses heures. Mais face à la tendresse elle restait aussi faible et démunie qu'un enfant nouveau-né.

Nathan de son côté découvrait des sensations tout aussi inattendues. Cette fois il n'y avait ni flashs, ni éclairs, ni roulements de tonnerre. Il ressentait juste une chaleur languide qui se glissait sous sa peau, envahissait son cerveau, remplissait son cœur. Il avait suffi d'un baiser pour que Jackie pénètre en lui et se glisse dans son espace intérieur.

Du tourbillon d'énergie qu'elle était d'ordinaire, il ne restait plus trace. Elle lui paraissait soudain infiniment délicate, comme si elle était devenue soluble sous ses doigts. Plus petite. Plus fragile. Et tellement douce.

Jackie émit un faible murmure émerveillé. Elle avait toujours pressenti que Nathan cachait des trésors de patience au fond de lui. Mais c'était la première fois qu'il la manifestait. De nouveau, elle se perdait en lui. Mais ce n'était plus une course frénétique au plaisir. Juste une quête lente, tendre et grave.

Il ne cherchait plus à pétrir, à prendre d'assaut et à posséder mais à caresser, à expérimenter, à effleurer. La peau de Jackie était comme du satin et frémissait au plus léger contact. Il y avait en elle une fluidité alanguie qui avait pris la place de la ferveur, un acquiescement qui avait chassé l'impétuosité.

Il explorait et faisait mille trouvailles en territoire déjà conquis. La générosité de Jackie était toujours présente. Mais couplée à une vulnérabilité qui touchait la fibre sensible en lui. Pressant ses lèvres sur son cœur, il sentit les battements légers, fragiles se répercuter en lui.

Au creux de son poignet, le pouls rapide de Jackie battait comme un oiseau en cage. Il lui prit les doigts pour les porter un à un à ses lèvres.

Jackie glissait sans fin, chutant en apesanteur dans les eaux noires du plaisir. Elle sombrait sans crainte dans les ténèbres, certaine que Nathan la rejoindrait au fond de l'abîme pour l'entraîner vers les hauteurs.

Il aurait pu lui demander n'importe quoi. Son amour pour lui était si absolu qu'elle lui aurait tout accordé, sans une pensée pour elle-même ou pour sa survie. Par sa tendresse, il avait fait d'elle son esclave. Gisante et alanguie.

Nathan sentit un nouveau changement en elle.

A présent, il était protecteur autant qu'amant. Et il donnait autant qu'il prenait. Lorsqu'il la désirait, il était incapable de penser à l'avenir et aux conséquences. Tout ce qu'il percevait encore, c'était l'acceptation inconditionnelle de Jackie. Et le fait même qu'elle le prenait ainsi, comme il était, le poussait à donner plus, toujours plus.

Caresses lentes. Effleurements. Errances paresseuses. Des soupirs légers s'élevaient dans l'air gorgé de parfums et de lumière. Il aurait voulu avoir des fleurs, des milliers de fleurs, à disposer autour d'elle, à effeuiller sur son visage. Mais il n'avait que lui-même à lui offrir.

Nathan lui suffisait. Elle aurait accepté de se dessaisir de tout sauf de lui. Sous ses caresses s'allumaient une myriade de lumières, comme des astres. Etoiles scintillant doucement dans la clarté de leurs souffles.

Lorsqu'elle tremblait, il murmurait. La rassurait. Et elle qui s'était toujours crue forte comprenait soudain que, sans lui, elle se perdrait, s'étiolerait, retomberait en poussière.

Il vint en elle comme on entre en lieu sûr.

Même aux abords de la jouissance, leurs mouvements demeurèrent pure tendresse. Bouches mêlées, ils se murent en une danse élégante et légère comme une valse viennoise. Lorsque le rythme augmenta, ils tourbillonnèrent avec la musique, portés par le crescendo, les yeux grands ouverts, comme scellés l'un à l'autre.

Et la danse se termina aussi harmonieusement qu'elle avait commencé.

*
* *

Le soleil était déjà haut dans le ciel. Dans un état de bienheureuse satiété, lovée au creux du corps de Nathan, Jackie regardait la brise jouer dans les rideaux. Du jardin montaient, par bouffées, les fragrances mêlées des fleurs printanières.

— Tu sais ce que j'aimerais ? murmura-t-elle.

— Mmm ?

— Passer une journée entière au lit avec toi.

— On a déjà pris un bon départ.

Elle tourna la tête pour frotter son nez contre le sien.

— Tu sais quoi ? On pourrait… Oh, non, pas le téléphone !

Comme il tendait le bras pour répondre, elle secoua la tête.

— Laisse tomber. C'est un faux numéro. Ou une démarcheuse à la voix nasillarde.

Nathan la repoussa en riant contre les oreillers et décrocha.

— Allô ?

— Je t'avais prévenu, Nathan, commenta-t-elle d'un ton funèbre.

Cette fois, il lui enfouit la tête sous l'oreiller.

— C'est toi, Laura ?

— Comment ça, *Laura* ? répéta Jackie d'une voix étouffée.

Repoussant l'oreiller, elle lui mordit l'épaule.

— Aïe ! Bon sang ! Non, non, excuse-moi, Laura. Tout va bien, je t'écoute…

Pour se protéger des assauts de Jackie, Nathan la plaqua sous lui.

— O.K. Pas de problème. On peut avancer le rendez-vous à demain matin. Préviens Cody, d'accord ? Merci, Laura. A demain.

Lorsqu'il raccrocha, Jackie, suffoquant à demi, se dégagea tant bien que mal et lui envoya l'oreiller à la figure.

— J'ai bien compris ta manœuvre, Nathan Powell. Tu as tenté de m'étouffer pour t'enfuir avec la comtesse. Et n'essaie pas de nier, surtout.

— La comtesse ?

— Laura, évidemment !

Réprimant un fou rire, elle s'empara d'un polochon et lui en assena un coup lorsqu'il l'attrapa par la taille.

— Inutile d'essayer de te faire pardonner, félon ! J'ai déjà décidé de vous électrocuter l'un et l'autre dans votre baignoire à remous.

Pour se défendre, Nathan la plaqua sur le matelas et ils roulèrent enlacés sur le lit. Il commençait juste à prendre plaisir à la lutte lorsque l'élan de Jackie les propulsa par terre.

Le souffle coupé, il se frotta l'épaule.

— Tu es folle à lier.

Jackie le chevaucha et plaqua les mains de chaque côté de son visage.

— Parle, Powell. *Qui* est Laura ?

Elle avait les joues empourprées, les yeux brillants. Et sa bouche luisait, tentante et accessible.

— Tu veux la vérité ? s'enquit-il nonchalamment.

— Et comment.

— La comtesse Laura Mandolini et moi avons une liaison torride depuis des années. Elle trompe son mari, le vieux comte impuissant, en faisant mine d'être ma secrétaire. Et le pauvre vieux fou est persuadé qu'il est réellement le père des jumeaux.

— Exactement ce que je pensais, commenta Jackie, ravie.

Puis elle mêla ses lèvres aux siennes.

Chapitre 9

Maniable et sûr, le bateau à moteur était une merveille à barrer. Jackie aurait dû se douter que Nathan le maintiendrait en parfait état. Cela faisait partie des qualités qu'elle admirait chez lui. Il entretenait à la perfection tout ce qui lui appartenait. Trop de gens — et elle-même la première, d'ailleurs — avaient tendance à négliger ce qu'ils avaient en leur possession. Alors que la propriété impliquait une responsabilité. Et cela, c'était en observant Nathan qu'elle l'avait compris.

A présent qu'elle lui « appartenait » corps et âme, Jackie espérait que Nathan s'occuperait d'elle avec le même soin jaloux qu'il mettait à veiller sur tout le reste.

« Tu es trop pressée, comme d'habitude », se mit-elle en garde. La patience aussi, elle en avait découvert les vertus grâce à Nathan. Le fait qu'il ne paraissait plus tout à fait aussi consterné lorsqu'elle lui disait qu'elle l'aimait devrait déjà suffire à la combler. Au moins dans un premier temps.

Le jour finirait par venir où il s'apercevrait qu'il l'aimait aussi. Depuis trois jours qu'ils étaient amants, mille détails le lui prouvaient. Elle le voyait à ses regards ; elle le sentait lorsqu'il la touchait.

Mais, au lieu de faciliter l'attente, cette conviction ne faisait qu'accroître son impatience, au contraire.

Jackie avait toujours recherché les satisfactions immédiates. Comme elle était rapide et apprenait facilement, elle s'était habituée à réussir vite dans tout ce qu'elle entreprenait. Mais l'écriture lui avait appris autre chose encore que l'art de rédiger un récit : elle avait découvert que les satisfactions différées avaient également leur charme. S'il fallait attendre Nathan une vie entière, elle attendrait. Il méritait toute sa patience.

— Tu as choisi la journée idéale pour me kidnapper et m'emmener en virée sur les canaux, reconnut Nathan qui lézardait au soleil en feuilletant une de ses revues.

Jackie sourit sous sa visière orange.

— Je savais que ce serait criminel de te laisser partir pour ton bureau. Heureusement que j'ai réussi à te détourner in extremis.

Menant le bateau à faible allure, elle emprunta un canal secondaire. Les eaux calmes et sombres s'enfonçaient entre deux murs de végétation épaisse. Du bois mort aux formes tortueuses flottait près des bords.

Comme un éclair bleu, une libellule en chasse passa au-dessus de la proue avant d'effleurer la surface de l'eau. Fascinée, Jackie coupa le moteur.

— Qu'est-ce qui se passe ? s'enquit Nathan en levant les yeux de sa revue.

— Rien. J'écoute.

Dans le silence retrouvé, les oiseaux reprirent en s'égosillant leurs activités printanières. Des milliers d'insectes formaient un chœur de sopranos. Un léger floc se fit entendre. Puis un autre : une grenouille en avance sur le déjeuner venait de gober un moucheron. Même les eaux silencieuses émettaient une forme de chant subtil.

Jackie retira ses lunettes de soleil.

— J'ai toujours adoré camper. J'embarquais un de mes frères de force et…

— Tu ne m'avais pas dit que tu avais des frères.

— J'en ai deux, pourtant. Par chance pour moi, ils se sont intéressés à l'empire paternel l'un et l'autre. Du coup, on m'a fichu la paix et on m'a laissée libre de choisir ma voie.

— Tu n'as jamais envisagé une carrière dans la haute finance ?

— Si. A six ans. Je me destinais à devenir présidente du conseil d'administration. Mais trois mois plus tard j'optais pour la neurochirurgie. Heureusement, Ryan et Brandon étaient là pour combler l'attente de J.D… J'ai toujours pensé que ça devait être une épreuve d'avoir un père exigeant lorsqu'on n'a pas l'intention de suivre ses traces.

Un silence profond accueillit sa remarque. Jackie en conclut qu'elle avait touché un point sensible.

— Tu veux reprendre la barre ? proposa-t-elle pour le sortir de son mutisme.

— Non. Garde-la. Tu te débrouilles très bien.

Sur un éclat de rire, Jackie remit le moteur en route.

— Tu n'as encore rien vu.

Elle continua à sillonner les canaux jusqu'à l'heure du pique-nique. Sous les ombres mêlées d'un cyprès et d'un palmier, ils dégustèrent du pouilly-fuissé dans des gobelets en plastique avec du crabe cuit encore prisonnier de sa carapace.

Puis Jackie accéléra l'allure et, faisant voler l'écume, déboucha sur la mer, juste avant Port Everglades. Ici les horizons étaient vastes, les embruns plus frais. Voiliers, paquebots et cargos sillonnaient les eaux du grand port de croisière.

— Tu viens ici souvent ? cria-t-elle pour couvrir le bruit du moteur et le fracas du vent.

Nathan secoua la tête en retenant la visière orange qu'elle avait transférée sur lui d'autorité.

— Presque jamais, en fait.

— J'adore les ports. Ils me font rêver. Il y a tellement de choses à faire, tant de lieux à voir, Nathan. Une seule vie n'y suffirait pas, lui confia-t-elle, cheveux au vent. C'est pour ça que j'ai décidé de revenir.

— Où ? En Floride ?

— Non, sur terre. Pour une vie supplémentaire.

Jackie s'interrompit pour faire de grands signes à des touristes entassés sur un bac. Nathan ne put s'empêcher de rire. S'il y avait une personne sur terre capable de convaincre les instances de l'au-delà qu'elle méritait une seconde incarnation, c'était bien Jackie.

En milieu d'après-midi, elle accosta dans la partie du port réservée aux visiteurs et sortit son sac à main de la cabine.

— C'est quoi, la suite du programme ? s'enquit Nathan, sur ses gardes.

— On part à l'assaut des magasins.

Il tendit la main pour l'aider à sauter à quai.

— Pourquoi ? On a besoin de quelque chose ?

— Pas forcément. Mais j'ai pensé que, dans quelques semaines, les vacanciers auraient envahi les lieux.

Il soupira.

— Ne m'en parle pas.

— Ne sois pas si rabat-joie, Nathan. Tout le monde a le droit de profiter de ses loisirs. Mais j'ai pensé que la horde des touristes t'incommoderait, même si, personnellement, j'adore la foule. Alors il m'a paru judicieux de ne pas trop attendre pour aller explorer les magasins du coin.

— J'apprécie la profonde considération dont tu fais preuve à mon égard.

Elle lui planta un baiser sur la joue avant de repartir d'un pas vif en l'entraînant par la main.

— Tu m'arrêteras si je me trompe, mais il me semble que tu vis coupé du monde. Tu habites Fort Lauderdale, mais il ne te viendrait pas à l'esprit d'aller te balader sur la plage. Et, à ma connaissance, tu ne possèdes pas un seul T-shirt avec une publicité de bière ou un slogan obscène.

Il médita un instant sur ce constat.

— Et c'est grave, docteur ?

— Peut-être plus que tu ne le crois. C'est pourquoi j'ai décidé de m'occuper de ta garde-robe.

— Jackie… Sois charitable.

— Tu verras. Tu me remercieras plus tard.

— O.K. Passons à une solution de compromis : je m'achèterai une cravate.

— Seulement à condition qu'elle soit jaune et bleu avec un motif de sirènes.

Jackie n'eut aucun mal à trouver ce qu'elle cherchait : un labyrinthe de petites rues où s'alignaient les classiques magasins pour touristes. Tout y était à vendre : du masque avec tuba bas de gamme aux saphirs les plus précieux.

A la torture, Nathan s'engouffra derrière Jackie dans une espèce de bazar dont l'entrée était flanquée de deux gigantesques flamants roses. Jackie tomba aussitôt en arrêt devant une boîte à musique couverte de coquillages. Il ne se souvenait pas d'avoir jamais vu quelque chose d'aussi hideux.

— Il est facile d'aimer ce qui est harmonieux et esthétique, Nathan. Mais ce qui est laid et inutile mérite également notre attention.

— C'est un point de vue. Pour ma part, j'ai toujours considéré ce genre d'endroit comme une forme de pollution visuelle et sonore particulièrement offensive. Tu penses en avoir encore pour longtemps ?

Avec un large sourire, Jackie l'entraîna vers le fond de la boutique. Et se prit d'une véritable fascination pour un pélican en coquillages.

— J'aimerais beaucoup te l'offrir, Nathan.

— Non, merci, sincèrement. C'est très délicat de ta part mais je ne saurais abuser de ta générosité.

— Même pas pour le souvenir inoubliable de cet instant ? Comme un objet un peu fou ? Un symbole qui n'aurait de sens que pour nous ?

— Même pas pour toi, Jackie.

— Bon. Allons voir les T-shirts, alors.

Au rayon en question, la préférence de Jackie alla d'abord à un motif d'alligator vautré dans un hamac.

Mais elle finit par arrêter son choix sur un requin souriant arborant une paire de lunettes noires.

— C'est tout à fait toi, commenta-t-elle, ravie.

Perplexe, il examina la bête.

— Tu trouves ?

— Absolument. Ce qui ne veut pas dire que tu tiennes du prédateur. Mais les requins sont connus pour être de grands solitaires. Et les lunettes de soleil symbolisent un besoin d'être respecté dans sa vie privée.

— Tu es une grande philosophe du T-shirt.

— L'habit fait l'homme, Nathan.

Une fois le T-shirt au requin emballé, elle le traîna de magasin en magasin jusqu'à ce que les palmiers en plastique, les chapeaux de paille tressée et les tasses décorées se mélangent dans sa tête en un kaléidoscope bariolé oscillant entre la vision de cauchemar et la toile de style cubiste.

Enfin, sur une soudaine inspiration, Jackie conclut son grand achat du jour : un impressionnant perroquet en papier mâché qu'elle fit emballer et expédier à son père.

— Ma mère le détestera et contraindra papa à le mettre dans un de ses bureaux. Mais mon père l'adorera. Il a une passion pour les objets absurdes.

— C'est de lui que tu tiens, alors ?

— Sur ce plan-là, oui… Il ne me reste plus qu'à faire un saut jusqu'à la bijouterie qu'on voit là-bas pour essayer de dégoter quelque chose d'acceptable pour ma mère. Tu tiens encore le choc, Nathan ?

s'enquit-elle en le déchargeant charitablement de deux paquets.

— Mes forces devraient me porter jusqu'à la bijouterie. Mais sûrement pas au-delà.

Elle se pencha pour l'embrasser.

— Tu es un amour. Et si je t'offrais une glace en cornet ?

— Ce serait une compensation.

En moins d'un quart d'heure, Jackie fixa son choix sur une broche en ébène, diamants et corail. Nathan nota que le bijou était d'un goût parfait. Et que Jackie avait à peine jeté un coup d'œil sur l'étiquette du prix. Il était clair qu'elle ne regardait pas à la dépense lorsque quelque chose lui tenait à cœur.

Ils étaient à peine sortis de la bijouterie, cependant, lorsqu'elle lui donna un nouveau sujet d'inquiétude en louant un tandem.

— Tiens, Nathan. Tu peux mettre les paquets dans une des sacoches, si tu veux.

Il contempla l'engin d'un œil plus que sceptique.

— Tu es sûre que c'est une bonne idée, Jackie ? Je n'ai pas remis les pieds sur un vélo depuis l'âge de quinze ans.

— Aucune importance. Je peux conduire si ça t'inquiète.

Si elle avait voulu le mettre au défi, elle avait réussi. Avec un léger haussement d'épaules, il prit le guidon.

— Bon, allez, grimpe. Et souviens-toi que tu l'auras voulu.

Ravie de lui laisser les commandes, Jackie se hissa en selle. Très vite, Nathan retrouva ses réflexes d'ancien cycliste. Et quelques minutes plus tard ils roulaient en direction du front de mer. Jackie était aux anges. Elle pouvait rêvasser et regarder autour d'elle sans crainte. Nathan, lui, ne se laisserait pas distraire et resterait attentif au trafic.

Il était fort et fiable. Deux qualités qu'elle n'aurait jamais imaginé apprécier un jour chez un homme. Fort, fiable et détendu pour aujourd'hui.

Tellement détendu, même, que Nathan ne se reconnaissait pas lui-même. Qui aurait cru qu'il prendrait plaisir à pédaler sur un tandem dans ce coin de Fort Lauderdale qu'il considérait comme voué aux adolescents et aux touristes ? Avec Jackie en selle derrière lui, il se sentait soudain l'un et l'autre. Elle ne lui montrait pas seulement des aspects de sa ville qu'il ignorait. Mais aussi de nouveaux côtés de la vie qu'il avait passé plus de trente ans à ignorer.

Jackie était imprévisible, certes. Mais il découvrait que l'imprévisible pouvait être rafraîchissant. Il avait oublié Denver, les pénalités de retard et les soucis du lendemain. Jamais il n'avait goûté comme aujourd'hui la précieuse simplicité de l'instant.

Le sable était fin et blanc ; le soleil radieux. Et la mer plus bleue que bleue. Des enfants se poursuivaient dans les vagues en riant. Un cerf-volant jaune et noir filait dans le ciel. Même l'odeur de hot dog dans l'air réveillait en lui des plaisirs oubliés. Comment avait-il pu penser que la plage était sans intérêt ?

Sur une impulsion, il fit signe à Jackie qu'il s'arrêtait.

— Tu me dois une glace, annonça-t-il en descendant du tandem près d'un marchand en camionnette.

— Exact. Tu fais bien de me le rappeler.

Jackie prit tout son temps pour choisir les formes et les parfums. Lorsqu'elle se retourna avec ses deux cônes vanille noisette à la main, Nathan la rejoignit avec un gros ballon orange gonflé à l'hélium qu'il lui attacha au poignet.

— Tiens. Il est assorti à ta tenue.

Dans un premier temps, Jackie demeura interdite. Dans un second, elle fondit en larmes. Ce n'était pourtant qu'un peu de gaz et de caoutchouc retenu par une ficelle. Mais le geste…

— Merci, chuchota-t-elle en lui jetant les bras autour du cou.

Nathan la serra contre lui en s'efforçant de ne rien montrer de son malaise. C'était la première fois qu'il voyait un adulte pleurer pour un ballon de baudruche. Il aurait été prêt à jurer qu'elle éclaterait de rire pourtant. Il lui posa un baiser léger sur la tempe. Et se souvint que, avec Jackie, rien ne se passait jamais comme il le prévoyait.

— Je t'aime, Nathan.

— Je vais finir par le croire, murmura-t-il, secoué.

Qu'allait-il faire d'elle ? Qu'allait-il faire d'eux, bon sang ?

Levant les yeux, Jackie vit la confusion dans son regard. Réprimant un soupir, elle lui effleura la joue. Rien ne pressait, après tout. Denver était encore loin. Ils avaient tout leur temps.

— Tu viens ? On va s'asseoir dans le sable pour manger nos glaces. Comme ça tu pourras mettre ton nouveau T-shirt.

Nathan lui prit le menton dans la main et l'embrassa longuement. Tendrement.

— Ne compte pas sur moi pour enfiler ce T-shirt en public, Jackie.

Elle se contenta de sourire et lui prit la main.

Sur le chemin du retour, une heure plus tard, Nathan portait son requin à lunettes noires.

Chapitre 10

— Madame Grange ? lança Jackie, le cœur battant. J'ai une petite course à faire. Je reviens tout de suite.

L'employée de maison leva à peine les yeux de son aspirateur.

— Prenez votre temps.

Moins d'un quart d'heure plus tard, Jackie sortait du bureau de poste d'une démarche chancelante. La certitude qu'elle venait de commettre la plus grosse erreur de son existence la clouait d'horreur sur place. Les cent premières pages de son livre, dûment relues et corrigées, étaient parties dans une enveloppe matelassée. Adressées à un agent de New York.

Le ventre noué, le cœur au bord des lèvres, elle se rendit compte que son avenir était dans la balance. En vérité, sa vie, son amour, son bonheur, *tout* dépendait de ce qui allait suivre. Si le début de son manuscrit était accepté, elle aurait fait ses preuves en tant qu'écrivain. Vis-à-vis d'elle-même, de Nathan et de sa famille. Mais s'il était refusé…

Prendre des risques ne l'effrayait pas d'ordinaire, mais celui-ci était terrifiant. Car, elle avait beau se dire que c'était ridicule, elle ne pouvait s'empêcher d'associer un échec éventuel de son livre à une issue malheureuse pour son histoire avec Nathan.

Les jambes coupées, Jackie ferma les yeux. Nathan avait changé. Et il l'avait changée, elle. Il riait plus souvent et chaque nuit, dans son sommeil, il cherchait sa présence. Elle, de son côté, était devenue plus stable, plus raisonnable. Et plus tenace aussi. Grâce à lui, elle pensait plus souvent à l'avenir. Et elle avait découvert surtout qu'un projet, quel qu'il soit, ne s'arrêtait pas forcément avec la retombée du premier élan d'enthousiasme. Qu'on pouvait aussi reprendre son souffle, traverser la crise et remettre l'ouvrage sur le chantier.

Mais Nathan la croirait-il sur parole si elle lui affirmait qu'elle n'était plus la même ? Que le papillon avait cédé la place à une créature moins ailée, moins bondissante, moins éphémère ?

Une créature qui, privée de sa légèreté première, prenait désormais le risque de la chute et de l'échec…

Songeant au manuscrit qu'elle venait d'envoyer, Jackie sentit des crampes d'angoisse lui nouer le ventre. Si seulement elle avait pris le temps de relire encore une fois son premier chapitre. Effarée, elle se prit la tête entre les mains. Elle avait commis des dizaines d'erreurs flagrantes, laissé de côté des aspects psychologiques cruciaux, oublié de typer ses personnages secondaires.

Ne serait-ce que le shérif, par exemple. Si seulement elle avait eu l'idée de le faire chiquer, il aurait pris plus de relief. Il aurait suffi au fond qu'elle lui colle un peu de tabac à mâcher dans la bouche et le livre aurait fait un best-seller.

Prête à supplier l'employée au guichet de lui rendre

son paquet, Jackie poussa la porte du bureau de poste. Mais son bras retomba sans forces. Non seulement elle était en train de se couvrir de ridicule, mais si elle ne s'asseyait pas dans les trois secondes elle allait être malade. Les jambes faibles, elle se posa à même le trottoir. Le sort en était jeté. Ses cent premières pages partiraient pour New York. Et ce serait aujourd'hui ou jamais.

Et dire qu'elle avait prévu d'ouvrir une bouteille de champagne le jour où elle aurait mis son premier manuscrit à la poste ! Non seulement elle n'avait pas envie de faire la fête, mais elle voulait rentrer à la maison en rampant et se glisser sous sa couette.

Et si elle s'était trompée sur toute la ligne en tablant sur l'écriture et sur Nathan ? Etait-il bien sage de mettre ainsi tous ses œufs dans le même panier ? Misant le tout pour le tout, elle avait confié son manuscrit à un éditeur et son cœur à son amant. Mais il n'était pas exclu qu'on lui retourne l'un et l'autre. Barrés d'une croix, avec l'étiquette « Refusé » collée dessus.

Soudain consciente qu'elle avait les joues ruisselantes de larmes, Jackie les essuya avec impatience. Quel spectacle pitoyable elle offrait ! Une femme adulte pleurant sur un coin de trottoir parce qu'elle n'était pas certaine d'obtenir les satisfactions qu'elle briguait. Brusquement revigorée, Jackie se leva d'un bond. Si ses projets n'aboutissaient pas, il serait toujours temps de penser à composer avec l'échec. Mais en attendant elle se battrait pied à pied pour donner la couleur de la réalité à ses rêves.

*
* *

A midi, une Jackie de nouveau en grande forme partageait une salade de pâtes avec Irène Grange en admirant les photos de ses petits-enfants.

— Le petit blond, là, c'est Lawrence. Il vient d'avoir trois ans. C'est du vif-argent, celui-ci. Il ne faut pas le quitter des yeux un seul instant.

Jackie examina le bambin souriant avec la trace de chocolat sur le menton.

— En voilà un qui brisera le cœur des filles quand il sera grand, commenta-t-elle, attendrie.

Mme Grange hocha la tête.

— Comme son père, oui… Celle-ci, c'est Anne-Lise. Tout le monde dit qu'elle tient de moi. C'est difficile à croire lorsqu'on me voit maintenant, mais j'étais mince comme un fil, étant jeune. Et même jolie avec ça.

— Vous êtes toujours agréable à regarder, madame Grange. Et vous avez une famille magnifique.

Le compliment était si spontané qu'Irène Grange l'accepta de bonne grâce. Et se laissa même aller aux confidences :

— Mes enfants et petits-enfants, c'est tout mon bonheur, en fait… Je n'avais que dix-huit ans lorsque je me suis enfuie de la maison avec Clint. C'était de la folie, mais rien n'aurait pu m'arrêter à l'époque. Il était beau comme le diable, mon homme. Et tout aussi mauvais. Mais je ne me suis pas demandé s'il était envoyé des dieux ou émissaire du démon, à l'époque. De toute façon, je l'aurais suivi les yeux fermés jusqu'en enfer s'il me l'avait proposé.

Elle rit doucement, avec l'indulgence détachée qui ne venait qu'avec les cheveux blancs.

— A cet âge-là, les filles n'ont pas grand-chose dans la tête. Et moi qui me croyais si maligne, j'étais encore plus bête et plus crédule que les autres.

— Mais vous avez connu la passion, madame Grange. Et ça n'est pas donné à tout le monde d'aimer à en mourir.

Irène Grange réfléchit un instant, puis un sourire illumina son visage.

— C'est bien vrai, ce que vous dites là. Et, au fond, je ne regrette rien. Même si, à vingt-quatre ans, je me suis retrouvée seule avec mes quatre garçons sur les bras. L'ami Clinton est parti un beau jour sans crier gare. Et il n'a plus jamais donné signe de vie depuis.

Le cœur de Jackie se serra.

— Oh, mon Dieu. Ça a dû être un coup terrible pour vous.

— J'ai connu des moments plus drôles. Pour notre malheur, la vie nous accorde parfois ce que nous lui demandons, miss Jackie. J'ai voulu cet animal de Clinton Grange et je l'ai eu.

— Qu'avez-vous fait quand il est parti ?

— J'ai sangloté toute la nuit pour commencer. Et j'aurais bien continué comme ça quelques semaines — voire quelques mois — de plus. Mais le lendemain matin j'ai vu mes quatre petits bonhommes désemparés sans leur papa. Et j'ai compris qu'ils n'avaient plus que moi au monde. Alors je me suis retroussé les manches et j'ai décidé que, question dégâts, ça suffisait comme ça. Je me suis mise aux ménages. Et, vingt-huit ans plus tard, Irène Grange brique toujours.

Les poings sur ses hanches majestueuses, Mme Grange embrassa la cuisine immaculée d'un regard satisfait.

— Mes quatre garçons ont grandi et je considère que j'ai mené ma tâche à bien. On peut dire que Clint m'a rendu service à sa façon. Mais je ne pense pas que je le remercierais si je devais le croiser au supermarché, ce chacal.

Jackie fronça les sourcils.

— Il vous a rendu *service*, vous dites ?

— S'il n'était pas parti, je serais sans doute restée une femme faible toute ma vie. Il y a des gens qui vous transforment en entrant dans votre vie. D'autres qui vous changent lorsqu'ils en sortent… Cela dit, précisa Irène Grange, en lui décochant un clin d'œil, je ne verserais pas forcément une larme si j'apprenais que le vieux Clint gît quelque part dans le ruisseau à faire la manche.

Jackie rit de bon cœur et leva son verre.

— Vous me plaisez, madame Grange.

— Moi aussi, je vous aime bien, miss Jackie… Les compliments, ce n'est pas trop mon genre. Mais je dirais que vous, vous faites partie de ceux qui vous transforment en *entrant* dans votre vie. M. Powell n'est plus le même homme depuis que vous habitez ici.

— Je l'aime, admit Jackie avec un soupir en se levant pour débarrasser. Mais aimer ne suffit pas toujours, n'est-ce pas ?

— Aimer n'est pas facile. Mais c'est toujours mieux que de se prendre un coup sur la tête.

Avec sa gentillesse un peu rude, Mme Grange lui tapota l'épaule et repartit à son ménage.

En rentrant ce soir-là, Nathan trouva Jackie rivée à son ordinateur. C'était la première fois qu'il la surprenait en plein travail. D'habitude, elle l'entendait arriver et dégringolait l'escalier pour se porter à sa rencontre. Mais ce soir elle était tellement absorbée par son roman qu'elle continuait à marteler son clavier, sans même s'apercevoir de sa présence.

Un mois, songea-t-il en s'adossant au chambranle. Un simple petit mois qu'elle était entrée dans sa vie et déjà il n'était plus le même. Malgré ses fermes résolutions, il n'avait pas mis longtemps à tomber fou amoureux d'elle, finalement. Ce qui ne faisait que compliquer le problème.

Car il était tenté plus que jamais de lui murmurer toutes les jolies promesses irréalistes qu'elle attendait. Pour la garder, il lui aurait sans doute même proposé le mariage.

S'il ne l'avait pas aimée comme il l'aimait.

Mais Jackie méritait mieux que ce qu'il avait à lui offrir. Et il préférait la perdre plutôt que de gâcher son existence en la liant indissolublement à la sienne.

Ce qui ne l'empêcherait pas de goûter jusqu'au bout le bonheur de l'avoir avec lui maintenant. Encore douze jours, compta-t-il rapidement. Ils avaient encore douze jours devant eux avant son départ pour Denver.

Lorsque les doigts de Jackie s'immobilisèrent sur les touches, il lui posa la main sur l'épaule. Avec un cri de frayeur, elle bondit de sa chaise.

Il ne put s'empêcher de rire.

— Je suis désolé. Je ne voulais pas t'effrayer.

— Tu ne m'as pas effrayée, tu m'as paralysée de terreur ! Comment se fait-il que tu rentres en milieu d'après-midi ?

— Il est déjà 18 heures.

— Je n'ai pas vu le temps passer. Ce n'est pas étonnant si j'ai le dos aussi brisé qu'un haltérophile octogénaire.

Il entreprit de lui masser les épaules.

— Tu travailles trop.

— Je pensais m'arrêter plus tôt, mais Burt Donley a fait une entrée fracassante et…

— Burt Donley ?

— L'homme de main de Samuel Carlson.

— Mmm… Tu m'en diras tant.

Elle rit doucement.

— C'est Burt qui a assassiné le père de Sarah sur les ordres de Carlson. Quelques années plus tôt, Burt a également tué le meilleur ami de Jake. En lui tirant dans le dos, bien entendu.

— Cela va sans dire… Ma journée a été beaucoup plus calme. Pas l'ombre d'une fusillade en vue. Et aucune dame de petite vertu n'a croisé mon chemin.

Elle se leva pour lui glisser les bras autour du cou.

— Tu as de la chance. Je me sens particulièrement peu vertueuse, ce soir. Mais je vais commencer par jeter un coup d'œil dans le frigo pour voir s'il y a moyen d'improviser un dîner.

— Tu n'es pas obligée de me faire à manger tous les soirs, Jackie.

— N'oublie pas que je suis ici sous contrat.

Il lui imposa silence d'un baiser.

— Nous n'en sommes plus tout à fait là, tu ne crois pas ? De nous deux, c'est toi qui as eu la journée la plus difficile, chuchota-t-il en passant une main sous sa chemise pour caresser la peau nue de son dos.

— On pourrait commander une pizza ?

— Excellente idée, acquiesça-t-il en l'entraînant vers le lit. Mais pour dans une heure seulement.

Bien plus tard, lorsque la nuit fut tombée et que les grillons eurent entamé leur sérénade, Jackie, les jambes allongées devant elle dans le patio, poussa un long soupir de bien-être.

— Nathan ?

— Mmm… ?

— Je viens d'avoir une idée… Tu m'écoutes, au moins ?

— Non, je te regarde. Tu sais que tu es extraordinairement jolie, par moments ?

Elle en rougit presque dans le noir.

— Arrête de me tourner la tête. Tu veux que je te parle de mon idée ?

— Ça dépend. Elle est dangereuse comment ?

— Oh, très modérément. J'ai pensé qu'on devrait donner une soirée et inviter plein de gens… En tant qu'artiste connu et pilier de la communauté, tu te dois de recevoir.

Il haussa les sourcils.

— Je n'ai rien d'un pilier de quoi que ce soit, Jackie.

— C'est là que tu te trompes. Quiconque porte le

costume comme tu le fais est un pilier par excellence. Il suffirait de pas grand-chose. Une vingtaine de personnes, quelques canapés et trois lampions dans le jardin. Et puis ce serait une façon de célébrer ton départ pour Denver.

Tournant la tête dans sa direction, Nathan vit que son regard était grave — infiniment plus grave que ses paroles. Ainsi, elle aussi pensait à leur séparation imminente. Même si elle ne l'avait jamais mentionnée jusque-là.

Il lui prit la main et la serra fort dans la sienne.

— O.K., pourquoi pas, après tout ? J'appellerai le traiteur.

— Sûrement pas, non. Je me charge de tout.

Préparer une fête lui occuperait les mains et lui distrairait l'esprit. Le cœur lourd, soudain, Jackie se leva d'un bond.

— Tu viens nager ?

Nathan hésita puis secoua la tête.

— Je n'ai pas le courage de me changer.

— Qui parle de se changer ? Au hit-parade des grands plaisirs de la vie, le bain de minuit figure dans les dix premières places. Et il se pratique déshabillé.

Avec la sensualité naturelle qui la caractérisait, Jackie joignit le geste à la parole et se débarrassa de ses vêtements. Fasciné, Nathan la regardait, la bouche sèche, le sang de nouveau bouillant.

Jackie effectua un plongeon impeccable puis refit surface en riant.

— C'est incomparable, Nathan… Tu viens nager, alors ?

S'il la rejoignait maintenant, la nage ne figurerait pas au programme.

— *Niet.*

— Bon, tant pis, tu l'auras cherché.

Sortant une main de l'eau, Jackie brandit deux doigts vers lui, le pouce replié, comme les enfants lorsqu'ils faisaient semblant de tirer.

— Et maintenant, lève-toi, Nathan. Et pas de mouvements brusques, surtout. Je t'ai à l'œil.

Il éclata de rire.

— Arrête ton cinéma, Jackie.

— Attention, j'ai la détente facile. Garde les mains levées au-dessus de la tête.

Pourquoi il obéit à cet ordre stupide, Nathan n'aurait su le dire. Un effet de la pleine lune, sans doute.

— Très bien. Déshabille-toi, maintenant.

— Tu es complètement cinglée.

— Cinglée, peut-être. Mais avec un P38 dans la main. Et, crois-moi, ça peut faire de gros dégâts.

Avec un haussement d'épaules, il retira sa chemise.

— Tu n'oserais pas tirer de toute façon.

— Je n'en serais pas si sûr à ta place. Enlève ton short ou je te fais sauter une rotule. Et tu vas comprendre ta douleur.

Elle était incontestablement folle à lier. Et le problème, c'est qu'elle commençait à déteindre sur lui. Se dévêtant à son tour, il plongea et resurgit juste à côté d'elle. Jackie l'attendait, triomphante, les bras plongés dans l'eau. Il lui jeta un regard féroce.

— Tu as lâché ton arme, on dirait ? Voyons comment tu vas te défendre, maintenant.

Il voulut se jeter sur elle, mais elle plongea au dernier moment et refit surface un peu plus loin, avec un sourire jusqu'aux oreilles. Se mesurant du regard, ils tournèrent lentement, déterminés à vaincre l'un et l'autre. Chaque fois qu'il s'avançait, elle reculait. S'il feintait, elle ajustait. Quand il manœuvrait, elle trouvait la contre-manœuvre correspondante.

Sur une brusque inspiration, Nathan s'enfonça dans l'eau, puis remonta, deux doigts pointés, le pouce replié.

— Tu es cuite, Jack. Regarde ce que je viens de trouver sur le fond de la piscine.

Ce fut plus fort qu'elle. Jackie éclata de rire.

— Oh, Nathan, je t'adore.

Elle voulut l'entourer de ses bras lorsqu'il l'attrapa soudain par les cheveux. Presque avec rudesse. Le cœur de Jackie battit la chamade.

Ils se cramponnèrent l'un à l'autre, très vite possédés par le même désir, violent, ravageur, presque désespéré.

Chapitre 11

Le jour de la fête, Jackie, misant sur une soirée sans pluie, avait installé toutes les tables dehors sous des guirlandes d'ampoules de couleur tendues entre les arbres. Elle avait veillé à ce que tout soit parfait. Ne serait-ce que pour montrer à Nathan qu'elle pouvait prendre place dans son cercle d'amis tout comme elle avait pris place dans le cercle de ses bras.

Jamais il ne lui avait dit qu'il l'aimait. Et cette absence de mots sur ce qu'il ressentait la frappait douloureusement aux moments les plus inattendus. Même s'il l'appelait régulièrement du bureau à midi pour le seul plaisir d'entendre le son de sa voix. Même s'il lui apportait des fleurs à tout moment. Même s'il la serrait fort dans ses bras après l'amour.

Il lui donnait tant, déjà. Pourquoi ne pouvait-elle se contenter de ce qu'elle avait au lieu d'aspirer à plus encore ?

Une heure avant le début de la fête, Jackie passa dans la chambre d'amis pour se préparer avec soin et enfiler la robe qu'elle avait achetée pour l'occasion.

Nathan était en bas en grande conversation avec Mme Grange lorsqu'elle se jugea enfin prête. Une main sur la rampe, elle descendit l'escalier d'un pas théâtral. Et ne fut pas déçue par la réaction de Nathan.

Laissant sa phrase en suspens, il fit un pas dans sa direction. Avec un sourire un rien hautain, elle tourbillonna devant lui dans sa robe blanche fendue, en faisant tinter les innombrables bracelets d'argent à son bras.

— Alors ? Qu'est-ce que tu en penses ?

— Tu crois que je suis encore capable de penser ? Tu es renversante. J'en ai la mâchoire qui tombe par terre.

Avec un léger rire, Jackie glissa son bras sous le sien.

— C'est gentil de me dire ça.

— Tu t'y entends toujours pour me surprendre, Jackie.

— Je l'espère bien.

Il effleura son épaule nue de sa main libre.

— A quel rituel t'es-tu livrée là-haut pour te transformer en femme fatale ?

Elle rit doucement.

— Ce sont les trucs du métier. Mais je suis toujours la même, Nathan.

— Jamais tout à fait la même ; jamais tout à fait une autre. Et je n'ai qu'une hâte : que tous ces gens s'en aillent et que nous nous retrouvions seuls.

Elle éclata de rire.

— Tu peux difficilement les mettre dehors alors qu'ils ne sont même pas encore arrivés !

Leurs lèvres se joignaient lorsque les premiers invités sonnèrent à la porte. Main dans la main, Jackie et Nathan s'avancèrent pour leur ouvrir.

Une heure plus tard, la maison était pleine. Objet de toutes les curiosités, Jackie ne se formalisa pas de l'attention marquée qu'on lui portait. De son côté, elle ne demandait pas mieux que de découvrir les amis de Nathan. Cody Johnson, l'architecte que Nathan avait embauché pour le seconder, deux ans plus tôt, vint se présenter et lui serrer la main.

— J'avais envie de vous observer d'un peu plus près, annonça-t-il tout de go en lui décochant un clin d'œil.

Son abord franc plut à Jackie.

— Vous comptez me soumettre à un examen en règle ?

Cody retint sa main dans la sienne, mais le geste n'avait rien de séducteur. Jackie songea que c'était le genre d'homme qui formait ses impressions autant à partir du tactile que du visuel.

— Nathan a toujours eu un goût parfait, conclut-il avec un léger sourire.

— C'est un compliment ? Ou un verdict positif ?

— Les deux, mon capitaine. Et je suis heureux pour Nathan. C'est un ami. Un vrai. Vous êtes de passage dans sa vie ou vous avez l'intention de durer ?

Si Jackie appréciait les questions directes, elle ne se sentait pas toujours obligée d'y répondre directement.

— Vous n'y allez pas par trente-six chemins.

— J'ai horreur des approches obliques.

Jackie sourit. Son opinion était faite. Elle appréciait Cody Johnson. Enormément, même.

— J'ai l'intention de m'attarder. Jusqu'à cent ans, si possible. Y a-t-il une femme dans votre vie, Cody ?

Avec un sourire dévastateur, il glissa le bras sous le sien.

— Pas encore, non, mais ça pourrait venir. Vous avez une sœur qui vous ressemble ?

Plongés dans leur conversation, ils ne remarquèrent ni l'un ni l'autre que Nathan ne les quittait pas des yeux.

La jalousie n'avait jamais été son truc, pourtant. Non seulement elle était de mauvais goût mais, d'après ses observations, le jaloux finissait invariablement par commettre un acte stupide et par se couvrir de ridicule.

Le problème, c'est que son ami Cody avait tout — absolument tout — pour plaire à Jackie. Nathan décocha un sourire crispé à l'ingénieur à la voix geignarde à qui il était censé tenir une conversation. Cody, lui, aurait facilement pu passer pour un aventurier de l'Ouest. En fait, il était Jake Redman tout craché, une version *live* réussie du héros de Jackie.

Long et mince, Cody n'avait pas une once de tension ou de rigidité. Il était la décontraction personnifiée, au contraire. Avec son jean usé, sa veste sport, ses cheveux délavés par le soleil qu'il portait toujours un peu longs, Cody avait un charme authentique et sans chiqué.

Il se fichait des normes et des conventions et il était doté d'un goût sûr et d'un solide sens de l'humour. Bref, Cody résumait à lui seul l'idéal masculin de Jackie. Et cette dernière, de son propre aveu, tombait amoureuse pour un oui ou pour un non…

Lorsqu'elle leva des yeux pétillant d'humour vers Cody et répondit à son sourire, Nathan faillit allumer une cigarette, oubliant qu'il avait arrêté de fumer depuis plus de trois semaines. Qu'avait-il à craindre, bon sang ? Cody était son meilleur ami. Quant à

Jackie… Oui, que représentait Jackie pour lui ? Elle était amie, amante, compagne. Et se dressait dans sa vie comme un rocher inébranlable, au cœur d'un monde en constant mouvement.

C'était surprenant de penser à quelqu'un qui avait la réputation d'être un papillon comme à un rocher sécurisant et solide. Mais, rocher ou pas rocher, il ne lui avait jamais demandé de lui jurer fidélité. Parce qu'il refusait de la mettre en cage. Parce qu'il n'avait pas le droit de limiter ses horizons.

« Oh, et puis au diable ses horizons ! »

Plantant là l'ingénieur médusé, Nathan rejoignit le couple à grands pas. Aussitôt, Jackie lui offrit le cadeau de son incomparable sourire et entrelaça ses doigts aux siens. Quant à Cody, il leva son verre.

— Sympathique, ta petite fête, Nathan. Je t'ai déjà complimenté sur ton bon goût, je crois ?

— Oui, merci. Tu sais que les tables dehors sont chargées de victuailles ? Connaissant ton appétit, je suis surpris que tu ne te sois pas encore rué dessus.

— Tu fais bien de me le rappeler. J'étais justement sur le point de foncer.

Avec un clin d'œil pour Jackie, Cody prit son verre et disparut par les portes-fenêtres ouvertes.

— Tu l'as viré, commenta-t-elle, intriguée.

— Il te monopolisait. Je pensais que tu devais en avoir plus qu'assez que ce bon vieux Cody te colle comme ça.

Un instant, elle le regarda, médusée. Puis elle se mit à rire.

— Tu sais que *j'adore* les hommes possessifs ?

Comment procède-t-on, alors ? On fait le tour de nos invités avec un air convivial ou on se jette sur le buffet ?

Nathan lui prit la main pour presser les lèvres au creux de sa paume. Contrairement à ses pronostics pessimistes, son accès de jalousie ne s'était pas soldé par une scène où il se serait couvert de ridicule. La vie avec Jackie était ainsi faite : toujours riche en bonnes surprises.

— Impossible d'avoir l'air convivial sur un estomac vide. Allez, viens, on se jette sur le buffet.

La soirée fut une brillante réussite. Pendant les jours qui suivirent, les remerciements affluèrent ; une pluie d'invitations tomba. Jackie aurait dû être aux anges. Mais à quoi bon être acceptée par son entourage alors que Nathan lui-même partait pour Denver ? Et cela, sans une promesse ou un « je t'aime ».

Son avion décollait dans quelques heures à peine. Et ils n'avaient pas encore échangé un seul mot sur l'avenir de leur relation. A une ou deux reprises, Nathan avait mollement essayé d'aborder le sujet. Et c'était elle qui, répugnant à gâcher les moments qu'il leur restait à passer ensemble, avait éludé chaque fois.

Mais aujourd'hui il ne restait plus rien à gâcher puisqu'il partait l'après-midi même. Les adieux étaient imminents. Et peut-être définitifs. Jackie s'engagea dans l'escalier, armée d'une décision ferme : s'il la mettait à la porte, elle ne partirait pas sans avoir obtenu au moins une explication.

Rassemblant son courage, elle redressa la taille et

rejeta les épaules en arrière. Puis elle pénétra dans la chambre où Nathan faisait ses bagages.

— Tiens, je t'ai apporté du café.

Il leva les yeux de sa valise.

— Merci.

— Tu as besoin d'aide ? demanda-t-elle en portant sa propre tasse à ses lèvres.

— Non, ça va. J'ai presque fini.

Hochant la tête, elle s'assit sur le bord du lit. Si elle commençait à faire les cent pas, elle pourrait être tentée de jeter son café contre le mur. Ou de casser quelque chose.

— Tu ne m'as pas dit quand tu revenais.

— Je ne le sais jamais précisément à l'avance. Dans trois semaines, je pense. Quatre tout au plus.

Nathan plaça une dernière chemise dans sa valise et la referma d'un geste sec. Faire ses bagages ne le dérangeait pas, d'ordinaire. Mais aujourd'hui il en aurait hurlé.

Jackie prit une gorgée de café. Et le trouva singulièrement amer.

— Tu aimerais me trouver ici à ton retour ?

Nathan se redressa. Ainsi l'heure était venue. Il reconnaissait bien Jackie dans la façon dont elle abordait le sujet. Elle n'exprimait pas d'exigences. Ne formulait aucune demande. Se contentait d'une question.

— Comme tu veux, répondit-il après une légère hésitation.

— Non, ce n'est pas « comme je veux », Nathan.

Mes sentiments pour toi, tu les connais. Je n'en ai jamais fait mystère.

Elle attendit un instant. Mais, comme rien ne venait, elle enchaîna, le cœur déjà broyé.

— C'est à toi d'annoncer la couleur, maintenant.

Nathan hésita. Le regard de Jackie était si grave. Et il n'y avait pas l'ombre d'un sourire sur ses lèvres. Déjà, sa gaieté, sa vivacité lui manquaient. Il songea qu'elle portait la lumière sur son visage comme d'autres porteraient un bijou.

— Tu comptes beaucoup pour moi, Jackie. Aucune femme n'avait encore pris une telle importance dans ma vie.

Elle fut à deux doigts de se contenter des miettes précieuses qu'il venait de lui offrir. Mais elle haussa les sourcils et garda les yeux rivés sur lui.

— Mais encore ?

Nathan vida son café d'un trait. Depuis des jours et des jours, il se préparait à cette conversation. Cherchait les mots justes. Luttait contre son imagination lorsqu'elle s'emballait et qu'il se voyait, traînant Jackie de force à l'aéroport avec lui, s'envolant avec elle pour des destinations heureuses. Sur un pélican en coquillages.

Mais il était bien placé pour savoir que les fantaisies roses ne résistaient pas longtemps à la dure épreuve de la réalité.

— Je ne peux pas te demander de rester pour t'imposer ensuite des amours au jour le jour, Jackie. Ce n'est pas ce genre de vie que j'ai envie de t'offrir.

Envahie par une sensation cuisante de rejet, elle se mordit la lèvre.

— Et toi ? A quel type d'existence aspires-tu pour toi-même ? A celle que tu avais avant de me connaître ?

Il tenta de se représenter sa vie d'avant. Des quelques images qui lui venaient se dégageait une impression générale de rigidité, de tristesse et d'ennui. C'était de cette vie-là qu'il devrait se contenter, pourtant, dans la mesure où il était incapable d'en concevoir une autre.

— Je ne peux pas te proposer le mariage, la famille ou un quelconque engagement durable, Jackie. Parce que je ne crois pas à ces chimères. Et je préfère te blesser maintenant que te faire souffrir au quotidien une vie entière.

Une telle douleur transparaissait dans ces derniers mots que le cœur de Jackie s'ouvrit en grand pour lui. Même si elle avait mal pour l'homme qu'elle aimait, elle ne regrettait pas d'avoir abordé le sujet.

— Tu as donc été si malheureux, enfant ?

Il haussa les épaules.

— Ça n'a aucun rapport.

— Bien sûr que si, ça a un rapport, décréta-t-elle en se levant. Je ne dis pas que tu me *dois* une explication. J'ai toujours pensé que le don était sans contrepartie par définition. Tu n'as strictement aucune obligation envers moi, Nathan. Mais je pense qu'il serait juste que tu me fournisses une explication.

Après un long silence, il hocha la tête.

— C'est vrai. Tu as le droit de savoir de quels parents je suis issu... Ma mère est née dans une famille en vue. Et ses parents attendaient d'elle qu'elle fasse un

« brillant mariage ». Mon père, de son côté, avait plus d'ambitions que de pedigree. Mais on disait de lui qu'il irait loin. Et on lui reconnaissait un fort charisme. Lorsque ma mère est tombée amoureuse de lui, ses parents, sans être enthousiasmés outre mesure, se sont inclinés devant son choix. Quant à mon père, il obtenait tout ce qu'il lui manquait encore en matière de relations, d'assise sociale, de respectabilité.

Jackie baissa les yeux sur sa tasse vide.

— Je vois.

— Il s'est marié avec ma mère, sans amour. Pour des raisons purement stratégiques. Cela dit, je ne veux pas noircir inutilement le tableau : il ne la détestait pas non plus. Je pense même qu'il avait une forme d'affection pour elle. Mais sa vie était ailleurs, dans ses affaires. Les rares fois où on le voyait à la maison, il était mentalement absent quand même. Réussir était une obsession pour lui. Lorsque je suis né, il a offert un collier en émeraude à ma mère pour la récompenser d'avoir mis un fils au monde. Un peu comme on offre une médaille à une bonne reproductrice.

Pétrifiée par son récit, Jackie écoutait en silence.

— Ma mère, elle, vouait à mon père un amour passionné et sans réserve. Enfant, j'avais une nourrice, une bonne et un garde du corps pour veiller sur moi. Elle était terrifiée à l'idée qu'il puisse m'arriver quelque chose. Non pas qu'elle fût particulièrement attachée à moi. Mais elle craignait la réaction de mon père. J'étais l'héritier. Le symbole vivant de sa réussite.

— Nathan, murmura-t-elle. Tu ne crois pas que… ?

Il secoua la tête.

— Non, je n'exagère rien. Ma mère elle-même m'a fourni toutes ces explications lorsque j'avais six ans. Et plus tard aussi, avec force détails, lorsque sa folle passion pour mon père a fini par se muer en indifférence. Quoi qu'il en soit, j'ai grandi pratiquement sans les voir, l'un et l'autre. Ma mère était accaparée par ses devoirs mondains et mon père par son empire financier. Une fois par mois, il vérifiait mes carnets de notes et me faisait un petit sermon sur l'honneur et sur la responsabilité. En sachant que ses conceptions de l'honneur étaient assez extensibles. Il a toujours eu des maîtresses à la pelle. Ma mère le savait et fermait les yeux. Il m'a confié un jour que ses liaisons étaient purement « de confort ». Et qu'aucune de ces femmes ne comptait vraiment pour lui.

— Ton père t'a dit ça à toi ? se récria-t-elle.

— Au cours de ce qu'il considérait comme une conversation « entre hommes », lorsque j'ai eu seize ans. Le fol amour que lui vouait ma mère s'était éteint. Et nous vivions, côte à côte, comme trois étrangers polis. Dans un sens, j'étais tranquille. La plupart du temps, j'avais la maison entière pour moi.

D'où son besoin de solitude et de tranquillité, sans doute. Ses parents lui avaient fichu une paix royale, certes. Mais il l'avait payée le prix fort.

Le milieu d'où elle venait était proche de celui de Nathan. Les MacNamara aussi étaient des gens riches et respectables. Mais leur maison n'avait jamais été ni froide ni silencieuse. Il y avait toujours eu des cris, des rires, des disputes et des courses-poursuites dans les couloirs.

— Tu leur as parlé, Nathan ? Savent-ils à quel point tu as souffert de leur attitude ?

— J'ai essayé une fois. Ils ont été surpris que je mette un pareil sujet sur le tapis. Et choqués par mon manque de gratitude. Du coup, j'ai fini par me désintéresser d'eux, à mon tour. Mon père s'est souvenu de moi lorsqu'il a découvert que j'avais entamé des études d'architecture. Il m'a fixé rendez-vous pour m'intimer l'ordre d'arrêter tout de suite. J'avais été mis au monde dans un seul but : prendre sa suite dans les affaires.

Nathan émit un rire bref, teinté d'ironie.

— Il était persuadé que je lui obéirais sans protester. Pendant dix-huit ans, j'avais été sous sa coupe. Totalement soumis. Mais, du jour où j'ai compris que je voulais être architecte, mon rêve est devenu plus grand, plus fort que lui.

— Tu avais grandi, murmura-t-elle.

— Suffisamment, en tout cas, pour tenir tête à mon père. Horrifié par mon acte de traîtrise, il m'a menacé de me couper les vivres.

— Ta mère t'a défendu, j'espère ?

— Ma mère soutenait mon père, par principe. D'ailleurs, le sujet la laissait indifférente. Pour elle, j'étais le fils de mon père et rien de plus.

— Mais, Nathan…

— Ma mère n'a jamais voulu de moi, Jackie.

Le crayon à papier avec lequel il jouait distraitement se brisa entre ses doigts.

— Pendant des années, elle m'a répété que, sans moi, elle aurait peut-être réussi à sauver son mariage.

Elle disait qu'elle aurait été plus libre, plus disponible. Et qu'elle aurait suivi mon père dans ses voyages.

Jackie sentit le sang se retirer de son visage. Quelle mère pouvait être assez cruelle et immature pour traiter son propre enfant comme un gêneur et un étranger ?

— Ils ne te méritaient pas, chuchota-t-elle.

Elle se leva pour esquisser un mouvement dans sa direction. D'un signe, cependant, Nathan lui demanda de rester à distance. Avec personne, jamais, il n'avait abordé le sujet chargé de son enfance et de sa famille. Mais à présent qu'il avait commencé il avait besoin d'aller jusqu'au bout.

— Le jour où j'ai eu cette discussion avec mon père, j'ai décidé que je n'avais plus de famille. Ma grand-mère, en mourant, m'avait laissé de quoi financer mes études. Et j'ai pu me débrouiller sans plus jamais avoir à accepter un centime de mon père. Depuis, je fonctionne sur un principe d'indépendance. Ce que je fais, je le fais par moi-même et pour moi-même.

Jackie ravala ses larmes. Même si elle brûlait d'envie de le réconforter dans ses bras, quelque chose lui disait que ce n'était pas de consolation qu'il avait besoin.

— Tu continues à laisser tes parents régenter ta vie, Nathan. Leur mariage était moche, donc l'amour est moche, la famille est moche, tout est moche. C'est stupide !

— Je ne récuse pas le mariage en général, je récuse le mariage lorsqu'il me concerne !

Une soudaine furie montait en lui. Il avait fait l'effort de rouvrir pour elle une plaie encore sensible. Alors pourquoi revenait-elle à la charge ainsi ?

— Tu crois peut-être que nos parents ne nous transmettent que la couleur de nos cheveux ou la forme de notre menton ? C'est toi qui raisonnes stupidement, là, Jackie. Nos ascendants nous chargent de tout le poids d'une hérédité implacable. Mon père est un être profondément égoïste. Et son égocentrisme, je l'ai reçu en partage. La seule différence entre lui et moi, c'est que je suis réaliste. Et que je refuse de nous infliger — à toi, à moi et aux enfants que nous aurions eus — de vivre un calvaire !

Jackie serra les poings. Et le sale caractère des MacNamara explosa.

— Et tu appelles ça « être réaliste » ? Tu es là, à débiter des arguments plus tirés par les cheveux les uns que les autres, et tu te targues d'être logique ? Tu ne vois pas que c'est du grand n'importe quoi, Nathan ? Tu crois que, si ton père avait été un assassin qui tuait ses victimes à coups de hache, tu aurais forcément passé ton temps à découper les gens en morceaux ? Mon père adore les huîtres et je suis malade dès que j'en vois une. Dois-je en conclure que j'ai été adoptée ?

— Ne sois pas absurde, Jackie.

— Moi je suis absurde ?

Avec une exclamation de rage, elle s'empara du premier objet qui lui tomba sous la main — une coupe de verre de Venise datant du XIXe — et la projeta au sol où elle explosa avec fracas.

— Je vais te dire, moi, ce qui est absurde, d'accord ? L'absurdité c'est d'aimer, d'être aimé et de prendre tes jambes à ton cou par crainte que la relation ne soit pas cent pour cent parfaite.

— Je ne te parle pas de perfection ! Non, Jackie, bon sang ! Pas ce vase !

Mais le vase en question gisait déjà en morceaux.

— Bien sûr que si, c'est la perfection que tu vises. Monsieur Nathan Parfait Powell fait des projections sur l'avenir et ne veut voir que des horizons impeccables ! Un futur tiré au cordeau !

Il l'attrapa par les épaules et la fit pivoter vers lui avant qu'elle puisse attraper un nouvel objet à fracasser.

— O.K., d'accord, c'est vrai. Je suis perfectionniste, exigeant, organisé et toi, tu ne vas jamais au bout de rien, comme tu le dis toi-même. Tu vois bien que nous ne pourrons jamais arriver à quoi que ce soit ensemble.

Les yeux secs, le menton levé, Jackie fit face. Elle savait que les larmes viendraient plus tard. A torrent.

— J'étais sûre que tu finirais par me balancer mon côté cigale à la figure. En tout cas, tu as raison sur un point : le monde est fait de deux genres d'individus : les bordéliques et les organisés. Tu appartiens à la dernière catégorie. Moi à la première. Je suis ravie d'être ce que je suis, mais je ne te regarde pas de haut pour autant.

Nathan soupira. Se disputer n'était pas dans sa nature. Sauf lorsqu'il se battait pour les conditions de sécurité des ouvriers sur ses chantiers.

— Je ne disais pas ça pour te critiquer, Jackie.

— Admettons… Il n'en reste pas moins que nous sommes différents, toi et moi. Mais cela n'enlève rien au fait que je t'aime et que j'ai envie de passer le reste de ma vie avec toi.

Cette fois, elle le saisit par le devant de sa chemise.

— Tu n'es pas ton père, Nathan. Et je suis encore moins ta mère. Alors, je t'en supplie, ne laisse pas ces deux êtres gâcher ce qu'il y a entre nous.

Il couvrit ses mains des siennes.

— Peut-être que si tu n'avais pas été aussi importante pour moi j'aurais franchi le pas. Mais je tiens trop à toi pour me lancer dans l'aventure avec un double handicap à la base.

Les larmes étaient si proches maintenant qu'elle recula d'un pas.

— Tu vois, Nathan, ce que je trouve vraiment difficile à avaler, c'est que, même à ce stade, tu n'aies pas assez de tripes pour me dire que tu m'aimes.

Elle sortit de la chambre en courant. Moins d'une minute plus tard, il entendit la porte d'entrée claquer derrière elle.

Chapitre 12

— Les maçons ont perdu deux jours à cause de la pluie, précisa Nathan en pataugeant dans la boue à côté de Cody. J'ai fait doubler les équipes.

Ebloui, Nathan plissa des yeux pour examiner le début de construction. Le soleil avait fini par faire son apparition sur Denver mais le printemps continuait à se faire attendre. Son Stetson solidement arrimé sur la tête, Cody admira le travail accompli.

— Compte tenu du temps de chien que vous avez eu pendant trois semaines, je trouve que vous avez pas mal avancé quand même. Vous avez fait du beau boulot. Mais toi, tu as une sale tête, en revanche.

— C'est toujours un plaisir de t'entendre, Cody.

— Des problèmes avec Jackie ?

Sourcils froncés, Nathan cocha une case sur sa liste.

— Pourquoi cette question ?

— Parce que tu as la mine de quelqu'un qui ne dort plus depuis des semaines. Ça te ferait du bien d'en parler, tu ne crois pas ?

— Fiche-moi la paix, Cody.

— Oui, patron. Bien, patron.

Nathan jura tout bas.

— Désolé.

— C'est sans importance. J'avalerais bien un café

avec quelques œufs sur le plat, en revanche. Et comme je peux les faire passer en note de frais je t'offre ton petit déjeuner.

— C'est généreux de ta part, ironisa Nathan.

Mais il n'en suivit pas moins Cody jusqu'à son pick-up. Dix minutes plus tard, ils prenaient place dans un établissement d'allure douteuse où le « trash » le disputait au kitsch. Les serveuses fardées à outrance portaient des holsters sur leurs minijupes roses. Un gros homme chauve entre deux âges somnolait derrière sa caisse. Et les cendriers étaient en forme de selle à cheval. Une tenace odeur d'oignons frits flottait dans l'air épais.

— Tu as toujours eu l'art de choisir les rades les plus classe, maugréa Nathan en se glissant sur la banquette.

Mais la seule chose à laquelle il parvenait à penser, c'est que Jackie aurait adoré.

— Ce n'est pas l'aspect extérieur qui compte.

Cody sourit lorsqu'une serveuse transmit en hurlant sa commande à un cuisinier à la mine patibulaire. Avant même qu'ils aient demandé quoi que ce soit, un pot de café fut placé devant eux sans autre forme de procès.

— Ça vaut tous les restaurants français chic du monde, déclara Cody en leur servant du breuvage fumant. Vous me mettrez deux assiettes royales, jeune fille ?

— Deux royales, marmonna la serveuse blond platine en griffonnant sur son carnet.

— Deux royales, oui, mais sur une seule assiette, précisa Cody avec un clin d'œil.

La serveuse posa les poings sur ses hanches maigres.

— Vous avez de l'appétit, vous, dites donc.

— A revendre. Et vous servirez la même chose à mon camarade. Avec les œufs pas trop cuits, une belle tranche de lard et des frites maison.

Comme la jeune femme s'éloignait sur un éclat de rire, Nathan se surprit à sourire pour la première fois depuis deux semaines.

— Alors ? Tu l'as appelée ? s'enquit Cody en allongeant les jambes pour les poser sur la banquette à côté de lui.

Nathan hésita. Mais il aurait été idiot de sa part de prétendre qu'il n'avait pas envie d'en parler. Et il savait qu'il pouvait compter sur Cody pour être sincère. Que la vérité soit agréable à entendre ou non.

— Non, je ne l'ai pas appelée.

— Donc, vous vous êtes bel et bien disputés.

— Disputés est un grand mot…

Sourcils froncés, Nathan se souvint de la porcelaine brisée.

— Oui, enfin… On doit pouvoir appeler ça une dispute, en effet, concéda-t-il avec un soupir.

— Les gens qui s'aiment se querellent à longueur de temps.

— C'est le genre de chose que dirait Jackie.

— C'est une femme sensée… A en juger par ta mine défaite, c'est elle qui a gagné ?

— Non. Nous n'avons gagné ni l'un ni l'autre.

De la pointe de sa cuillère, Cody heurta sa tasse au rythme de la chanson country qui passait dans le juke-box.

— Tu pourrais lui envoyer des fleurs.

— Ce n'est pas aussi simple que cela, Cody.

Ce dernier décocha un clin d'œil à la serveuse qui leur apportait deux énormes assiettes remplies.

— Nathan, je sais que tu es d'un caractère réservé. Et j'ai toujours respecté ton besoin de garder le silence sur ta vie privée. Travailler avec toi ces deux dernières années a été une belle expérience pour moi. J'ai beaucoup appris, sur le plan de l'organisation, de la maîtrise, de la rigueur. Mais il me semble qu'entre nous il y a un peu plus qu'une simple relation professionnelle. Et, quand un homme a un problème avec une femme, ça lui fait du bien de s'en décharger sur un autre homme. Non pas que l'autre homme comprenne les femmes mieux que lui. Mais ils peuvent être déconcertés ensemble. Et ça soulage.

Nathan suivit distraitement des yeux les manœuvres d'un semi-remorque qui se garait devant les fenêtres crasseuses du bar-restaurant.

— Jackie voulait un engagement de ma part. Et je n'ai pas pu la satisfaire sur ce plan.

Cody prit son temps pour beurrer un toast.

— Pas pu ? Ou pas voulu ?

— Pas *pu,* dans ce cas précis. Pour des raisons sur lesquelles je préfère ne pas m'attarder, je ne suis pas en mesure de lui offrir le mariage et la famille auxquels elle aspire. Jackie a besoin de savoir où elle va. Et je ne suis pas le genre de type à faire des promesses.

— Tu es libre, bien sûr, commenta Cody pensivement. Mais tu as l'air très à l'aise par rapport à ce qui s'est passé entre vous. Si tu ne l'aimes pas, tu n'y peux rien si…

— Je n'ai pas dit que je ne l'aimais pas.

— Ah, intéressant… Tu l'aimes, mais tu la rejettes.

— Ecoute, Cody, le mariage est déjà compliqué lorsqu'il met en présence deux personnes proches dans leurs attitudes et leurs comportements. Mais on ne peut rêver personnalités plus opposées que celle de Jackie et la mienne. Elle veut tout le tralala : un foyer, des enfants, et les complications qui vont avec. Et tu sais aussi bien que moi que je suis obligé de m'absenter souvent. Or quand je rentre de voyage j'ai besoin de…

Mais il ne savait plus très bien de quoi il avait besoin, au fond. Cody hocha gravement la tête.

— C'est un gros obstacle, en effet. Voyager avec une femme et partager tes chambres d'hôtel anonymes et tes repas solitaires, ça paraît lourd à surmonter. Et rien de plus atroce que de trouver la personne que l'on aime chez soi après un périple long et fatigant.

Nathan, dont le regard s'était perdu de nouveau dans le vague, reporta son attention sur son ami.

— Je suis sérieux, Cody. Ce ne serait pas juste pour elle.

— Probablement pas, non. Il vaut mieux avoir la certitude d'être malheureux sans elle que de prendre le risque d'être heureux avec… Tes œufs refroidissent, patron.

— Tu as vu les statistiques de divorce.

— C'est vrai. Elles ne sont pas encourageantes. Et

pourtant les gens se marient encore à tour de bras. C'est à n'y rien comprendre.

— Tu es bien célibataire, toi.

— Ouais. Pas encore trouvé LA femme, en l'occurrence, admit Cody en finissant ses pommes de terre. Mais je peux y remédier. Je pense aller faire un saut pour voir Jackie la semaine prochaine en rentrant d'ici.

Lorsqu'il vit le regard meurtrier de Nathan, Cody sourit et s'étira.

— Tu lui as rendu sa liberté, non ? Jackie est un cœur à prendre.

— Ne me pousse pas à bout, O.K. ?

— Je crois que tu t'es déjà poussé à bout toi-même.

Reprenant son sérieux, Cody se pencha vers lui.

— Je vais te dire une chose, Nathan. Tu es un homme intègre et un architecte extraordinaire. Tu ne mens pas, tu ne biaises pas. Tu te bats pour défendre tes principes et les gens qui travaillent pour toi. Tu es obstiné mais capable de faire des compromis lorsqu'il le faut. Sans elle, tu seras toujours le même homme. Mais avec elle tu pourrais être encore plus que cela. Jackie a mis de la lumière dans ta vie, mon vieux.

Nathan repoussa l'assiette qu'il n'avait pas touchée.

— Je sais. Mais si je mettais des ténèbres dans la sienne ? C'est ça qui me chagrine. S'il ne tenait qu'à moi…

— S'il ne tenait qu'à toi ?

— Je suis incontestablement plus heureux avec elle. Mais je pense qu'elle pourrait être mieux lotie sans moi.

— Et si tu laissais à Jackie le soin d'en décider ?

Personne — et surtout pas toi — n'a le droit d'en juger à sa place… Je pense que j'en sais à peu près autant que toi sur le projet en cours ici, n'est-ce pas ?

— Oui, pourquoi ?

— J'ai un billet d'avion pour Fort Lauderdale dans ma chambre. Pour après-demain. Je te l'échange contre ta chambre d'hôtel.

Quitter Denver ? Laisser en plan l'immeuble à peine sorti de terre ? Mais pourquoi pas, après tout ? Tout était programmé, dans les rails. Et Cody était parfaitement capable de prendre la relève. Nathan se leva.

— Tu peux garder ton billet. Je rentre aujourd'hui.

Nathan arriva chez lui à 2 heures du matin, éreinté par un parcours labyrinthique où il avait été ballotté impitoyablement d'aéroport en aéroport. Une seule certitude l'avait tenu debout : elle serait là lorsqu'il rentrerait. Malgré tout ce qu'ils s'étaient dit, malgré les vases brisés et son refus de s'engager, il était convaincu que Jackie n'avait pas plié bagage.

Elle était trop sûre d'elle, trop têtue pour renoncer aussi facilement. Lorsqu'une femme comme Jackie aimait, elle n'aimait pas à moitié. Elle s'obstinerait, pour le meilleur et pour le pire. Et, comme il lui avait déjà fait subir le pire, il allait essayer de s'orienter vers le meilleur.

A part que, contre toute attente, Jackie avait bel et bien disparu…

Dès l'instant où Nathan poussa la porte, il sut qu'elle était partie. L'ambiance de la maison était de nouveau celle qui avait régné avant qu'elle ne s'y installe : grave, sévère. Jurant à voix haute, il grimpa l'escalier quatre à quatre, se rua dans sa chambre.

Vide.

Pas de T-shirts aux couleurs vives jetés sur les chaises. Pas de flacons sur sa commode. Tout était de nouveau rangé, en ordre, impeccable.

La pièce suait la solitude et l'ennui.

Dans les placards, il ne restait plus que ses vêtements à lui, soigneusement suspendus. Et dans la chambre que Jackie avait convertie en bureau il n'y avait plus ni son ordinateur ni ses livres. S'effondrant sur le lit, Nathan scruta le vide autour de lui et le jugea intolérable. S'il fallait aller la chercher à l'autre bout du monde, il irait la chercher à l'autre bout du monde. Mais il la ramènerait. De gré ou de force.

Sitôt cette pensée formée, il s'endormit comme une masse et dormit d'un sommeil de plomb toute la nuit.

— Tu ne crois pas que c'est pitoyable, pour un homme de ton âge, de tricher au Scrabble !

J.D. MacNamara gratifia sa fille d'un regard peiné.

— Comme si *moi* j'avais besoin de tricher pour te battre ! « Séphyrique » est un adjectif qui signifie « léger », « gracieux ». Comme dans « la ballerine exécuta un entrechat séphyrique ».

— N'importe quoi.

— Ce n'est pas parce que tu es écrivain, maintenant, que tu connais tous les mots de la langue. Tu peux vérifier dans le dictionnaire, si tu veux. Mais si tu le trouves tu perds cinquante points.

Jackie hésita. Elle savait que son père bluffait avec un art consommé. Mais d'un autre côté…

— Bon. Très bien, je t'accorde séphyrique. Mais c'est bien parce que c'est toi.

— Sage résolution, ma fille.

Ravi, son père ajouta des points à son score. Jackie prit une gorgée de vin et examina J.D. MacNamara. Tout comme le père de Nathan, J.D. avait la réputation d'être un financier averti. Il aimait jouer et il adorait gagner. Mais il avait autant de plaisir à tricher au Scrabble avec sa fille qu'à remporter des millions à la Bourse.

— Je t'adore, papa. Même si tu es tricheur comme le diable.

— Moi aussi, je t'adore, ma fille. Mais ça ne m'empêchera pas de te mettre une volée au Scrabble.

Pliant les jambes en tailleur, Jackie scruta les lettres devant elle. Le petit salon où ils se trouvaient était réservé à la famille et aux amis proches. Même s'il était meublé et décoré avec une élégance impeccable, il n'en respirait pas moins la vie. Le regard de Jackie glissa sur la tapisserie d'Aubusson, les rideaux en percale, les objets familiers dans les vitrines. Mille souvenirs heureux étaient liés à ces lieux où avait fleuri son enfance insouciante.

— Tu sèches, ma fille ? Je croyais que les mots étaient votre fonds de commerce, à vous autres, gens de lettres.

Elle ne put s'empêcher de sourire. Son père avait pris l'habitude de lui rappeler sa condition d'écrivain plusieurs fois par jour.

— Laisse-moi vivre, J.D.

— C'est comme ça qu'on parle à son père, fille indigne ?

Jackie le gratifia d'une grimace. Les yeux bleus de J.D. pétillaient derrière ses lunettes en demi-lunes, sa cravate était desserrée et de travers, ses cheveux en bataille.

— J'étais en train de me dire que vous étiez vraiment très différents, maman et toi, observa-t-elle pensivement.

— Mmm... ?

Son père leva les yeux, distrait de la tâche créative et exigeante qui consistait à inventer des mots plausibles au Scrabble.

— Maman est élégante, raffinée.

— Et moi, je suis un épouvantail, peut-être ?

— Pas vraiment. Tiens, j'ai trouvé : « trichaxique »...

J.D. secoua la tête.

— Ça n'existe pas.

— Bien sûr que si, mentit-elle avec aplomb. Ça vient du grec ancien et désigne une tendance irrépressible à enfreindre les règles et à tromper son monde. Comme dans « mon père était maladivement trichaxique ». Tu peux toujours contrôler dans le dictionnaire si tu as envie de perdre cinquante points... Mais dis-moi comment vous avez réussi à rester heureux ensemble, maman et toi.

— Je la laisse faire ce pour quoi elle est faite. Et elle me laisse tranquille dans mes champs de compétence. Et puis tu sais que je l'adore.

Les larmes qui n'étaient jamais très loin montèrent aux yeux de Jackie.

— Oui, je sais. Je crois que l'amour que vous vous portiez, tous les deux, a été un immense cadeau pour les garçons et pour moi.

— Jackie… Et si tu racontais à ton vieux père ce qui ne va pas ?

Elle se pencha pour lui effleurer la joue.

— J'ai grandi ce printemps, c'est tout.

— Et le fait de grandir a un rapport avec cet homme dont tu es amoureuse ?

— Ça a tout à voir, oui. Il te plairait tu sais, papa. Il est fort, parfois trop dur avec lui-même. Il est drôle à sa façon, avec un humour un peu sec. Il fait des listes pour tout et les suit dans l'ordre. C'est également le genre d'homme qui vous ouvre la porte et qui s'efface pour vous laisser passer. Pas par conformisme mais par gentillesse véritable. Je suis sûre que maman l'aimerait aussi.

— Alors où est le problème, Jackie ?

— Il n'est pas prêt.

— Comment ça, pas prêt ? Tu veux que j'aille lui botter les fesses, moi, à ce garçon ?

Avec un éclat de rire, Jackie se percha sur ses genoux.

— Pourquoi pas ?

Vêtue de soie bleu pâle et irradiant l'élégance, Patricia pénétra dans la pièce, et se servit un fond de sherry.

— Ah, tu es là, ma fille ! Je t'ai dit que j'avais dégoté un nouveau coiffeur qui pourrait faire des miracles pour toi ?

Jackie sourit en soufflant sur les boucles indociles qui lui tombaient sur les yeux.

— Je t'aime, maman.

Le regard de Patricia s'adoucit.

— Moi aussi, je t'aime, ma chérie. La maison est toujours un peu trop calme depuis que vous êtes partis, les garçons et toi.

J.D. but une gorgée de son whisky.

— Ne compte pas revoir ta fille souvent à présent qu'elle est devenue une écrivaine célèbre.

— J'avoue que je n'étais pas mécontente de pouvoir annoncer à Honoria que tu avais vendu ton manuscrit, admit Patricia en se posant délicatement dans un fauteuil.

Jackie se leva lorsqu'on sonna à la porte d'entrée mais sa mère la retint.

— Laisse, Jackie. Philip ira ouvrir. Recoiffe-toi plutôt.

Docilement, Jackie se passa la main dans les cheveux pendant que le majordome s'acquittait de sa tâche. Quelques instants plus tard, le vieil homme en uniforme vint s'incliner devant Patricia.

— Un monsieur Nathan Powell souhaiterait voir miss Jacqueline, madame.

Avec un cri perçant, Jackie voulut se ruer dans le vestibule.

— Jacqueline, assieds-toi et attends que Philip l'introduise.

— Mais…

— Obéis à ta mère, ordonna J.D. Et tais-toi.

Jackie se laissa tomber bruyamment sur sa chaise.

— Et arrête d'afficher cet air renfrogné, enchaîna son père. Ou ce pauvre garçon risque de faire demi-tour sur-le-champ.

Et si ses parents avaient raison, au fond ? Pour une fois, ce ne serait peut-être pas une mauvaise idée d'aviser d'abord et d'agir ensuite. Lorsqu'elle vit Nathan entrer, cependant, il fallut que le pied de son père vienne écraser le sien pour l'empêcher de se lever d'un bond et se jeter dans ses bras.

— Jackie…

Nathan avait une voix rauque, un peu tendue. Comme s'il n'avait pas ouvert la bouche depuis des jours. Elle se leva calmement et s'avança pour lui serrer la main.

— Bonjour, Nathan. Je ne t'attendais pas.

Nathan se sentit soudain désemparé et ridicule, planté dans le salon des parents de Jackie, avec son costume froissé par le voyage et son paquet sous le bras.

— J'aurais dû appeler avant.

— Mais non, voyons, rétorqua-t-elle avec aisance en glissant la main sous son bras. Nathan, j'aimerais te présenter mes parents, Patricia et J.D. MacNamara.

J.D. serra énergiquement la main de Nathan.

— Ravi de faire votre connaissance. Jackie nous a beaucoup parlé de vous. J'ai une grande admiration pour votre travail. Et il me semble, accessoirement, qu'un whisky pourrait vous faire du bien.

Comme J.D. s'éloignait pour le servir, Nathan se tourna vers Patricia. Et réalisa, non sans une bouffée d'émotion, qu'il avait sous les yeux la femme que Jackie serait dans vingt-cinq ans. Toujours belle, avec une peau claire et saine et la grâce qui ne venait qu'avec les années.

— Madame MacNamara, pardonnez-moi de faire irruption chez vous à l'improviste.

— Mais vous êtes le bienvenu, Nathan, déclara Patricia avec un sourire approbateur. Asseyez-vous, je vous en prie.

— C'est-à-dire que…

J.D. l'interrompit en lui assenant une grande tape amicale dans le dos.

— Tenez, prenez ce whisky, mon garçon. Et parlez-moi un peu de vous. Vous faites également dans l'ancien ?

— A l'occasion, oui. Quand…

— Bien. Parfait. Je voudrais vous parler d'un immeuble que j'ai en vue. Un peu délabré pour l'instant, mais beaucoup de potentiel. Je…

— Excusez-moi.

Oubliant ses manières, Nathan fourra son verre entre les mains de J.D. et attrapa Jackie par le bras pour l'entraîner sur la terrasse.

— Eh bien…

Patricia toussota d'un air choqué mais étouffa un fou rire dans son verre de sherry. J.D. se contenta de pousser une sorte de hululement triomphal avant de vider d'un trait le whisky destiné à Nathan.

— Tu te sens d'attaque pour organiser un mariage dans les plus brefs délais, ma Patty ?

Dehors, l'air était doux et parfumé et la lune brillait de son plus bel éclat. Mais Nathan ne remarqua ni les sons de la nuit ni la beauté des jardins baignés d'une lumière blanche. Il posa son paquet sur une table en marbre et attira Jackie dans ses bras.

Il constata qu'elle s'y logeait à la perfection.

— Je suis désolé. J'ai été d'une inexcusable grossièreté avec tes parents.

— Aucun problème. Ils ont l'habitude avec nous trois.

Jackie lui prit le visage entre les mains.

— Tu as l'air fatigué, Nathan.

— Je n'étais pas sûr de te trouver ici non plus, admit-il en luttant pour tenter de retrouver un semblant de cohérence.

— Non plus ?

— Quand je suis rentré à la maison, tu étais partie. J'ai réussi à me procurer l'adresse de ton appartement, mais il n'y avait personne. C'était un peu mon ultime espoir lorsque j'ai fini par tenter ma chance ici.

Décidée à ne pas tirer de conclusions trop hâtives, Jackie s'adossa à la table.

— Tu me cherchais, autrement dit.

— Depuis deux jours, oui. Sans relâche.

— Je pensais que tu ne rentrerais pas de Denver avant une bonne semaine. C'est ce qu'ils m'ont expliqué à ton bureau, en tout cas.

— J'ai pris un avion plus tôt que… Tu as appelé à mon bureau, tu dis ?

— Oui. Tu as pris un avion plus tôt que quoi, Nathan ?

— Plus tôt que prévu, répondit-il sèchement. J'ai laissé la direction du chantier à Cody et je suis revenu. Et j'ai découvert en arrivant à la maison que tu m'avais quitté.

Jackie faillit lui sauter au cou. Mais elle décida de pousser le jeu jusqu'au bout.

— Tu pensais que je resterais ?

Il se passa la main dans les cheveux.

— Oui. Non… Enfin, *oui* ! Je sais que je n'étais pas en droit d'attendre que tu sois là à mon retour. Mais j'y croyais quand même. Et, quand j'ai trouvé la maison vide, je ne me suis pas senti chez moi du tout. C'était insupportable même. Je n'arrive même pas à penser quand tu es loin de moi. C'est ta faute. Tu m'as altéré le cerveau — déconnecté les circuits ou je ne sais quoi. Je ne sais plus qui je suis sans toi.

Jackie nota qu'il faisait les cent pas. Ce qui ne lui ressemblait pas.

— Chaque fois que je vois quelque chose, j'essaye d'imaginer ta réaction. Je n'ai même pas pu manger une « assiette royale » sans penser à toi.

— Voilà qui me paraît inquiétant, en effet… Tu as envie que je revienne, Nathan ?

Il se tourna vers elle, les yeux étincelants d'un mélange d'exaspération et de fureur.

— Qu'est-ce que tu veux, au juste ? Que je rampe ?

— Voyons que je réfléchisse, déclara-t-elle posément en effleurant le ruban sur le mystérieux paquet de Nathan. Tu mériterais de ramper un peu mais je ne suis pas vraiment d'humeur à te faire subir quoi que ce soit… Et je ne t'ai jamais quitté, entre parenthèses, précisa-t-elle avec un sourire.

— Ah non ? Tes affaires ont disparu, en tout cas. Tout était net, rangé. Ordonné comme dans un tombeau.

— Tu n'as pas regardé dans les placards ? Mes vêtements sont toujours en place dans la chambre d'amis. Je ne pouvais pas dormir dans ton lit sans toi, alors je suis passée dans la pièce à côté. Mais je ne suis pas partie… Je n'avais pas l'intention de te laisser gâcher ta vie, ajouta-t-elle en lui effleurant la joue.

Il lui saisit la main comme il aurait attrapé une bouée de sauvetage.

— Alors comment se fait-il que je te trouve ici ?

— Je voulais voir mes parents. Ce que tu m'as dit au sujet des tiens m'a donné envie de les remercier. D'autre part, je voulais leur annoncer de vive voix que j'avais enfin poursuivi un projet jusqu'à son terme.

— C'est-à-dire ?

— J'ai vendu mon livre à un éditeur.

— Tu vas être publiée ? Je ne savais même pas que tu avais envoyé ton manuscrit !

— Je n'en avais parlé à personne. J'avais peur de te décevoir si mon roman était rejeté de partout.

— Tu ne m'aurais pas déçu, Jackie.

Il l'attira plus près, s'abreuvant de sa présence, se nourrissant de son odeur. Et comprit que, un foyer, ce n'était pas forcément quatre murs et un toit.

— Je suis heureux pour toi. Fier de toi. J'aurais aimé être là le jour où tu as reçu la réponse.

— Cette expérience, j'ai eu besoin de la traverser seule. Mais j'aimerais que tu sois à mon côté lorsque j'attaquerai mon second livre.

Les mains de Nathan se crispèrent sur sa taille. L'émotion assombrit son regard. « Le regard de Jake », songea-t-elle, de nouveau ivre d'amour.

— L'amour est donc si simple, Jackie ? Tout ce que j'avais à faire, c'était venir ici et te poser la question ?

— Ça n'a jamais été plus compliqué que cela.

— Je ne te mérite pas.

Elle sourit.

— Je sais.

Avec un grand rire, il la prit dans ses bras et l'embrassa à perdre haleine.

— Je suis arrivé ici avec une liste d'arguments, prêt à prendre des engagements et à prononcer quantité de serments. Et tu ne me demandes rien.

— Ce qui ne veut pas dire que je n'ai pas envie de les entendre, tes serments, murmura-t-elle en posant la tête sur son épaule.

— Je veux que nous démarrions sur de bonnes bases, Jackie. Pas de séparations prolongées ni de promesses brisées. J'ai pris une décision que j'aurais déjà dû prendre il y a un an. J'ai proposé à Cody de devenir mon associé.

— Excellente décision, commenta-t-elle, avec quelque chose dans le regard qui lui fit penser à son businessman de père.

— C'est une mesure professionnelle mais aussi un engagement personnel, Jackie. Avec une charge de travail allégée, je me sentirai plus disponible pour ma vie de famille. Une *vraie* vie de famille. Je ne sais pas quel genre de mari je ferai ni quel genre de père, mais…

D'un doigt posé sur ses lèvres, elle lui imposa silence.

— Nous le découvrirons ensemble.

Il prit ses deux mains dans les siennes.

— Il m'arrivera de voyager quand même mais j'espère que tu accepteras de venir avec moi aussi souvent que possible.

— Essaie de m'en empêcher, pour voir.

— Et tu seras là pour me rappeler que l'amour passe avant tout le reste.

Jackie tourna la tête pour presser les lèvres dans son cou.

— Tu peux compter sur moi. Je collerai des Post-it partout.

Il sourit tendrement.

— Je m'y prends à l'envers, une fois de plus. Je voulais commencer par te dire que, depuis que je t'ai trouvée, rien n'est plus pareil pour moi. Te perdre serait pire que d'être amputé d'un bras ou d'une jambe, car sans toi je ne vois rien, je ne sens rien, je ne touche plus les choses de la même manière. J'ai besoin de toi dans ma vie. Nous pouvons apprendre l'un de l'autre, commettre des erreurs ensemble et je t'aime plus que je ne suis en mesure de le dire.

— Je trouve que tu as formulé cela à la perfection.

Jackie renifla puis secoua la tête.

— Je ne veux pas pleurer, ce soir. Je suis affreuse quand je pleure et j'ai envie d'être belle. Donne-moi mon cadeau, tu veux, avant que je me mette à déblatérer à tort et à travers !

— J'adore quand tu déblatères.

Il pressa un baiser sur son front, sur une tempe, sur une fossette au coin de ses lèvres.

— Encore une chose : je me sens une dette immense envers ton cousin Fred.

Jackie émit un son à mi-chemin entre le rire et le sanglot.

— Aux dernières nouvelles, il cherchait à vendre vingt-cinq hectares de marécage et de moustiques.

— Il a trouvé son acheteur.

Il lui prit de nouveau le visage entre les paumes pour la regarder. Pour toucher ce qui était plus réel pour lui que son propre cœur.

— Je t'aime, Jackie.

— Je sais. Mais tu peux le répéter, le ressasser, le chanter, le penser aussi souvent que tu le désires.

— C'est exactement ce que j'ai l'intention de faire. Mais je veux d'abord te remettre ceci, fit-il en lui posant le paquet entre les bras. Je pensais que, si je ne parvenais pas à m'expliquer, ce cadeau t'indiquerait plus clairement que n'importe quelles paroles que tu m'as donné foi en un avenir auquel je n'avais jamais cru jusqu'à toi.

En s'essuyant les yeux d'une main, Jackie examina l'emballage.

— Voyons... Les diamants sont éternels mais j'ai toujours eu un faible pour les pierres de couleur.

Déchirant le papier, elle découvrit l'intérieur du paquet. Pendant quelques secondes, elle demeura sans voix, debout sous la lumière de la lune, les joues encore luisantes de larmes. Dans ses mains, elle tenait un pélican couvert de coquillages.

Lorsqu'elle leva de nouveau les yeux sur lui, ils ruisselaient.

— Personne ne me comprend aussi bien que toi, chuchota-t-elle.

— Ne change jamais, surtout.

Il l'enveloppa dans ses bras en serrant le ridicule oiseau entre eux.

— Et maintenant rentrons chez nous.

Dès le 1er Juin,
4 romans à découvrir dans la

collection NORA ROBERTS

L'île des secrets

Lorsque des amis lui présentent Nicholas Gregoras, le célèbre milliardaire grec, Morgan retient une exclamation de surprise. Ces yeux sombres, cette silhouette… Ils appartiennent à l'inconnu qui, la nuit précédente, alors qu'elle venait de prendre un bain de minuit, s'est jeté sur elle et l'a gardée quelques instants prisonnière tandis que des bruits de voix mystérieux s'élevaient sur la plage. Menace ou protection ? Morgan ne saurait le dire. Et voilà que celui qu'elle pensait ne jamais revoir se tient de nouveau en face d'elle, ténébreux, dangcreusement séduisant. Troublée par le souvenir de leur étrange étreinte, paralysée par ce regard brûlant qui semble lui intimer le silence, Morgan s'interroge : doit-elle se méfier de Nicholas ou, contre toute raison, obéir à l'incroyable attraction que cet homme exerce sur elle ?

Une rebelle chez les MacGregor

Orpheline à six ans, Diana s'est toujours sentie infiniment reconnaissante envers sa tante qui l'a recueillie, au point de se conformer en tout à ce que cette dernière attendait d'elle. Jusqu'au jour où elle apprend que celle qui l'a élevée lui ment depuis toujours. Bouleversée, révoltée, Diana décide de rompre avec sa famille adoptive et de démissionner du prestigieux cabinet d'avocats où elle travaille à Boston. Avec un seul but : se construire une nouvelle vie, une vie à elle, sans personne pour lui dicter ses choix. Et une vie dans laquelle Caine MacGregor, le brillant avocat qu'elle vient de rencontrer, charmeur, irrésistible, n'a pas de place. Car pour Diana, il est désormais hors de question de faire de nouveau confiance à quiconque, ni de risquer son indépendance, et son cœur, auprès d'un homme…

collection NORA ROBERTS

Un sentiment interdit

Si Jillian Baron n'a aucun doute sur ses capacités à diriger Utopia, le ranch que ses aïeux ont fondé et fait prospérer depuis des générations, elle sait en revanche qu'elle va devoir travailler deux fois plus que si elle était un homme pour prouver à tous qu'elle est à la hauteur de la tâche. A tous, et surtout à l'insupportable Aaron Murdock, qui ne cesse de la provoquer depuis qu'il est revenu dans le Montana pour reprendre les rênes de la propriété voisine. Car, malgré la haine ancestrale qui oppose les Baron et les Murdock, cet homme arrogant semble décidé à la séduire coûte que coûte. Furieuse devant son insistance, et plus encore devant la fascination et le désir irrépressible qu'elle ressent pour lui, Jullian se jure de lui résister. Par tous les moyens…

La promesse de l'été

Venue chercher en Floride le calme et la concentration dont elle a besoin pour écrire, Jackie tombe immédiatement sous le charme de la sublime maison d'architecte que son cousin propose de lui sous-louer en l'absence du propriétaire : des murs inondés de soleil, d'immenses fenêtres ouvertes sur le paysage et sur la lumière, et des fleurs magnifiques partout. Aussi s'installe-t-elle sans attendre dans la villa de ses rêves, certaine qu'elle trouvera ici l'inspiration. Sauf que le rêve vire au cauchemar quand un homme incroyablement séduisant, mais à l'évidence furieux, la surprend en train de se baigner dans la piscine, dans le plus simple appareil : Nathan Powell, le propriétaire des lieux. Qui ne sait manifestement rien du contrat de sous-location qu'elle a signé, et exige qu'elle s'en aille sur-le-champ…

Best-Sellers n°470 • suspense

Ombres sur Black Falls - Carla Neggers

Hannah Shay est enfin parvenue à montrer aux habitants de Black Falls, le petit village de montagne où elle est née, ce dont elle est capable : le café qu'elle y a ouvert est un succès et elle va bientôt devenir magistrate. Mais quand son établissement se retrouve au cœur d'une enquête sur une série de crimes violents perpétrés dans le domaine montagneux des Cameron, Hannah est pétrifiée d'angoisse. D'autant plus que Bowie, son ami d'enfance est soupçonné par la police d'être mêlé à ce cauchemar… Hannah refuse d'y croire, et les soupçons de Sean Cameron, revenu à Black Falls pour tenter de démasquer l'assassin de son propre père, l'une des victimes, n'y changeront rien. Sean… Un homme intrépide qu'adolescente, elle aimait en secret, et qui tente aujourd'hui de la convaincre de participer à ses recherches. Que faire ? Car tout comme Sean, Hannah sent que le tueur va bientôt frapper… et il pourrait bien se trouver plus près d'eux qu'ils ne le pensent.

Best-Sellers n°471 • suspense

Face au danger - Brenda Novak

Traumatisée par la violente agression dont elle a été victime trois ans auparavant, Skye Kellerman a mis du temps à surmonter ses angoisses. Ce n'est que depuis peu qu'elle reconstruit son existence autour de l'association d'aide aux victimes qu'elle a créé en Californie avec deux amies. Mais quand elle apprend que son agresseur, Olivier Burke, est sur le point d'être libéré pour bonne conduite, bien avant la fin de sa peine, toutes ses peurs ressurgissent brutalement : comment oublier que c'est son propre témoignage qui a permis d'envoyer cet homme derrière les barreaux ? Lui n'a certainement pas oublié qu'il a tout perdu par sa faute. Le temps presse et Skye n'a qu'une solution : faire ce qu'il faut pour que Burke ne sorte pas de prison, en commençant par prouver son implication dans trois affaires de meurtres survenues à l'époque de son agression, et qui n'ont jamais été résolues... Heureusement, elle peut compter sur l'aide et le soutien inconditionnel de l'inspecteur David Willis, qui est venu la trouver. Car lui aussi en est convaincu : Burke n'en restera pas là.

Best-Sellers n°472 • thriller

La proie du silence - Karen Rose

L'incendie criminel de Minneapolis dans lequel Tracey, une adolescente atteinte de surdité, a trouvé la mort en pleine nuit, est un véritable choc. Ecœurée par le sort de cette toute jeune fille que son handicap a sans doute empêché de fuir suffisamment tôt, l'inspectrice Olivia Sutherland se sent prête à tout pour retrouver les coupables. D'autant plus que ses recherches l'orientent rapidement vers d'autres agissements sinistres : ceux d'un maître chanteur qui n'hésite pas à tuer les proies qui lui résistent. Perturbée par son enquête, Olivia l'est encore plus quand elle doit interroger David Hunter, le pompier qui a risqué sa vie lors de l'incendie pour tenter de sauver Tracey. David, un homme secret et mystérieux qu'elle a aimé autrefois, et qui lui a brisé le cœur. Elle accepte pourtant l'aide qu'il lui propose pour mettre la main sur ce criminel cynique et calculateur. Un criminel toujours proche mais jamais visible – et qui sème la mort sur son passage.

BestSellers

Best-Sellers n°473 • roman

Le printemps des rêves - Debbie Macomber

Séparée de son mari depuis peu, Rosie a bien du mal à prendre un nouveau départ. Non seulement Zach revendique la garde de ses enfants, mais les deux adolescents tumultueux lui mènent la vie dure. Heureusement, son métier d'institutrice la passionne et elle peut compter sur l'aide et la compréhension de son entourage. D'autant qu'elle n'est pas la seule à traverser une période de doute et de remise en question : Grace, qui habite non loin de là, essaye elle aussi de prendre un nouveau départ, même si elle a encore du mal à s'y retrouver dans sa vie sentimentale depuis la disparition brutale de son mari. Elle-même sait pouvoir compter sur sa meilleure amie Olivia, qui semble vouloir donner une nouvelle chance à sa relation avec Jack. Ainsi que sur sa fille aînée Maryellen qui, après des relations houleuses avec Jon, vient de mettre au monde une merveilleuse petite Katie. Bref, c'est tout un univers chaleureux qui aide Rosie à prendre en main son avenir et celui de ses enfants. Un univers où les gens finissent toujours par se retrouver car, à Cedar Cove, on n'est jamais très loin les uns des autres…

Best-Sellers n°474 • paranormal

Le papillon des ténèbres - Gena Showalter

Gideon, ténébreux guerrier mi-ange mi-démon, possède le pouvoir de détecter le mensonge et la tromperie. Pourtant, quand l'immortelle Scarlet se présente à lui, couronnée de sa chevelure d'ébène, il perd tous ses moyens. Envouté par son parfum d'orchidée, captivé par tant de beauté, il écoute son incroyable histoire, incapable de savoir si elle lui dit la vérité. Mais comment la croire quand elle lui affirme qu'elle a un jour été sa femme alors qu'il n'a aucun souvenir d'elle ? Et surtout, comment la protéger sans mettre en danger ses compagnons et sans se détourner de sa propre quête, celle qu'il poursuit comme prince des seigneurs de l'ombre ? Une force irrésistible le pousse néanmoins à vouloir connaître la vérité et comprendre ce qui l'attire en elle. Car bien au-delà du désir, Gideon sent qu'un lien très particulier l'unit à Scarlet. Un lien qui, s'il le découvrait, pourrait détruire celle qu'il commence à aimer…

Best-Sellers n°475 • thriller

Piège de neige - Lisa Jackson

Prisonnière du criminel pervers qu'elle traque depuis des semaines dans l'hiver glacial du Montana, l'inspecteur Regan Pescoli n'a plus qu'une obsession : s'échapper coûte que coûte. Aussi essaie-t-elle, dans le cachot obscur et froid où elle est enfermée, de dominer la terreur grandissante qui menace de la paralyser. Car ce n'est pas seulement sa vie qui est en jeu, mais également celle d'autres captives, piégées comme elles et promises à la mort.

Pour les sauver, autant que pour retrouver ses enfants et Nate Santana, l'homme qu'elle aime, Regan est déterminée à découvrir le point faible du tueur. Pour cela, il lui faudra aller au bout de son courage, de sa résistance physique… Et vaincre définitivement ce maniaque, avant qu'il ne soit trop tard.

Best-Sellers n°476 • historique

Lady Secret - Nicola Cornick

Angleterre, Yorkshire, 1805.

A la seconde où elle est entrée dans la somptueuse salle de bal de Cole Court, Marina a senti son regard posé sur elle. Le regard d'un homme sûr de lui, déterminé à percer ses secrets. Et, dès qu'il s'est avancé, elle a su que cet homme sombre et arrogant était le mystérieux inconnu de Londres. Celui qu'elle a embrassé dans la taverne, quelques mois plus tôt. Un baiser enivrant dont le seul souvenir suffit à faire naître en elle un délicieux frisson.

Pourquoi est-il ici ? A-t-il découvert sa véritable identité ? Les questions fusent dans l'esprit de Marina tandis que l'inconnu approche, un sourire prédateur aux lèvres. Car si cet homme venait à découvrir les raisons de son séjour à Londres, il ne tarderait pas à déchirer le voile de mensonges derrière lequel elle se cache depuis des années…

Best-Sellers n°477 • roman

L'été des secrets - Susan Wiggs

Quand elle aperçoit les premiers rayons du soleil scintiller sur le lac des Saules, Claire Turner, une jeune infirmière, est envahie par un sentiment de bien-être presque irréel. Venue pour prendre soin de George Bellamy, un vieux monsieur qu'elle adore, elle ne s'attendait pas un instant à se retrouver, le temps d'un été, dans ce cadre enchanteur. Malgré tout, sa mission s'avère délicate. Elle a en effet promis à George de l'aider à réaliser son rêve de toujours : se réconcilier avec son frère sur les lieux de leur enfance, là où, cinquante ans plus tôt, s'est joué le drame qui les a conduits à se perdre de vue. Heureusement pour Claire, Ross Bellamy, le petit-fils de George, semble prêt à tout pour aider son grand-père à réaliser ses souhaits les plus chers. Ross qui hante ses rêves depuis le jour de leur rencontre. Même si, hélas, elle sait que de terribles obstacles liés aux secrets de son passé se dresseront, quoiqu'il arrive, entre elle et lui.

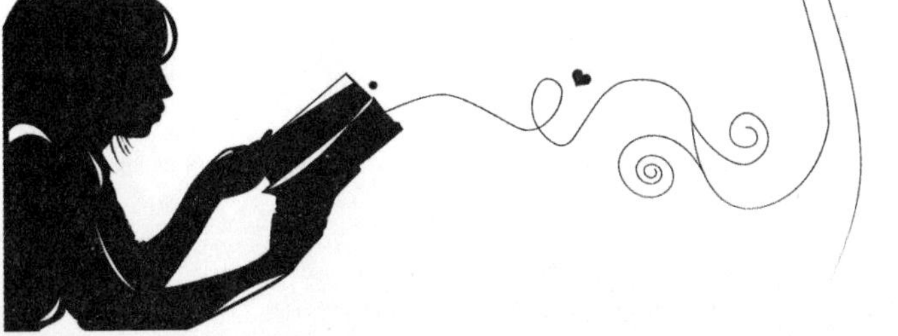

Composé et édité par les

éditions Harlequin

Achevé d'imprimer en France (Malesherbes)
par Maury-Imprimeur
en mai 2011

Dépôt légal en juin 2011
N° d'imprimeur : 163785